U0121143

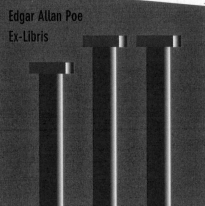

Edgar Allan Poe
Ex-Libris

后浪

Edgar Allan Poe

爱伦·坡故事集

插图珍藏版

Selected
Tales

[美]埃德加·爱伦·坡 著 [爱尔兰]哈利·克拉克 绘

康华 王美凝 吴佳霖 译

江苏凤凰文艺出版社
JIANGSU PHOENIX LITERATURE AND
ART PUBLISHING

图书在版编目（CIP）数据

爱伦·坡故事集：插图珍藏版 /（美）埃德加·爱伦·坡 (Edgar Allan Poe) 著；(爱尔兰) 哈利·克拉克 (Harry Clarke) 绘；康华，王美凝，吴佳霖译 . -- 南京：江苏凤凰文艺出版社，2023.11（2024.5 重印）

ISBN 978-7-5594-7913-6

Ⅰ.①爱… Ⅱ.①埃…②哈…③康…④王…⑤吴… Ⅲ.①短篇小说 - 小说集 - 美国 - 现代 Ⅳ.① I712.45

中国国家版本馆 CIP 数据核字 (2023) 第 149469 号

爱伦·坡故事集（插图珍藏版）

［美］埃德加·爱伦·坡 著　　［爱尔兰］哈利·克拉克 绘　康华，王美凝，吴佳霖 译

策　　划	尚　飞	
责任编辑	曹　波	
特约编辑	毛菊丹　王亚伟	
装帧设计	墨白空间·陈威伸	
出版发行	江苏凤凰文艺出版社	
	南京市中央路 165 号，邮编：210009	
网　　址	http://www.jswenyi.com	
印　　刷	天津裕同印刷有限公司	
开　　本	880 毫米 × 1230 毫米　1/32	
印　　张	11	
字　　数	300 千字	
版　　次	2023 年 11 月第 1 版	
印　　次	2024 年 5 月第 2 次印刷	
书　　号	ISBN 978-7-5594-7913-6	
定　　价	98.00 元	

江苏凤凰文艺版图书凡印刷、装订错误，可向出版社调换，联系电话 025 - 83280257

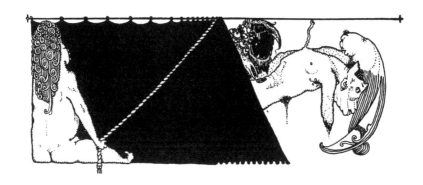

目 录

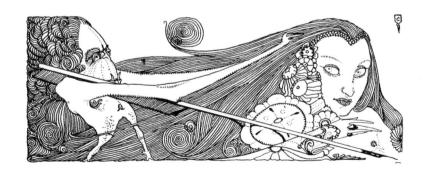

黑　猫

　　我要讲的故事十分荒唐，又相当寻常。我既不指望也不企求读者相信。否则我真的是疯了，因为我自己都不相信这故事的真实性。我没有疯，也确实不是在做梦。但明天就是我的死期，今天我要求个灵魂安生。我想马上把这既荒唐又寻常的家常琐事公之于众，只求简洁明了，不去妄下评论。我已经为此备受折磨，惊魂难定，终至毁灭。我不想多做解释。我所体味到的恐怖，对于多数人来说都是无稽之谈。后世的某些智者会把我讲的故事当成不足挂齿的寻常小事。某些有识之士比我更冷静，更有理性，自然比我明察秋毫。在这些人看来，我满怀敬畏之心的讲述，也许只不过是一连串因果相生的普通事件罢了。

　　我从小就以性情温良著称。我的心肠柔软得出奇，一度成为伙伴们的笑柄。我特别喜欢动物，父母对我这一爱好也百般纵容，给我弄来了很多种宠物。我大部分时间都和这些动物待在一起。没有什么比喂养它们和抚摸它们更让人快乐的了，随着时间的推移，我对动物的爱好变成癖好。长大以后，我的人生最大乐趣莫过于此。对于跟我一样珍爱忠实而有灵性的狗的人来说，我根本无须多费口舌告诉你这种乐趣的性质和程度。而对于看惯人情冷暖的人类来说，动物那种自我牺牲的无私爱意中，总会有某种东西让人刻骨铭心。

　　我早早就结了婚；而且很高兴妻子和我性情相投。她见我爱养宠物，碰到中意的便不会放过机会，千方百计都要搞到手。我们养了小鸟、金鱼、一条好狗、兔子、一只小猴子，还有一只猫。

　　那猫大得惊人，浑身乌黑，美丽非凡，而且特别有灵性。我妻子迷信到了骨子里，一提到那猫有灵性，她就绕不开这样的"古人曰"——所有的黑猫都是女巫乔装的。我不是在说我妻子多么相信这一点，我只是刚好想起，所以才顺便一提。

　　那只猫名叫普路托，是我最心爱的宠物和玩伴。我单独喂养它。在家里，无论我走到哪儿，它都绕着我的脚走，甚至我要上街也甩不掉它。

　　几年来，我和普路托的友谊一直这样持续着。在此期间，由于喝酒上瘾（我羞于承认这点），导致我性情大变。我一天比一天更加喜怒无常，全然不顾别人的感受。我不仅辱骂妻子，甚至对她拳打脚踢。我的宠物们当然也感觉到了我性格的变化。我不仅不理它们，还对它们横加虐待。小兔子、小猴子甚至那条好狗一旦想跟我亲热或碰巧跑到我身边，我都会毫无忌惮地虐待一番。然而对普路托，我还相当顾念，不忍下手。我的病情日复一日加重——世上哪种病都不如酗酒可怕。普路托也老了，脾气颇有几分乖张，最后连它也尝到了我坏脾气的滋味。

一天晚上，我从城里一个常去的地方大醉而归，我以为普路托故意躲我，于是一把揪住了它。惊骇之下，它在我手上轻轻咬了一口，让我的手受了轻伤。我立刻如同恶魔附身，怒火中烧，连我自己都不认识自己了，原本的灵魂似乎脱离躯壳而去。杜松子酒产生的恶意刺激着我身体的每一处，我从背心口袋里掏出折叠刀，打开它，攥牢可怜畜生的脖子，穷凶极恶地把它的一只眼珠剜了出来。写到这该死的暴行时，我不禁面红耳赤，浑身燥热，瑟瑟发抖。

当理智和清晨一起回归，当睡眠驱散了我夜间放纵的愤怒，想到自己犯下的罪行，我又害怕又悔恨。但这种感觉模糊无力，并没有触及我的灵魂。我继续纵饮无度，很快就在酒精中把那事忘得一干二净。

与此同时，猫的伤势也渐渐好转。被我剜掉眼珠的那个眼窝很瘆人，不过看上去不再疼了。它和往常一样在屋子里走来走去，不过不出所料，只要我一靠近，它就吓得拼命逃窜。我毕竟没有丧尽天良，看到曾经那么爱我的一只生灵变得这么怕我，不由悲从中

来。但是这伤心马上转为愤怒，我心里生出一个邪念 —— 正是这
个邪念最终害得我一败涂地。哲学上并没有重视过这种邪念，可我
深信它是一种人类心灵的原始冲动，是决定人类性格的原始官能或
情感的不可分割的一部分。谁敢说自己没干过一箩筐坏事蠢事，仅
仅因为明知干不得？我们正因为明知那么干是犯法的，才无视自己
最正确的判断，仍然不管不顾、飞蛾扑火？我就是受这种邪念的左
右，活活断送了自己。内心深处有种神秘的念头，它散发着诱人的
气息，让我烦恼不安。我甚至违背了本性，为作恶而作恶 —— 我
被无形的力量推动着，继续对那只无辜的猫下毒手，最终完成了对
它的伤害。一天早上，我残忍地用套索勒住猫的脖子，把它吊到了
树枝上。我流着泪吊死了它，对此痛悔不已。可我到底还是吊死了
它，因为我明明知道那猫爱过我，因为我找不出它的错。我吊死它
只是因为我知道那样做是犯罪，一种灵魂永难超生的死罪 —— 如
果这种事情有可能的话 —— 这种罪恶就连慈悲为怀、让人敬畏的
上帝都无法赦免。

　　干下那伤天害理的勾当后，在那晚的睡梦中，我忽然听到有
人大喊失火，惊醒后发现床上的幔帐着了火。整幢房子都在熊熊燃
烧。我们夫妻俩和一个用人拼命逃出了火海。那场大火烧得真彻
底，我在世间的所有财产都被焚烧一空。从此，我万念俱灰。

　　我并没有企图在灾祸和恶行间找到一种因果关系。但我想把
事件的来龙去脉详述一遍，并且希望不遗漏任何可能遗漏的细节。
失火的次日，我前去凭吊化为一片废墟的家。四壁崩塌，唯有一道

墙还立在残砖断瓦中。那是我房间里的一道墙，并不算厚，正好在房子中央，我的床头就靠在这堵墙上。墙上的灰泥阻隔了凶猛的火势——我认为是新近粉刷了墙面的缘故。那堵墙前挤满了人，许多人似乎眼睛一眨也不眨地仔细查看那道墙的某个特殊部分。忽然，有人连呼"怪事""奇怪"和其他类似的感叹，我的好奇心陡然升起。我凑过去一看，白墙上出现一个浅浅的浮雕，形状是一只硕大的猫。那猫被雕刻得鬼斧神工。猫脖子上还有一根套索。

一眼看到这幽灵——因为我不可能看不到它——我又惊又怕极了，转念一想，这才缓了一口气。我记得，那猫是被吊死在离房屋很近的花园里。火警一响，花园里片刻间就涌进来好多人。肯定有人割断绳索，把猫从树上放了下来，再从敞开的窗子扔进了我的卧室。那人有可能想把我从梦中砸醒。其他几堵墙倒下来，把那可怜的死猫压扁在新刷的泥灰上。石灰、烈火和尸骸释放的氨气交互作用，墙上的浮雕也就赫然在目了。

我以上细细道来的事，不能说不惊心动魄，就算良心上不能自圆其说，倒也合情合理吧。但在我的灵魂深处，却产生了挥不去的幻觉。几个月来，猫的幻影一直浮现在眼前，让我总是沉浸在丝丝懊悔的模糊情绪里。我后悔害死了它。我在经常鬼混的下等场所到处物色猫，想找到一只和普路托品种一样、外表也多少有些相似的猫，以便聊慰寸心。

一天晚上，我坐在一家声名狼藉的酒寮里，正迷糊着，视线突然被一个黑咕隆咚的家伙吸引，这个黑乎乎的东西卧在一只盛放杜松子酒或朗姆酒的大酒桶上。除了那只桶，屋里的家具寥寥无几。我刚才已经盯着那只桶看了一会儿了，奇怪的是，居然才看到上面坐着个黑家伙。我走过去摸了摸它。那是一只黑猫——一只块头很大的黑猫——块头跟普路托一样大。它简直就是普路托的翻版，只有一个地方不一样：普路托通体乌黑，没有一根白毛。而酒桶上的猫，整个胸部覆盖着很大的模糊不清的白色斑块。

我一摸它，它迅速站起身，喵喵直叫，一遍遍蹭我的手，我的关注使它很高兴。它正是我苦苦寻找的猫。我当场向店主表示要买下它。不料店主说猫不是他的，他对猫一无所知，而且从没见过它。

我继续爱抚它，当我要动身回家的时候，那猫流露出想跟我走的样子。我任它跟着，一边走一边俯身拍拍它。猫一到我家，马上乖顺得不得了，只花片刻工夫就博取了妻子的欢心。

至于我自己，没过多久我就打心里厌恶它了。这可真让我想不到。到底怎么回事？我迷惑了。它显然是喜欢我的。可是它明显的喜欢却惹我嫌、让我恼，慢慢演变为恨。我的心里很苦涩。我开始躲避它。羞愧加之对早先暴行的记忆，使我没有动手欺侮它。几个星期过去了，我还是没动它一根毫毛。时间再长一些，我心里渐渐生出说不出的憎恶，一瞥见它可恨的样子，就会像躲瘟疫一样逃开。

毫无疑问，这畜生招我厌恶的原因是：我带它回家的第二天早晨，看到它和普路托一样，眼珠也被剜掉了一个。我妻子因而更加疼爱它。我说过我妻子很慈悲，从前我也这么慈悲过，我曾经因为那慈悲感受过无比纯正的快乐。

我对猫日益嫌憎，它反倒愈加黏着我，简直与我寸步不离。这般黏人恐怕您确实难以理解。我只消一坐下，它就自觉蹲在椅子下，有时跳到我膝上，百般示好，实在让我生厌。我一站起来走路，它就钻到我两腿间，几乎将我绊倒，或者用又尖又长的爪子钩住我的衣服，顺势爬上我的胸口。我恨不得一拳把它打死，可是也未敢造次，部分原因是，我总在想打它的时候回忆起上次犯下的罪行，但更主要的原因是——我还是快点承认吧——我怕极了那家伙。

这害怕不是一种对身体中的邪恶的恐惧——唉，其实我也说不清是不是这样。我几乎羞于承认——是的，即使现在身陷死牢，我也羞于承认——这猫在我心底激起的惊骇，竟然因脑中幻象的存在而变本加厉。妻子曾经不止一次要我留心看这只猫身上的白斑，我说过了，这怪物跟我杀掉的那只猫唯一的不同就是那块白斑。想必您还记得，白斑虽大，原本倒是模糊的，可是随着时光的推移，白斑明显异于往日，不知不觉间竟然变得轮廓分明。我的理性一直拒绝这一点，我宁愿把它当成幻觉。眼下，我一提这家伙就毛骨悚然。我厌恶它，惧怕它，要是有胆量，我早送它上西天了。如我所说，那白斑居然是个极其恐怖的图形——一个绞刑架！哦！这是多么可悲可怖的刑具！这是正法的刑具，让人饱尝痛楚，再送人上西天。

现在，我太不幸了，超越了人类的所有不幸。一只没有思想的畜生，一只因为我轻慢地杀了它的同类的畜生，居然给我——一个按上帝形象创造出来的人——带来了这样的灾难。呜呼，我再也不得安宁了。白天，这畜生纠缠不休，片刻都不放过我。夜晚，我时时从骇人的噩梦中惊醒，每次醒来，那猫都在往我脸上喷热气。我无力摆脱这一梦魇。这畜生沉甸甸的肉身，一直压在我的心头。

我身负这般煎熬，身上那点残余的温良丧失殆尽。心里全是见不得天日的邪恶意念。我平素就喜怒无常，而今脾性越发极端，我开始痛恨所有人和事。我管不住自己，时常突发暗火。我彻底丧失了判断力，一味放任自己。我这副样子，我毫无怨言的妻子的日子可就不好过了，她要经常默默忍受我的暴虐。

穷困所迫，我们只好住进一栋老房子里。有一天，因为一点家务事，妻子陪我下到老房子的地窖。那猫尾随我走下陡峭的阶梯，差点绊我个倒栽葱。我气得发疯，盛怒之下，我忘了自己曾经像孩子一样惧怕它，因了那惧怕，我才一直没对它下手。那一刻我什么都记不得了。我抡起了斧头，对准那猫一斧砍去。如果斧头如我所愿落下，它当即就得毙命。不料妻子一把攥住我的胳膊。她一阻拦，我被彻底激怒了，狂暴得热血冲顶。我挣脱她的手，一斧子劈向她的脑壳。她没来得及呻吟一声，当场送了命。

干完这天理难容的杀人勾当，我马上苦思如何藏匿尸首。我知道，无论白天还是黑夜，要想把尸首搬出去，都有被邻里撞破的危险。种种方案走马灯一样在脑子里穿梭，我忽而想剁碎它来个焚尸灭迹，忽而想在地窖挖个洞掩埋尸身，再一转念，又思忖干脆扔到院子的井里去，或者像平日装货一样装进箱子，找个搬运工弄出去。最后我灵机一动，突然想出一个自认万全的计策：我决定把尸首砌进地窖的墙壁里。据记载，中世纪的僧侣就是这么把殉道者砌进墙壁的。

地窖派这个用处再合适不过了。它的墙壁造得不牢，又刚用粗糙的灰泥彻底粉刷了一遍，因为潮湿，灰泥还没有变硬。巧的是，墙上有个地方，本来有一个虚设的烟囱或壁炉造成的突出来的部分，填补以后跟别的墙面看上去一样。我确信自己轻易就能挖开那个地方，塞进尸首，再把墙面原样砌好，任谁都看不出丝毫破绽。

这番考虑没有让我失望。我找了根铁棍，一下就把砖头撬开了。为防尸首倒下，我小心地把它直立着靠在里面夹墙上，然后不费劲就把墙面堵死了。怕留下痕迹，我还弄来石灰、黄沙和毛发，调配出跟旧灰泥没有差别的灰泥，仔细涂抹在新砌的砖墙上。干完这些，我感到很满意。墙壁看上去像没动过一样。散落在地上的垃圾我也仔细清扫干净了。我得意地四下打量一遍，心想："总算没白忙活。"

接下来，该揪出罪魁祸首了。我已经横下心来要置它于死地。如果它现在出现在我面前，它必死无疑。可惜就在我怒发冲冠的时候，那狡猾的家伙脚底抹油了，它自然不会往枪口上撞。蹲伏在我胸口的可恶畜生终于消失了，我如释重负，满满的幸福的感觉。猫一整夜都没有露面。那一夜是它进我家门后我睡的第一个安稳觉。没错，即使灵魂背负着杀人的重负，我照样睡得很香甜。

第二天过去了。第三天也过去了。那只让我痛苦不堪的猫仍然没有出现。我终于可以自由呼吸了。这怪物吓得逃之夭夭了！眼不见心不烦，我像是进入了极乐世界。杀妻的滔天大罪只在心头泛起一丝涟漪。警察前来调查过几次，被我三言两语就打发走了，他们搜了一次家，当然没找出任何蛛丝马迹。我觉得未来的幸福有了保障。

不料，在我杀妻的第四天，家里进来了一队警察。他们再次严密搜查了一番。藏尸的地方非常隐蔽，我自然一点都不慌乱。警官命令我陪他们四处搜查，连旮旯缝隙都没放过。他们第三次或第四次进入地窖。我眼皮都没有颤动一下，心跳平静得如同无辜的睡着的人。我从地窖这头走到那头，双臂当胸而抱，轻松地来回漫步。警察对我彻底放了心，准备离开。我喜不自禁，为了表明我有多得意，也为了让他们加倍相信我无罪，我恨不得立刻说些什么，哪怕就一句也行。

他们刚抬脚跨上台阶，我就忍不住开了口："先生们，承蒙你们不再怀疑我，在下深感欣慰。祝各位身体健康。请多多关照。对了，顺便说一句，这是一所建得很好的房子。"（我越想说得轻松点儿，越不知道自己究竟在说什么）"我可以说这房子建得太好了。这几堵墙——先生，要走了吗？这几堵墙砌得很牢固。"说到这

里，我神经兮兮地抓起手里的一根手杖，朝藏匿爱妻尸体的砖墙使劲敲打。

但愿上帝保佑，把我从大恶魔的毒牙下拯救出来吧。敲击的回响还没有消失，我们就听到了里面的回应声——是哭声，哭声开始瓮声瓮气、断断续续的，像孩子的抽泣。随后马上变成尖锐的长啸，声音怪异得闻所未闻，惨绝人寰。这声声哀鸣中半是恐怖半是得意，只有那些地狱里受罪冤魂的惨叫与魔鬼见到遭天谴者的欢呼交相呼应，才有这样的效果。

我当时的念头说来荒唐。我头脑昏沉，踉跄着走到对面那堵墙边。阶梯上的警察惊惧万状，一时呆若木鸡。过了一阵，十来条粗壮的胳膊挥舞着撞向墙壁。整堵墙全倒了。妻子的尸首笔直地戳在那里，腐烂不堪，凝满血块。妻子的头顶上蹲伏着那只骇人的猫。它张着血盆大口，独眼里喷着火。它先狡猾地诱使我杀死妻子，再用叫声把我送上绞刑架。我竟把这怪物砌到了墓壁里！

厄榭府的崩塌

他的心儿是把悬挂的琴，

轻轻一拨就铮铮有声。

—— 贝朗瑞 [1]

　　那年秋天，一个阴沉、昏暗、岑寂的日子，乌云低垂，厚重地笼罩着大地。我孤零零地骑着马，整整一天都在乡间一片无比萧索的旷野里奔波。暮色四合之际，愁云惨淡的厄榭府终于遥遥在望。我也说不清是怎么一回事，一瞥见那幢建筑，我的心里顿时充

---

[1] 贝朗瑞（1780—1857），法国著名诗人。以上诗句引自《遗赠》。——译者注，本书注释若无特别说明，均为译者注。

满难以忍受的忧伤。往常即便到了荒蛮之所或遇到可怕的惨境，即便眼前的景观无比恶劣，总也难免会带着几分诗意，甚而在心底生出几分喜悦。如今，这股忧伤的感觉却总是挥之不去。我愁肠百结地望着眼前的景物。我望着孤单的府邸和庄园里单调的山水风貌，望着荒凉的垣墙、空洞的眼睛一样的窗子、三五枝气味难闻的芦苇、几株枯木白花花的树干——心里真是愁苦至极，愁苦到俗世的感觉已无法形容，只有与染鸦片癖者梦回后的感觉作比才足够贴切——苦痛流为日常，不必再掩上丑恶的面纱。我的心直翻腾，冷冰冰地往下沉，凄凉得无以救赎——任你再有激发人心的想象力，也无法将这凄凉理想化。这究竟是怎么了？我思忖起来。我在注目厄榭府时如此不能自控，到底是什么原因？这是个破解不了的谜。沉思间，模糊的幻象涌满心头，却又无从捉摸。我只得退而求其次，来一番自圆其说——简单的自然景物凑在一起，确实有左右人情绪的力量，但要剖析这种感染力，即便费尽心机也无迹可寻。我思量道：这里的一草一木、一山一水，只消在细微处布置得稍有不同，那种令人悲伤的感觉可能就会减轻或彻底消泯。这种念头一起，我纵马奔至山中那个小湖边。湖岸险峻，小湖就傍着府邸。湖面泛着光泽，却一丝涟漪都没有，黑黢黢、阴森森的，倒映出变形的灰色芦苇、惨白的树干、空洞的眼睛般的窗。我俯视湖面，不觉浑身颤抖，油然生出比刚才还要奇怪的感觉。

即便如此，眼下我仍然打算在这阴沉的府邸作几个星期的逗留。这座府邸的主人罗德里克·厄榭是我的儿时好友。我们有好多年没有见过面了。最近，我收到了一封从本国一个遥远的地方发来的信——是罗德里克·厄榭写来的，信写得很急切，非要我亲自去他家一趟给予他当面答复。在他的亲笔信里，透着一股显而易见的神经不安的味道。他在信中提到了自己身患重病，说是可怕的精神错乱，这病让他备受折磨。他还说真的很想见见我——他最好的朋友、唯一的知己，能跟我快活地待上一阵子，病情便会减轻，云云。他的信里如此这般说了很多。他的请求明显出于一片真心，让我片刻都犹豫不得。所以看过来信我立刻就动身了，虽说我仍然觉得他的召唤蹊跷得很。

我们虽然是童年时代的密友，可我对这位朋友的确所知甚少。他总是有所保留，这一点已经成了他的习惯。很久以前他的先祖就以多愁善感闻名，对此我清楚得很。多年来，他们家族的这一特质总是通过高贵的艺术品体现出来。最近则表现为一次又一次举办慷慨却并不张扬的慈善活动，体现在迷恋音乐的繁复性——而非热爱那种一致公认、一听即懂的美。我还知道一个异乎寻常的事实：厄榭家族虽然历来受人尊敬，却从未诞生出传继不绝的旁系。换句话说就是，这个家族属于一脉单传，除了微乎其微、偶尔出现的例外，一直都是这样。这幢房屋的特色跟人们普遍认定的厄榭家族的性格极其吻合，我想，或许好几百年来，正是房屋的这一特色影响了厄榭家族的人物性格。或许正是因为缺乏旁系亲属，导致财产和姓氏总是祖孙相传、世代相袭，到了最后，财产和姓氏终于合二为一——庄园的名字渐渐消失，取而代之的是"厄榭府"这一离奇又模棱两可的叫法。当地的乡下人都这么叫，似乎在他们心里，"厄榭府"既涵盖了这个家族，又指代了这座府邸。

我上面说过了，俯视湖水这一略带幼稚的举止，加剧了我先前感知到的那种奇怪的忧伤。一种迷信的感觉迅速在心头蔓延，并且明显呈益发浓重之势将我裹挟——何不就称之为迷信呢？我老早就明白：恐怖感是所有情绪的基础。或许正是这个缘故，当我的目光从水中倒影挪开，转而望向那幢府邸的时候，我的心里再次生出奇怪的幻象。那幻象是那么荒唐，以巨大的威力给人带来精神的折磨。我就这么胡思乱想着，竟然当真相信整幢府邸和整片庄园及其周围都弥散着一种独有的气息。这气息与周围的空气迥然不同，它从枯木、灰墙、死水中飘散而出，阴沉、迟滞、灰扑扑，并且模糊难辨，像瘟疫一样不可思议。

我抖落心中那仿若梦幻的念头，更仔细地端详起这幢府邸的真正面貌：它的主要特征在于年代极为古远，时光的痕迹使它褪尽了鲜亮的颜色。墙面上布满微小的真菌，乱糟糟地挂在屋檐下，酷似蜘蛛网。倒也找不出破损得特别严重的地方，也没有一堵墙是倒塌的，每个部分都配合完好、整齐划一。只有个别石头碎裂了，显得非常不协调。我不由想起地窖里那无人问津的旧木制品：年复一年，它们吹不到外界的一缕风，它们看似完整，实则早已腐烂多年。厄榭府除了表面的衰颓，整幢建筑看上去没有一丝摇摇欲坠的迹象。如果仔细观察，兴许能发现一条细微的裂缝，就从正面屋顶开始，曲曲弯弯顺墙而下，直至消失在阴沉沉的湖水中。

我一边观察着，一边沿着一条短短的堤道骑马来到府邸门口。一个等在那儿的侍从接过了我的缰绳。我跨进了哥特式的大厅拱门。一个蹑手蹑脚的男仆带我悄然穿过一道道昏暗曲折的回廊，到主人的工作室去。不知为什么，这一路所见竟使我刚才提及的那种含含糊糊的愁绪变本加厉了。天花板上的雕刻、四壁黑色的帷幔、乌黑的地板，还有不停发出"咔嗒咔嗒"声的纹章甲胄——周遭的一切我在幼时就看惯了。毫无疑问，一切都很熟悉。令我惊讶的是，这些普通的物件为何激起了如此奇怪的幻想？我在楼梯上遇见了他家的医生。此人面露奸刁与困惑之色，抖索着跟我搭了句话便溜走了。男仆突然把门打开，引我到了他的主人面前。

我进去的这个房间极高，也相当宽大，狭长的窗子尖尖地矗着，距离地面很高，站在漆黑的橡木地板上无法伸手够到。几缕微弱的红光透过格子玻璃射进来，附近比较显眼的物件被照得清清楚楚。然而，较远的角落以及雕花拱顶的凹陷处，却无论怎样都看不清。墙壁上挂着深色帷幔。家具特别多，但过时破旧，几乎每一件都令人不适。四处堆放的书籍和乐器并没有给房间增添一分生机。我只嗅到悲伤的气息。周遭的一切都笼罩着阴沉、幽深、无可救赎的忧郁之气。

厄榭直挺挺地躺在沙发上，看我来到房间，马上爬起来热烈欢迎我。我起初以为他这过了头的热诚，不过是一位厌世者的做作之举，但是瞥了一眼他的面容之后，我才确信他的确出于一片真心。我们坐了下来，有那么一阵子，他一语不发。我半是同情半是敬畏地打量着他。我相信，没有任何人像罗德里克·厄榭那样，在如此短暂的时间里模样变得如此吓人！我费了好大的力气才确认眼前人就是我幼年的伙伴。厄榭的面部特征一直不同寻常。面容苍白憔悴，眼睛大而澄澈，明亮得无与伦比。嘴唇有点薄，颜色暗淡，不过轮廓绝顶漂亮。鼻子是精致的希伯来式样，鼻孔却大得离谱。下巴模样很好，鲜活而不惹眼。头发又软又薄，像蜘蛛网般稀稀拉拉。这样的五官再配上那宽阔的额头，的确令人过目不忘。现在厄榭容颜上的特征和他脸上一贯流露的神情只是更显著了一点儿，竟带来了那么大的变化。如今与他同处一室，我陡然生出相逢不相识的感觉。看到他那苍白得可怕的肤色、明亮得出奇的眼睛，我很是错愕——他这副尊荣甚至吓到了我。他那丝绸般柔滑的头发在不知不觉中变长了，蛛丝般纷乱，与其说是披拂在脸上，不如说到处乱飘来得贴切。任凭我怎么努力，都无法从他怪异的神情里看到一丝正常人的样子了。

我从一开始就留意到，我这位朋友的一举一动既不连贯又不协调。很快我就发现，原来他的神经极度紧张——他有习惯性痉挛，总想竭力克服这一点却无能为力。对于他这个特征我早有思想准备：一是因为我看了他的信；二是我还记得他少年时代的一些脾性；最后，从他独特的身体状况和精神气质上也能推断一二。他忽而精神高昂，忽而郁郁寡欢。他的声音刚刚还优柔寡断、抖抖颤颤（听来全无生气），马上又会干脆利落起来。那生硬、滞重、空洞、不疾不徐的吐字，沉闷、镇定、运用自如的发音，只能从沉湎酒香的醉汉或不可救药的鸦片烟鬼口中听到，他们受到烟酒的剧烈刺激后讲话就会这样。

厄榭就是用这样的腔调谈论着为什么会邀我前来。他说他诚心诚意盼着我来，希望我能给他慰藉。他还相当详尽地分析了自己的病，说是家族遗传的先天性疾病。他已经绝望了，不想再治疗了。但他马上又补充道：这只是神经上的毛病，不久一定会好的。从他诸多反常的情绪中，可以一窥这种病的症状——厄榭也一五一十全向我描述了一遍。他的措辞和叙述方式显得挺有分量，但是有些话听后却觉得既有趣又令人迷惑。神经过敏真把他折磨得不轻：只吃得下寡淡无味的饭菜，只能穿某一质地的料子做的衣服，一切鲜花的香味都不能忍受，微弱的光线也会刺痛眼睛，只有某些特殊的声音以及弦乐器奏出的声音，才不至于惊到他。

看得出，异乎寻常的恐惧已经把厄榭牢牢攫住了。"我要死了，"他说，"我肯定是死在这可悲又愚蠢的病上。是啊，就这样死去，别无选择。我害怕将要发生的一切，不是怕事情本身，而是怕结果。一想到要出什么事儿，哪怕事情再微不足道都会使我精神不安、难以承受，免不了还会发抖。说真的，我并不憎恨危险，但我痛恨置身于恐怖之中。在这精神不安的情况下，在这可怜的境地中，我觉得那样的时刻早晚都会到来，到时候，我一定会在恐惧的可怕幻觉中丧失生命和理智。"

此外，我从厄榭断断续续、意义含混的暗示中，还知悉了他心头的另一道精神枷锁。他摆脱不了对多年不敢擅离的住宅的迷信看法。他说，由于长期压抑，他的家宅从外表到实质，都给他的心灵造成了影响。而他摆脱不了这种影响。灰墙和塔楼的样子、映出灰墙和塔楼的暗沉沉的湖水，都在影响他的精神状态。在叙述这一影响有多强烈时，他用词太过模糊，让我实在难以复述。

尽管踌躇再三，他到底还是承认了一个事实。追溯起来，他深受奇怪的忧郁症的苦苦折磨，多半来自一个显而易见的诱因：他心爱的妹妹一直重病缠身——其实她快要死了。多年来，妹妹是唯一陪伴他的人，是他在这世上仅有的最后一个亲人。"她一死，"他说，声音里的痛楚我永远都忘不掉，"厄榭家族就只剩一个了无希望的脆弱的人了。"在他说话的当口，玛德琳小姐（别人就这么叫她的）从房间远处走过，她的步子慢悠悠的，根本没注意我，转眼间就消失了。看见她时我大吃一惊，吃惊中混杂着恐惧。但是又无法说清楚为什么会这样。我的目光追随着她远去的脚步，心头一时恍惚得很厉害。当门最后在玛德琳小姐身后合上的时候，出于本能，我急切地转头去看她哥哥的神情，但他用双手捂住了脸，瘦骨嶙峋的十指比平常还要苍白，热泪从指缝间滚滚落下。

医生对玛德琳小姐的病早已束手无策。她的症状很异常：根深蒂固的冷漠，身子一日日瘦弱，强直性昏厥频繁发作又转瞬而去。她一直与疾病作抗争，并没有倒卧病榻。可是就在我刚到他们家的那个傍晚，她却向摧枯拉朽的死神的威力俯下了头颅。噩耗是她哥哥夜间告诉我的，他的凄惶无法形容。那一刻我这才明白，那恍惚间的惊鸿一瞥竟是永诀。我再看不到活着的玛德琳小姐了。

接下来的几天，我和厄榭绝口不提她的名字。那段时间我一片热诚，想方设法减轻朋友的哀愁。我们一起画画，一起看书，或者我听他如泣如诉地即兴弹奏六弦琴，恍若身在梦中。我们愈来愈亲密了。越是亲密，我对他的内心世界了解得越发深刻，也就越发痛苦地察觉到，所有想博取他欢心的努力，都是枉费心机。他心底的哀愁仿佛与生俱来，永不停歇地发散出来，笼罩着大宇，使得整个精神世界和物质世界沦为一片灰暗。

那段与厄榭府主人共度的庄严时光将成为我一生的记忆。但要让我说出他让我沉陷其中或者说他引领我研读的究竟是什么，我还真说不出个子丑寅卯来。活跃而极度紊乱的心绪，使得一切都蒙上了一层硫黄样的淡淡光泽。他大段大段即兴演奏的挽歌，将一直回响在耳畔。我痛苦地记得，在别的曲调中，他对那首激越的《冯·韦伯最后的华尔兹》①进行的奇异变奏与夸张。他凭借着精巧的幻想，构思出一幅幅画面，他一下一下地刷着颜料，画面渐至模糊，令我一看就周身战栗，还因为不明白为何战栗而愈加惊悚。这些画至今仍活灵活现、历历在目，可我却无法用文字形象地描摹出来。他的画构图极为朴素，笔触鲜明，真的是天然去雕饰，既吸引人又令人害怕。要问世间有谁画出过思想，那人只能是罗德里克·厄榭。至少对我来说如此，处在当时的环境中，看到这忧郁症患者设法在画布上泼洒的纯粹抽象的概念，心里就会生出浓重的畏

---

① 冯·韦伯（1786—1826），德国著名作曲家，钢琴家。《冯·韦伯最后的华尔兹》是由德国作曲家赖辛格（K.G.Reisinger，1798—1859）为纪念冯·韦伯而作的一首弦乐独奏。

惧，让人无法承受。凝视福塞利[①]色彩强烈但幻想具体的画时，我都从不曾有过丝毫畏惧。

在我朋友那幻影般的构思中，有一个倒不那么抽象的，或许可以诉诸文字，尽管有可能词不达意。这画尺寸不大，画的是内景，要么是地窖，要么是隧道，呈矩形无限延伸。雪白的墙壁低矮、光滑，没有花纹，也没有剥落的痕迹。从画面上的某些背景看，这洞穴是在地下极深的地方，虽然非常宽广，却看不到出口，也看不到火把或其他人造光源，但是画中有强烈的光线浪浪滔滔、四下翻滚，使整个画面沐浴在一片不合时宜的可怖的光辉里。

我上文已提及他听觉神经的病态，除了某些弦乐声，其他任何乐曲都让他受不了。或许正因为他只弹奏六弦琴，所以才会弹得那么空幻怪诞。但他那些激昂流畅的即兴曲不能归因于此。我先前已委婉指出，只有在充满做作的极端兴奋中，他的精神才会镇定下来，高度集中。那些狂想曲的调子和歌词（他时时一边弹奏，一边押韵地即兴演唱）必定——也的确是他精神沉着冷静时刻的结晶。我毫不费力就记住了其中一首狂想曲的歌词，也许是因为他一唱就拨动了我的心弦，所以才牢牢铭记在心。从它的隐秘意蕴中，我想我第一次体味到了厄榭的心声——他完全明白，他那高高在上的理性已然摇摇欲坠，朝不保夕。狂想曲叫作《闹鬼的宫殿》，全诗

---

① 福塞利（Henry Fuseli，1741—1825），出生在瑞士的英国画家，他的画充满忧郁的幻象、曼妙的怪诞。

大致如下：①

I

绿意浓浓的山谷，

居住着善良的天使，

那儿曾有一座富丽堂皇的宫殿 ——

熠熠生辉，昂首苍穹。

在思想主宰一切的王国，

宫殿巍峨耸立。

六翼天使的翅羽，

从未掠过如此美丽的建筑。

II

金黄的旗帜灿烂夺目，

在宫殿之巅漫卷飞舞；

（一切都成过往烟尘，

随时光逃遁）

那时岁月静好，

清风翻飞。

红墙绿瓦容颜已退，

① 此诗最初于 1839 年 4 月发表在巴尔的摩的《博物馆》杂志上，后经作者略微删改，插入本文，再行发表于《绅士》杂志。

带翅的幽幽芳香飘然远去。

III

流浪者漫游在欢乐之谷，

探看两扇明亮的窗户，

仙女轻歌曼舞，

琴瑟悠悠。

她们绕着王位旋转，

思想之君荣光万丈，

如坐云端，

威仪而有帝王风范。

IV

星罗棋布的珍珠和红宝石，

映得美丽的宫殿大门亮光闪闪。

成群结队的回音女神①，

艳光四射，

川流不息飞过大门。

她们唯一的使命，

便是纵情歌唱。

---

① 原文是"Echo"，为山林女神。典出希腊神话。山林女神爱恋水仙少年，但水仙少年迷恋自
己。没能遂愿的山林女神憔悴而死，但其声音尚存。每遇水仙说话，都做回声。

千娇百媚的声音，

盛赞着国王的智慧。

V

但是，邪恶披一袭长袍，

裹挟着悲伤，

侵入国王的至尊之地；

（呜呼！叹君王凄凄赴黄泉）

昔日王家繁华散尽，

渐渐成为模糊的传说，

随风而逝。

VI

而今旅人踏进山谷，

隔着血红的窗户，

望见了森森鬼影

伴着刺耳的旋律梦幻般舞动。

可怕的群魔

迅速穿过惨白的宫殿大门，

势如骇人的滔滔冥河，

脚步匆匆，无休无止，

面容木然，狂笑声声。

　　我清楚地记得这首曲子暗含的意味引得我们想了很多很多，厄榭的见解也就显山露水了。我提到他的见解，主要不是因为它新颖（别人也有同样的看法），而是因为厄榭对这一见解的坚执。这种看法一般来说是认为草木皆有灵性。可是，在厄榭混乱的奇思怪想中，这一见解就显得尤为大胆了，他认为在某种情况下，就连无机世界的物也有灵性。他对此深信不疑、一派赤诚，我的笔墨实难描述出他的这一信念。不过，如同我前面暗示的，他的这一信念跟他家祖传的那幢灰石头房子不无干系。在他的想象中，那些石头的排列组合、遍布在石头上的真菌、伫立在四周的枯树——尤其那经年累月毫无变动的布局、死寂湖水中的倒影，无不透着一股灵性。他说，湖水和石墙散发的气息在四下里逐渐凝聚，从中可看出灵性的存在。说到此处，他的话把我吓了一跳。他接着说，这无处不在的灵性造成的后果有目共睹，它的影响很可怕，它寂然无声却又挥之不去，几百年来，一直主宰着他家族的命运，也把他害成了眼下这副模样。对此看法无须发表任何评论，我也不会去妄加评论。

　　不难想象，我们看的书也跟这种幻象不谋而合，多年来，这样的书籍对病人的精神状态起到了不小的影响。我两一起仔细研读了这些书：格雷塞的《绿鸟与修道院》①，马基雅维利的《魔王》，斯威登堡的《天堂与地狱》，霍尔堡的《尼古拉·克里姆的地下之

---

① 格雷塞（1709—1777），法国诗人、戏剧家。《绿鸟与修道院》实为两首诗，即《绿鸟》与《我与修道院》。《绿鸟》叙述的是一只鹦鹉的故事，为狂诗；《我与修道院》为叙事诗。此处系作者笔误或故意为之。

行》，罗伯特·弗拉德、让·丹达涅和德·拉·尚布尔合著的《手相术》，蒂克的《忧郁的旅程》，康帕内拉的《太阳城》。我们喜欢的一本书是《宗教法庭手册》，小八开本，多明我会的教士艾梅里克·德·盖朗尼所著。庞波尼乌斯·梅拉论及古代非洲的森林之神和牧羊神的一些章节，常常使厄榭如梦似幻地痴坐上几个小时。他最爱读的是一本极其珍稀的四开本哥特体奇书——关于一座被人遗忘的教堂的手册——《美因茨教会合唱经本中追思已亡占礼前夕经》①。

那天晚上，厄榭突然告诉我玛德琳小姐去世了，他说打算把妹妹的尸体在主楼一间地窖里存放十四天后再下葬。听他一讲，我不禁想起那本奇书里的疯狂仪式，以及那本书对这位忧郁症患者可能造成的影响。然而，他选择的这一奇特做法自有其世俗的理由，对此我不便随意质疑。他告诉我，一想到死去的妹妹那非同寻常的疾病，想到医生冒失而殷切的探问，又一想他家祖坟偏远，周遭都是凄风苦雨，他就拿定了主意这么办。我不会否认，想起刚到厄榭家那天在楼梯遇到的那人的阴险脸色，我就不想反对他这么做了，依我看，这么做伤害不到谁，无论如何都不算有悖常理。

应厄榭之请，我亲自帮他料理临时的殡殓事务。尸体已入棺，我们两个抬着棺木送往安放它的地窖。地窖已经多年不曾打开过，里面的空气令人窒息，几乎将火把扑灭，我们没能有机会仔细看一

---

① 原文为拉丁文，属爱伦·坡杜撰之书名。

遍。只觉得它又狭小又潮湿，连一丝微光都透不进来。地窖在很深的地下，上面恰好是我的卧室所在。显而易见，在遥远的封建时代，地窖曾经派过最坏的用场——当死牢用。近年来则当库房使了，存放火药或其他极其易燃的物品，因为部分地板和通向外面的那条长长拱廊的四壁，都仔仔细细包着黄铜。那扇厚重的铁门也同样包着黄铜，开合之际，沉重的铁门在铰链旋动时发出分外尖锐的"嘎吱嘎吱"声。

我们把令人悲恸的灵柩架在了可怕的地窖里，再将尚未钉上的棺盖挪开一些瞻仰遗容。我第一次注意到，他们兄妹二人的容貌惊人地相似。厄榭大概是看穿了我的心思，低低地吐出了几句话。我这才明白原来他和死者是孪生兄妹，两个人的天性里有着不可思议的共通之处，是那种"因为懂得，所以慈悲"的息息相通。因为心里害怕，我们没敢多看死者。在她青春正好的时光，疾病却夺去了她的生命，像所有患有强直性昏厥症的人一样，她的胸口和脸上还隐隐约约泛着薄薄的一层红晕，唇上挂着一抹可疑的瘆人的微笑。我们重新盖好棺盖，钉好钉子，关紧铁门，然后，拖着沉重的心回到上面那和地窖同样阴森的房间。

朋友哀伤欲绝地挨过了几天，他那神经紊乱的特征发生了显著变化。他往日的举止踪影全无。他把平日要做的事情忘得干干净净，漫无目的地从一间屋子游荡到另一间屋子，脚步匆促而凌乱，本就苍白的脸色更是苍白得面无人色。眼睛里的光亮，却当真彻底黯淡了，而且再也听不到他那偶尔沙哑的嗓音了。他的声音总是颤抖着，好像极度惊惧似的。这都成了他说话的一贯特点。有时我真觉得，他的心之所以永无宁日，是因为里面掩藏着令人压抑的秘密，而他还必须攒足力气，以便有勇气倾吐出来。有时候，我又不得不把这一切的反常举止看作匪夷所思的狂想，因为我目睹了他长时间对着虚空苦苦凝视，仿佛在聆听一种来自虚空的声音。他的状况吓到了我，也影响了我。这不足为奇。我觉得他身上那种荒诞怪异、给人留下深刻印象的迷信有着强烈的感染力，这种力量正一寸一寸地潜入我的心底。

玛德琳小姐的遗体停放在主楼地窖中的第七天或第八天的深夜，这种感觉变得尤为深刻。时间一个小时一个小时地流逝，我辗转难眠。我紧张得不能自己，只好拼命排解。我极力宽解自己，这多半是房间里蛊惑人心令人阴郁的家具、破破烂烂的黑色帷幔造成的效果。当时，一场即将到来的暴风雨撩得黑色帷幔不时在墙壁上飘摆，窸窸窣窣地拍打着床上的装饰物。可是不论我如何宽解都无济于事。抑制不住的颤抖渐渐传遍周身，最终，莫名恐怖的梦魇压上了心头。我喘息着，拼命挣扎着才算甩掉它。我起身靠在枕上，朝黑洞洞的房间凝望，同时竖起耳朵倾听。我不知为何要去听，除非是本能使然。我倾听着那个低沉而模糊的声音，每隔一段时间就在暴风雨暂时停歇的时候响起。我不知道它来自何方。强烈的恐惧感铺天盖地向我压来，说不清为什么那么害怕，怕得让人难受。我觉得当晚再也不能安然地睡下去了，便匆忙穿上衣服，在房间里急促地走来走去，想把自己从那可怜的境地中解救出来。

我刚来回转上几圈，就听到附近楼梯上传来一阵轻微的脚步声。我的耳朵顿时竖了起来。我很快听出是厄榭的脚步。过了片刻，他轻轻叩了叩我的房门，走了进来。他的手里掌着一盏灯，面色照常是死尸般苍白，不过眼睛里却流溢出狂喜。他的举止中显然透出压抑着的歇斯底里。他的模样让我惊骇。但因为长夜的孤独是那么难挨，我甚至欢迎他来到我的房间，我把他的到来当成了解脱。

"你没有看到吗？"他无言地朝四周盯视片刻，突然说，"难道你刚才没看见？且慢！你会看到的。"他一面说一面小心地把灯遮好，然后快速走到一扇窗前，猛地打开了窗子。窗外雨狂风急。

一股狂风猛然袭来，几乎把我们掀翻。虽说有暴风雨，那个夜晚却异常美丽，是个恐怖和美丽混杂着的奇特夜晚。风向时时剧烈变动，显然是附近有旋风在肆虐。乌云密布，低低垂着，并且越积越厚，仿佛要压向府邸的塔楼。乌云虽然浓密，但仍然看得到大风活灵活现飞速奔突，从四面八方刮起来，几个风向彼此冲撞，却也没有飘向远方。我是说，浓密的乌云没有遮蔽住我们的眼睛。不过，我们没看到月亮和星星，也没有看见一道闪电划破夜空。厄榭府雾气缭绕，被遮蔽了面目。但是那雾气闪着微光，却又清晰可见。那奇异的白光闪闪烁烁，一时之间，大团大团翻腾着的乌云下面，以及周遭地面上的一切，无不泛着这样的亮光。

"你不要看 —— 你不该看这个！"我颤抖着对厄榭说，一边微微用力把他从窗口拉到座位上。"这些惑乱人心的景象，不过是寻常的电光罢了，或者，只是山湖中瘴气弥漫的缘故。关上窗子吧，空气凉，对你身体可不好。这里有一部你喜爱的传奇小说，我念你听，一起挨过这吓人的一夜吧。"

我拿起的这部古书，是兰斯劳特·坎宁爵士的《疯狂盛典》。我把它说成是厄榭爱读的书并非出于真心，而是苦中作乐的说法。说真的，我这位朋友心高气傲、思想空灵。而这部书语言粗俗、故事冗长、缺乏想象力，很难提起他的兴致。可我手头仅有这一本书，而且我还心怀一丝侥幸，想让正兴奋难安的忧郁症患者听我念出荒唐透顶的情节，或许能得到些许解脱，因为神经紊乱的病患中多有类似状况。如果我能凭着他听故事时那副过度紧张、快活得发狂的样子，判断出他是真的在听还是表面上在听，那我就可以恭祝自己妙计成功了。

我已念到很有名的那段了，故事的主人公埃塞尔雷德殚精竭虑，想和平进入隐士的居所，却终是徒然，于是他付诸武力，强行闯了进去。记得这段情节是这么写的：

埃塞尔雷德生性勇猛刚强，加之刚灌了几杯酒，趁着酒力，就不再与隐士多费唇舌。那隐士也天性固执，心狠手辣。埃塞尔雷德感觉肩膀上落了雨点，唯恐暴风雨来临，立刻抡起钉锤，对准大门砸了几下，门板很快就被砸出一个窟窿。他把套着臂铠的手伸进去，使劲一拉，"噼啪"一声，门被一把撕裂，接着扯得粉碎。干燥空洞的木板的碎裂声，在整个森林里

回荡着，令人心慌。

念完这一段，我心头一惊，停了下来。我仿佛听到从府邸的某个角落隐约传来一阵回声，与兰斯劳特爵士特别描述的噼啪的破裂声几乎一模一样，只不过较之沉闷些而已。当然，我马上就明白这是由于太过激动而产生的幻觉。但是，不可否认，正是这种巧合吸引了我的注意力。不过，窗子"啪嗒啪嗒"响着，混合着其他嘈杂之音的风暴声也愈加猛烈，这个声音着实算不上什么，既勾不起我的兴趣，也没有搅得我心慌意乱。我接着念道：

好斗的埃塞尔雷德闯进门来，却不见那隐士的踪影，不由怒火中烧，暗自心惊。不过，却看见了一条巨龙，它通体鳞甲，口吐火舌，守在一座黄金建造的宫殿前。宫殿地面由白银铺就，墙上挂着一个亮闪闪的黄铜盾牌，上面刻着——

征服者得进此门
屠龙者得赢此盾

埃塞尔雷德挥动钉锤，一锤击中龙头，龙头应声落地，正滚到他面前，尖叫着喷出一股毒气。那叫声凄厉刺耳、撕心裂肺，埃塞尔雷德不由得抬起双手掩住耳朵，以抵御那前所未闻的可怕声音。

念到此处，我又骤然顿住，心中实在大为惊诧，就在这一刻，我真切地听到了一个声音，微弱、刺耳、拖得很长，分明从很远的地方传来，听得出是极不寻常的尖叫或摩擦声——读了传奇作家的描写，我的脑中已经幻想出巨龙的尖叫。现在，传到耳朵里的声音居然与巨龙的叫声一模一样。

第二次出现如此巧合的事，我的心里五味杂陈，各种感觉翻江倒海般相互冲撞，最强烈的感受无疑是惊讶、恐惧。可我还是竭力保持镇静，以免我那神经敏感的伙伴看出我的异样而受到刺激。尽管在刚才那几分钟里，他的举止确实有了奇怪的变化，但我仍然不敢肯定他是否也注意到了那声音。他本来是面对我坐着的，现在却把椅子慢慢转开了，正对着房门。我只看得到他的侧面。他嘴唇抖动着，好似在无声地念叨着什么。他的头垂到了胸前。我知道他没有睡着，从侧面看过去，只见他的眼睛怔怔的，睁得很大。他的身体一直在轻微地左右摇摆——这同样说明他没有睡着。看到是这种情况后，我又读起兰斯劳特爵士的那篇文章。故事进展如下：

斗士避开巨龙的狂叫之后，想起了黄铜盾牌，想到要破除附在盾牌上的魔法。他把横在面前的巨龙尸体搬开，无畏地跨过城堡的白银地面，走向挂着盾牌的墙壁。还没等他走到跟前，盾牌就掉在了他脚边，砸得白银地板发出震天的可怕脆响。

我的嘴巴刚吐出这些音节，马上就像真有黄铜盾牌重重落在白银地板上一样，清晰、空洞、明显沉闷的金属咣当声登时在耳边响起。我惊得魂飞魄散，一跃而起。厄榭和刚才一样，仍然一下一下地摇来晃去。我冲到他的椅子跟前，只见他双眼直勾勾地盯着地面，整张脸僵冷无比。我把手搭到他的肩上，他浑身上下猛地战栗起来，颤抖的嘴唇上溢出一丝惨淡的微笑。他结结巴巴，咕咕哝哝，声音急促而低沉，仿佛意识不到我就站在他面前。我俯下身子，凑近了一听，这才明白他的话有多可怕。

"没听到吗？我可听到了，早听到了。好久——好久——好久——几分钟前，几个小时前，几天前我就听到了。可是我不敢说。哦，可怜可怜我吧，我真是个可怜的人。我们把她活埋啦！我不是跟你说过我感觉敏锐吗？现在我来告诉你，我早听到了她在空荡的棺材里弄出的动静。我好几天前就听到了，可是我，我不敢说。现在——今天晚上——埃塞尔雷德——哈！哈！隐士的门裂掉了，巨龙临死前凄厉地叫着，盾牌'咣当'一声掉在地上！倒不如说，那是棺材的碎裂声，是地牢铁门铰链的摩擦声，是她在黄铜廊道中的挣扎声！哦，该往哪里逃呢？难道她不会正匆匆赶来吗？前来责备我做事草率？我不是已经听到她上楼的脚步声了吗？我不是已经清楚听到了她沉重而可怕的心跳了？疯子！"说着，他猛地跳起来，失魂落魄地厉声喊道："疯子！告诉你，她现在就站在门外！"

厄榭不似人声的锐叫似乎有种符咒的魔力，登时，他指着的那扇古旧的笨重黑檀木门，竟然缓缓地打开了。这是一阵疾风刮开

的。殊不知，门外当真站着那位个子高高的玛德琳小姐。她身上裹着寿衣，那白色的袍子上溅满血迹，她瘦弱不堪的身体上到处是苦苦挣扎的痕迹。她站在门槛那里颤抖了一阵子，前后摇晃了几下，然后低低地呻吟着，朝屋内的哥哥身上重重摔下去。这死前猛烈而痛苦的一击，把她哥哥扑倒在地，成了一具死尸。他被吓死了，成了他曾预料到的恐怖的牺牲品。

我心惊胆寒，逃出了那个房间，逃出了厄榭府，不觉间踏上了那条古旧的堤道。风雨依然肆虐。突然，路上射过来一道奇异的光线，我回转头，想看看这道奇光究竟来自何方，身后除了那座府邸和它的影子别无他物。原来那光来自一轮血红的满月。月亮沉沉地悬挂在西天，照亮了那条几乎看不见的裂缝——我上文提过那条裂缝，那条从正面屋顶开始、曲曲弯弯延伸到墙根的裂缝。在我举目凝望之际，裂缝迅速变宽。耳畔是怒吼的旋风。血红的满月骤然逼至眼前。在眩晕中，我看到坚固的高墙崩裂为碎片，我听到惊天动地的巨响经久不息，犹如万丈狂涛喧腾咆哮。脚下那幽深阴冷的山湖，悄然淹没了"厄榭府"的残砖碎瓦。

威廉·威尔逊

怎么说呢？冷酷的良心幽灵般出没。怎么说呢？

——张伯伦《法萝妮德》[1]

我姑且自称威廉·威尔逊吧。何苦用真名实姓糟蹋面前的这张白纸呢？这姓名已经害得我的族人受尽蔑视、厌恶和憎恨。莫非，激愤的流言还没把族人的狼藉声名传到天之涯、海之角？哦，最自甘堕落的浪子，难道你对人间的一切已经心如止水，对尘世的荣誉、鲜花、美好理想永远不再眷顾？在希望和天意之间，难道并非

---

[1] 张伯伦（1619—1689），英国医生，于1658年完成长篇叙事诗《法萝妮德》，叙述游侠阿加利亚与公主法萝妮亚的爱情。

一直浓云密布？

如果有可能的话，近年来我遭遇的无法言说的不幸、犯下的不可宽恕的罪行，今天就不在此详加描述了。在近些年的这段岁月里，我突然坠入深渊，现在，我只想交代一下缘由。人往往都是一步一步走向堕落的，至于我，一切美德恰似披风，倏然间就从我身上掉落了。我仿佛是迈着巨人般的步伐，越过微不足道的邪恶之境，骤然堕入比埃拉伽巴路斯①的滔天罪行还要罪恶的深渊。究竟出于何等偶然，缘于何种事件，我犯下这邪恶的罪行？请容我细细讲来。死神一点一点逼近，死亡的阴影反而使我的灵魂获得了安宁。我正经历临死前的痛苦时分，渴望着世人的同情——我差点说成渴望世人的怜悯。我只求世人相信，我多少是受了环境的摆布，非人力所能控制。但愿世人看了我即将讲述的情节，能在这滔天罪恶中，为我寻出一小片精神的绿洲。我想要人们承认——人们不能不承认——尽管诱惑一直存在，但至少没有人经历过这样的诱惑，当然也没有人这样堕落。世人真的没经历过这样的痛苦吗？难道我不是活在梦里？人间的怪诞幻象恐怖而神秘，怎不把我吓得一命归西？

我们家族的人一直以想象力丰富、性子暴躁闻名。自幼年时代起，我就表现出完全继承家族特征的秉性。随着我一年一年地长大，这一秉性益发鲜明。由于种种原因，我的朋友焦虑不堪，我自

① 埃拉伽巴路斯，约生于公元205年，是叙利亚以米沙太阳神庙祭司，218年被选为罗马皇帝，荒淫无耻，恶名远扬，于222年被禁卫军杀死。

己也备受伤害。我变得一意孤行，沉溺于胡思乱想，情绪常常失控。我的父母天性优柔寡断，而且跟我一样先天体质虚弱，所以他们也拿我那与众不同的坏性情毫无办法。他们也曾花费过心力，但因为力不从心、方法不当，终于还是一败涂地。我自然大获全胜，此后，我的话便是圣旨。在大多数孩子还被严加管束的年纪，我就开始率性而为了。我拥有的是名义上的父母，一切都是我自己当家做主。

我对学校生活的最早记忆，总离不开一幢结构不规则的伊丽莎白式大房子①，房子建在英格兰一个雾蒙蒙的村子里，那儿有很多盘根错节的参天巨树，所有的房子都特别古旧。说真的，那个古老的小镇的确是个梦幻般的所在，待在那里足以抚慰人心。这一刻，我在想象中体味着浓荫如盖的大街上那份沁人心脾的凉意，嗅着灌木林里散发出的芳香，听着低沉而空洞的教堂的钟声。我怀着说不清的喜悦再次颤抖了。钟每隔一个小时就会冷不丁地敲响，钟声阴森森的，在寂静而暗淡的天光里回荡，那被岁月侵蚀的哥特式尖塔就掩映在暮色之中，好似睡着了似的。

或许，细细追忆学校及相关的事会带给我莫大的喜悦，从而超过眼下的一切带给我的感觉。我现在特别悲惨——哦，是悲惨，千真万确——原谅我软弱地写下杂乱无章的琐事，以寻觅些许暂时的慰藉。这些事情虽然特别琐细，甚至可笑，可在我看来，一旦跟特定的时间、地点联系到一起，反而显得格外重要。我明白，正

① 指伊丽莎白女王一世统治时期流行的建筑式样，特征为窗户巨大，回廊幽长，烟囱高耸，还有很多带状装饰。

是在当时当地，命运第一次给了我模模糊糊的告诫，此后的年月，这告诫一直如影随形。那么，且让我回忆一下吧。

我说过了，那幢房子古旧而不规则，院子很大，四周是坚固的砖墙。院墙高高的，墙头上涂抹着一层灰泥，上面插着碎玻璃。这监牢似的堡垒就是我们有限的活动场地。每周只有三次可以看到外面的世界：一次是星期六下午，在两个老师的带领下，集体到附近的田野散会儿步；另外两次在星期天，早晚两次中规中矩排队到村里唯一的教堂做礼拜。我们的校长就是教堂的牧师。我常常坐在靠背长凳上遥望他迈着庄严的步子，缓缓走上讲坛，心中感到深深的惊奇和惶惑。这位牧师的面容一派端庄温和，他的法衣闪闪发光，飘飘扬扬——只有牧师的法衣才这样飘扬。他的假发上仔细扑了粉，显得呆板又庞大。这还是刚才那个人吗？刚刚，他还一副酸腐样，身着讨厌的制服，手握教鞭，严格执行着学院律令。哦，真是自相矛盾得无以复加，荒谬绝伦到无从解释！

沉闷的围墙一角，不甘不愿地开着扇笨重的大门。门上都是铁栓，顶端耸着尖尖的铁钉。一眼望去，吓得人不由倒退几步。除了刚才提过的三次定期出入，大门从不打开。因此，每当巨大的铰链嘎吱一响，奇妙的世界顿时出现在眼前——一个庞大的世界，值得仔细观看，沉思再三。

宽广的院子形状并不规则，很多地方都凹进去很大一块。最大的三四片连成操场。操场地面平坦，铺着上好的硬沙砾。我清楚地记得，那里没有树，也没有凳子，没有任何可以坐的东西。操场在房屋后面。屋前有个小花坛，种着黄杨及其他小灌木，不过说实话，只有赶上难得的机会，才能经过这片圣地——比如第一次进校、最后一次离校，还有，就是父母或朋友来了，我们兴冲冲地回家过圣诞或夏至节的时候。

但那幢房子！那幢房子离奇有趣、古色古香！对我来说，它就是一座迷宫！回廊迂回曲折，没有尽头，房间多得难以置信。无论何时，我都分不清到底是在楼上还是楼下。从一间房到另一间房，免不了要遇到或上或下三四级台阶。侧边房间一间套一间，多得数不胜数，多到让人难以想象。想到这幢房子，我们就会想到无限这个概念。我在里面住了五年，和其他十八名还是二十名学生住一间小寝室。五年中，我一次都没搞清楚，这间寝室究竟藏在哪个偏僻的角落。

做教室的那个房间最大，我觉得那是世界上最大的一间房屋。房间狭长，屋顶很低，显得煞是沉闷。窗子是哥特式的尖窗，天花板是橡木的。在远处一个恐怖的角落，围出了一个八九英尺①见方的小屋子，那是一间密室——是我们的校长、牧师勃兰斯比博士"授课"时的密室。小屋结构坚固，房门厚重。如果主人不在，我们宁愿被活活处死都不会开一下那扇门。在另外两个角落里，还有两个相似的斗室，虽然远不及校长大人那间肃杀，但也让人心生敬畏。一间是"古典文学"老师的教室，一间是"英语兼数学"老师的教室。教室里散布着课桌和凳子，横七竖八，数也数不清。桌子

---

① 1英尺等于30.48厘米。——编者注

和长凳都黑漆漆的，破旧不堪。桌上乱糟糟地堆着翻黑了的书本，刻满缩写字母，有的连名带姓刻上长长的一串，还有稀奇古怪的图案和用刀子刻了多次留下的记号，所以早在很早很早以前就已经面目全非了。屋子一端放着一只水桶，里面盛着水，另一端是一个大得惊人的钟。

　　从十岁到十五岁，我都在这个古旧的学校度过，倒也没怎么嫌恶。童年时代幻想丰富，用不着去琢磨外面的世事，也不必以此自娱自乐。学校生活沉闷、单调，这是明摆着的，可偏偏又无比热闹，后来成熟一些的青年时代的奢华生活，完全成年后的罪恶生活，都不及那时热闹。不过我必须这么认为，在我的心智初步发育的时候，一定有很多地方不同寻常，甚至超越常规。一般说来，成年后，人们很少能清晰地记得幼年时的生活。记忆扑朔迷离，依稀可见，记起的是淡淡的喜悦和幻影般的痛苦，一切都灰扑扑的，影影绰绰。可我并非这样。童年的一切至今依然清晰如画，像迦太基①奖章上的刻记一样分明、深刻而持久。想必在童年时代，我就像成人那样有力地感受到了那时的一切。

　　可事实上——就是世人眼里的事实上——有什么好回忆的呀！清晨梦醒起床，晚上熄灯睡觉；默读，背诵；定期的半天假，散步；操场，打闹，嬉戏，捣蛋——因为早忘记了，在时光的魔法下，更是勾起不少特别动人而有趣的事件，荡起说不清的你情我意，激情而惊心的刺激也再次泛滥开去。哦，童年真是黄金时代！

---

① 非洲古国。

　　说实话，我生性热诚、富有激情、专横，不久就在同学中出了名，渐渐地，也是自然而然地，年龄比我大不太多的同学都听命于我了，只有一个人例外。这位同学尽管跟我不沾亲也不带故，却与我同名同姓。其实这也没什么稀奇的。我虽然出身贵族，但我的名字和不少普通人的名字一样，根据时效性权利，随着岁月的流逝，这名字早已为平民百姓所拥有。在此，我自称作威廉·威尔逊，其实是个跟真名相差无多的假名字。在学校的"江湖"中——同学的措辞，唯有那个跟我同名同姓的人，才敢在课堂学习、操场打闹和运动上跟我较劲儿，才敢拒绝盲从我的指令，才敢不屈服于我的意志——无论我在哪方面武断地发号施令，他都敢横加干涉。如果说天下有什么至高无上的绝对专制，当属少年时代的孩子王对唯唯诺诺的伙伴的专制。

　　威尔逊不服气我，这让我很困窘。尽管在大庭广众之下，我肯定会虚张声势，不吃他那一套，可在私下里我意识到自己害怕他。我不得不承认，他能那么容易就和我打成平手，证明他确实比我厉害。如果不想被他打败，就必须进行长期的斗争。其实，他比我厉害也好，与我平手也好，只有我一个人明白，同学全然看不出这一点，甚至一丝疑心都不曾有。说实话，威尔逊和我较劲，尤其是放肆而又顽固地跟我作对时，不乏尖锐，却也私密。看起来，他既缺乏让我去征服的野心，又少有促使我去超越的激情。他和我较劲，或许纯粹出于一时兴起的欲望，以阻止我的专横，使我感到惊讶，或者让我克制自己。有时候我能发现，当他伤害我、凌辱我、反驳我时，极不适宜地夹杂着一种柔情。这的确讨厌之至，我心里不由腾起愕然、自卑与愤怒。我只好这么想，他之所以举止特别，不过因为他极端自负，想摆出一副以保护人自居的庸俗样子罢了。

或许，正因威尔逊举止中的这点亲热，加上我们又同名同姓，刚巧又在同一天入校，所以，在高年级里就流传开我们是兄弟的说法了。高年级学生对低年级学生的事很少认真查究。其实，威尔逊和我家毫无关系，这一点我刚刚说过了——我应该是说过的。如果我们是兄弟，那肯定是双胞胎，因为在我离开勃兰斯比那个学校后，无意中得知，同名同姓的他生于 1813 年 1 月 19 日——这真是惊人的巧合，因为那一天恰好也是我的生日。

尽管威尔逊总和我较劲，可有点奇怪的是，他那叫人忍无可忍的反驳精神，虽然令我时时感到焦虑，却没有勾起我对他的恨意。我们几乎天天吵架，虽然当着别人的面，他总是让我赢，可一面又能设法让我感觉到赢家是他。出于我的自尊心和他那份真正的尊严，我们总是保持着"泛泛之交"，与此同时，我们有很多地方又性情相投。这让我意识到，可能我们所处的位置，才是我们成为朋友的障碍。要想给我对他的感情下个定义真是太难了，甚至就连描述一下都不容易。这感情错综复杂，一言难尽——有几分任性的仇视，却也并不是深仇大恨；有着尊重，但更多的是敬意；害怕的成分不少，却又好奇得心神不宁。对于道德家而言，倒是没必要补上这么一句：我和威尔逊是难分难舍的好伙伴。

我和他的关系无疑相当反常，我不遗余力地对他进行各种攻击（明的暗的都有），却总是表现出半真半假的嬉笑怒骂（逗乐他，同时又使他烦恼），而非决绝的敌对。我的玩笑，却总是刺痛他的心。我纵是煞费苦心，机关算尽，难免也有闪失的时候，因为那同名同姓的人天性谦逊、宁静、严肃，虽然他欣赏自己那套辛辣的笑话，但他那份严肃真无懈可击，而且无论如何都是不肯被人嘲笑的。我只在他身上找到一个弱点，我的对手有个特征，或许是先天性疾病——他的咽喉或者说发音器官有毛病。他说话从不提高嗓音，总像是微弱的耳语。他的所有冤家，不像我那般被他逼得黔驴技穷的，从来不用这一点伤害他，而我，不会放过这上天赐予的大好机会。

威尔逊对我施展的报复五花八门，最灵的一招是让我大伤脑筋。他是非常睿智，不过他是怎么发现要个雕虫小技就能惹恼我的，这一点我永远弄不明白。不过他一旦发现了这一招，就频频使用，害我生气。我一向厌恶自己平庸的姓氏、普通透顶的名字——没有流为平民百姓所用倒也罢了。这姓名一钻进我的耳朵，耳朵就像是灌进了毒液。我第一天到校时，另一个威廉·威尔逊也来了。我对此无比愤怒，他怎么也叫这个名字？一个陌生人居然也叫威廉·威尔逊。我对这姓名的厌恶于是又加深了一层。他，就是造成人们喊威廉·威尔逊这个名字的频率超过一倍的人。而且他经常在我眼前晃悠。在日常的校园生活中，人们总是不可避免地把我们两人混为一谈。

因而，每当这个冤家对手跟我在精神或肉体上有雷同之处时，我就会暗火乱窜，越烧越旺。起初，我并没有发现我们生辰相同的惊人事实，我看出了我们个子一样高，体型和面部轮廓出奇相似。一听到高年级里风传我们是亲戚，我就恼羞成怒。只要有人提一句我俩性情相似、容貌相仿，都会搅得我大为烦心。虽然一再小心掩饰，但我知道，没什么比这更能扰乱我心的了。可是说实话，我根本没理由相信高年级同学在议论我俩如何相似——他们甚至没有察觉到这一点。他们只不过说了说我们是亲戚。显然，他也看到了我们两个在各个方面的相似之处，完全和我一样心里有数，这是显而易见的。居然发现了如此令人烦恼的相似性，正如我前面所说的，这只能归功于他一贯的睿智。

他一言一行都模仿我，学得神形毕肖，演技可谓完美。穿衣打扮可以轻松模仿，步态举止模仿起来也不费劲。尽管他的嗓子天生有缺陷，可他还要模仿我的声音。当然，他没有企图模仿我的高声大嗓，但语调上学得毫无二致，于是，他那非同常人的低语，就成了我话语的回声。

而对这幅最精美的肖像画（因为公正地说那还不能被称作讽刺漫画），我不敢说出当时自己是多么烦恼。唯一的安慰是，他的模仿显然只有我一人留意。对于那同姓同名者只可意会的嘲讽笑容，我也只能忍耐。看到计谋得逞，在我心里发了酵，他满足了，似乎为我的刺痛感暗地里吃吃地笑。他如此机智的模仿，肯定能博得满堂彩，可他偏不在意这个。全校学生没一个人看出他的花样，谁都没有发现他在这一点上大功告成，所以也没人跟风嘲笑。这真是个谜，我忧心忡忡地过了几个月，还是没揭开谜底。或许因为他是一点一点、循序渐进地模仿我的，所以大家才不容易看出。或者说，我没有落人笑柄，很可能由于模仿我的人神气活现，不屑做表面文章（就像画一幅很有形式感的画，再愚钝的人也看得出），而是只流露出对我全部精神的戏仿，让我暗中愁闷，独自懊恼。

我不止一次说过，他总爱对我摆出一副保护者的可恶嘴脸，常常多管闲事，与我意见相左。他经常不合人意地劝告我一番，不是公然建议，而是给个暗示，迂回包抄。我接受他的"好意"，心里却很反感。随着我一年一年地长大，这种反感越来越强烈。时隔多年，我还是说句公道话吧。我承认，我那冤家对头年纪轻轻，看起来经验不足，他的建议却不曾出错或者显得愚蠢。我也承认，如果说他在聪明才智和世故人情上不比我高明，但至少，他的道德感远胜于我。我还不妨承认，他意味深长的耳语中蕴藏的金玉良言，我若不是常常弃之不顾，那么今天，我或许就是个比较善良、比较快乐的人，可当时，我却对他的劝告恨之入骨、轻视至极。

最终，他那令人讨厌的监督使我失了耐心。他的自以为是让我难以忍受，我对他的愤恨一天比一天露骨。我说过了，在和他做同学的头几年里，我对他的感情不难成长为友谊。但在校园生涯的最后几个月，虽然他平日爱管闲事的脾性减弱了几分，可我心中的恨意却加深了几分。我觉得，他有一次看懂了这一点，此后他就躲避我，或者说假装躲避我。

如果我没记错，就是在那个时候，我跟他大吵了一次。那次他一反常态，他放松警惕，公开跟我叫板，真是敢作敢为。我发现，或者说我自以为发现，他的口音、神情、外表中不知蕴涵着什么。这一发现起初令我惊愕，继而极感兴趣。我的眼前依稀出现婴儿期的事——混乱的往事不召而至，可那时，我还没有记忆。我无法更好地描绘出这种压迫我的感觉。不如这么说吧，我好不容易才摆脱这样的幻觉——站在面前的他，我早就认识，在很久远的过去，久远到没有尽头。幻觉来得快，去得也快。我提到这一点，是想确定，我跟同名同姓的他最后聊了一次的那一天。

在那幢古旧的房屋及其不计其数的房间里，有几个彼此连通的大房间，那是大多数学生的宿舍。房屋里面也有不少小角落、小壁凹和零零碎碎的空间。房屋设计得这么笨拙，难免会有这样的地方。就连只能容纳一人的储藏室般的小空间，勃兰斯比博士也精打细算，给布置成宿舍了。其中一间就住着威尔逊。

大约在我第五年校园生活快结束的时候，一天晚上，就在上文提到的那次吵架后不久，每个人都已酣然入梦，我从床上爬起来，手里提着灯，穿过一道狭窄的走道，悄悄溜到了冤家对头的寝室。我老早就想使出一个恶毒的花招，拿他寻寻开心，让他尝尝我的厉害，却一直没有得逞。现在计划就要付诸实施，我一定要让他感觉到我对他深深的怨毒。到他的小屋门口了，我把套有灯罩的灯留在外面，蹑手蹑脚进了门。我朝前迈出一步，倾听着他安静的呼吸。确信他真的睡着了，我才折身出去，取了灯，再次走到他的床边。四周挂着帐子，把床遮得密密实实。计划就要实施。我缓缓拉开帐子。明亮的光线照在睡着的人身上，我的目光投向他的脸。一望之下，我顿时浑身麻木，恰似兜头泼了盆冷水。我心脏狂跳，膝盖颤抖，无缘无故地，惊骇得受不了。我直喘大气，无声地把灯放低了些，低到就要碰到他的脸。眼前就是威廉·威尔逊的面容吗？我真切地看到，他就是这副模样，可是又想到，他好像长得并不是这样。我止不住发疟疾一样颤抖起来。他的容貌怎么会把我吓得魂不附体呢？我凝视着他，大脑一团乱麻，各种不连贯的念头蜂拥而至。他醒着的时候不是这个样子，绝对不是。同名同姓！同样的面容！同一天进学校！然后，他莫名其妙又无比顽固地模仿我的步态、我的声音、我的习惯、我的举止！他一直模仿我，难道由于这讽刺般的模仿，才使他变成我现在所看到的模样？我被一种敬畏感击中，周身战栗起来。我灭了灯，悄悄走出房间，离开了那所古旧的学校，再没有跨进去一步。

我闲散在家，打发掉了几个月时间。不知不觉间，我已经成了伊顿公学的一名学生。短短一段日子过去，关于勃兰斯比那个学校的记忆淡了，至少再想起的时候，心情上起了明显的变化。真相或者说悲剧，烟消云散了。现在，我足以质疑自己的理性了。若非奇怪于人们何以那么容易上当，暗笑自己何来那么活灵活现的想象力，我很难想到去质疑自己。在伊顿公学的生活也不能削弱这种怀疑。一到那里，我马上不顾一切卷入荒唐的涡流之中。除了泡沫般的琐细事，一切都荡涤一空，铭刻在心头的，都给席卷走了。记忆里，只留下往日生活中最轻淡的部分。

在此，我不准备描述我可悲的浪荡生活 —— 浪荡到躲开校方的注意，公然向法律挑衅。三年时间白白耗费，没有任何收获，只害我染上根深蒂固的恶习。还有就是长高了，高得都有点离谱。放浪形骸一个星期之后，我把一小拨荒淫透顶的学生请到我的房间，偷偷举办了一个盛宴。我们于深夜时分碰头，打算寻欢作乐，混个通宵。我们狂饮无度，也不乏别的兴许是更危险的诱惑。天亮时分，穷奢极欲达到高潮。我满脸通红，醉醺醺地玩着纸牌，一边还无耻至极地嚷着再干一杯。突然，我看到房门猛地推到半开，一个仆人急吼吼的声音在门外响起。他说，有人要我到门厅谈谈，很急切的样子。

我酒劲十足，听到有人找我，非但不吃惊，反倒挺高兴。我马上踉踉跄跄往外走，只走几步路就到了宿舍楼的门厅，又矮又小的门厅里没有灯。天很晚了，又不允许开灯，只有几丝微弱的光线，从半圆形的窗户照进来。我正要抬脚跨过门槛，却一眼看到一个年轻人。他和我身材相仿，穿着件雪白的羊绒晨衣，式样裁剪得很新潮，与我当时穿的那件一模一样。映入眼帘的这些，是我借着朦胧的亮光看的，他的容貌却看不分明。我一进门，那人连忙一个箭步来到我跟前，一把攥住我的胳膊，一看就知道很焦急。他在我耳边低声吐出几个字："威廉·威尔逊！"

我酒意顿消，完全清醒了。

看这陌生人的样子，看到亮光中，他颤抖的手指竖在我眼前，我感到万分惊讶，但并没有受到太大的触动。是那总是透出严肃警告意味的古怪低沉的嘶嘶声里，尤其是那耳语般的几个简单而熟悉的字眼，那字母、音质、语调，如同强电流般震慑住了我。过往的记忆不期而至。没等我从震惊中恢复过来，他已经走了。

这一事件虽然在我混乱的脑海里刻下了鲜明的印记，但它也渐渐消散了。说实话，开始一连几个星期，我始终在认真探寻，或者说陷入病态的猜测。我不能假装自己不认识那个怪人。就是这个人，总是不屈不挠地干预我的私事，不厌其烦地暗示我一些忠言。但这个威尔逊到底是谁？他是干什么的？他从哪里来？他究竟想怎样？这些我统统解答不了。关于这个人，我只知道他家突遭变故，在我从兰斯比出逃的那个下午，他也只好离开了那里。可没过多久，对于这些我便不再多虑，一心只想着动身去牛津大学的事。不久我就到了牛津。我父母极其虚荣，给我准备的用具非常排场，一年的花销也很充足。我可以大肆挥霍了——这样的生活真是深得我心。我有了与大不列颠那帮傲慢的豪门子弟比阔的能耐了。

我兴致益然，因为我有了堕落的本钱。我的天性喷涌，且变本加厉。我拼命寻欢作乐，毫无节制，一点颜面都不顾及。如果在此细述一遍我的孟浪，那可真是荒唐。在挥霍方面，比起希律王①，我甚至有过之而无不及。若是将诸多新奇勾当一并列出，那么，在这所欧洲最荒淫的大学那串长长的恶行录上，我所干的坏事就有不短的一串。

让人难以置信的是，恰恰是在这所大学，我彻底从绅士阶层堕

---

① 耶稣诞生时的犹太王，以暴虐著称。

落为下流赌棍。我千方百计去熟悉职业赌棍那套卑劣的骗术，等到精通之后，常常在低能同学那里大显身手，屡次给自己本来已很丰厚的钱财添砖加瓦。这是确凿不移的事实。无疑，我一次又一次犯下大错，违背德行，有失体面。主要原因——若非唯一原因的话，是因为我屡屡免于责罚。我那帮自甘堕落的同伙，谁不愿意替我辩护？他们谁也不会说我的思想有问题。在他们眼里，快乐、率直、慷慨的威廉·威尔逊，是牛津大学最高贵、最磊落的自费生，他的荒唐（他的追随者说）不过是年轻人的荒唐，是突发奇想的荒唐，他的错误只是出于突发奇想，他无知的恶不过是无意间浮华的孟浪？

迄今为止，我在赌场上成功地耍了两年花招，直到我们学校来了个暴发户，一个叫葛兰丁宁的贵族。据说，他跟希罗德·阿提库斯[①]一样富有，财富都来得轻而易举。很快我就发现他智商不高。我自然把他当作施展绝技的大好对象。我经常怂恿他玩牌，还故意使出赌徒的惯用伎俩，让他赢走了数目相当可观的一笔钱，以便更行之有效地让他掉进我的陷阱。我的计划终于成熟了。我在另一个自费生（普雷斯顿先生）的宿舍跟他碰了头。我心里只转着一个念头，这次会面是最后一次，也是决定性的一次。普雷斯顿先生和我们俩的关系都不错，公平地讲，他毫不怀疑我是怀揣巨大阴谋的人。为了让这次骗局更为有声有色，我特意假惺惺地召集一班人马，大概八九个人，小心地装作顺便提及玩牌这事。不出所料，那个傻瓜立

---

① 希罗德·阿提库斯（101—177），希腊修辞学家、诡辩家。曾捐献财产装饰雅典城及别的希腊城市。

刻上钩了。简单来说，在这件缺德事中，卑劣的手段无一遗漏。赌博时，人们常常要尽手段，奇怪的是，怎么还有人稀里糊涂中招？

夜很深了，赌局还没有散场。最后，我的阴谋终于得逞了，葛兰丁宁成了我唯一的对手。我们玩的是我最喜欢的埃卡特①！看着我们一掷千金的气势，人们大感兴趣，都扔掉自己手里的牌，站在旁边当了看客。在我的诱骗下，暴发户葛兰丁宁上半夜喝了很多酒。现在他洗牌、发牌、打牌都紧张得要命。我想，看他这种表现，确实喝多了，不过绝对不能把账都算到酒精的头上。一会儿工夫，葛兰丁宁就输给了我一大笔钱。我沉着地等着。果不其然，他灌了一大口葡萄酒后，提出将赌注再加一倍——原有的赌注数字已经很大了！我装出很勉强的样子，假意推托着，见我再三拒绝，葛兰丁宁怒了，对我破口大骂起来。我这才假装是由于生闷气而答应了他。结果证明，这个猎物完全落进了我的圈套中。不到一个钟头，他的赌债就翻了四倍。让我惊讶的是，有一阵子，他那原本喝得通红的脸上，红色褪去，面如死灰，可怕极了。我说了，我很惊讶。我仔细调查过了，据说葛兰丁宁富得流油，他输的这笔钱，在别人眼里固然不是小数目，可我想，他不至于郁闷成这样，更不该反应这么激烈。我忽然想到，酒刚一落肚，他就醉了。我正要断然坚持不赌——并非出于无私的动机，而是为了在同伙面前保持人格——忽然留意到周围人的表情，同时听到了葛兰丁宁万分绝望的叹息。我明白了，我已害得他倾家荡产。一看是这种情况，大伙

---

① 纸牌的一种玩法，可供两个人玩。每人各发五张牌，第十一张为王牌，满五分成一局。

都同情起他来，即便是恶魔，也不忍心对他下手。

我当时是怎么一副模样，这可真是不好说。受愚弄者的可怜相，使所有人都面带愁容，窘迫不安。周遭一时寂静无声。这伙人里不那么浪荡的，都向我投来轻蔑、责备的目光，烧得我的脸火辣辣的。我甚至愿意承认，有一瞬间我很焦虑，都快支撑不住了。不过，随之而起的意外事件，使我心里暂时松了口气。又宽又重的折叠门轰然一声大开，冲力又猛又急，房间里的烛火犹如受到巫术操纵，纷纷熄灭。将熄未熄时的一线亮光，刚好让我们看到进来了一个陌生人。那人身高与我不相上下，身上紧紧裹着件披风。房间里漆黑一片。我们感觉得到，来人就站在我们中间。他这么粗蛮地闯进来，使我们大惊失色，不等我们恢复镇静，这位入侵者就开口了。

"各位。"来者说道，他那嘶嘶的声音低沉、清晰，让人毕生难忘，吓得我骨头缝里都渗进凉意，"各位，我不想为自己的行为道歉，我来这里是为了尽我的责任。今晚，这个人玩纸牌赢了葛兰丁宁爵爷一大笔钱。不用说，你们并不了解他的本性。所以，我要给大家提供一个又快又好的办法，以便你们认清这人的真面目。你们要是有空，请检查一下他左袖口的衬里，那件绣花晨衣的大口袋里，兴许藏着几小包东西。"

他说话的时候，四周静得出奇，连一根针掉到地上都能听到。话一说完，他马上离开了，来无影去无踪。我可以描述一下自己的感受吗？需要描述吗？难道我必须这么说：我被这该死的家伙吓坏了？无疑，我已经没时间思量这些了。大伙七手八脚把我当场揪住。烛火霎时间又亮了。搜身开始了。玩埃卡特时必不可少的花牌从我袖口的衬里中翻出来了。在晨衣的口袋里，也翻出了几副纸牌，跟我们在牌局上用的一模一样，只是，这几副都是术语叫作"鼓肚子"的那种，大牌的上下两边微微凸起，小牌的左右两边微微凸起。如此部署，受骗者按照惯例竖着切牌，必然会发给对手一张大牌。赌棍则是横着切牌，自然不会发给对手一张计分的大牌。

真相败露，若是大伙义愤填膺，我觉得还好接受，沉默不语或者冷嘲热讽反而更刺伤我。我承受的是后者。

"威尔逊先生，"房主普雷斯顿一边开口，一边弯下腰，从脚下取出一件毛皮稀有的豪华披风，"威尔逊先生，这是你的东西。"（那天天冷，离开自己的房间时，我在晨衣外披了件披风，到了牌场才脱下）"我看，还得搜一搜这件披风（他脸上挂着一抹冷笑地看着披风的褶皱），再给你那套把戏找出些证据。说真的，证据已经足够。希望你明白，你必须离开牛津大学——不管怎样，必须马上离开我的宿舍。"

当时，我被贬损得一钱不值，卑微得低到尘埃，若非思绪被一件不可思议的事牵绊住，听到这番难堪的话，我肯定马上大动肝火。我穿的披风是用稀有的皮子缝的，稀有到无从描述，具体值多少钱，我也不敢说出来。样式也是我本人别出心裁的发明。我酷爱打扮，虚浮轻狂，在衣饰上挑剔到可笑的田地。所以，当普雷斯顿先生从折门旁边的地板上拾起一件披风，交到我手上时，我吃惊得都害怕了——我发现自己的披风已经搭在了手臂上。我自然是无意间搭上的。递给我的那件，与我手臂上的这件一模一样，连最细微的地方都如出一辙。我们这伙人中，除了我，谁都没穿披风。我记得，那无情揭露我的怪人身上倒是裹了件披风的。我不露声色地接过普雷斯顿给我的那件披风，悄悄放在自己那一件上面，怒容满面，头也不回地离开了那里。次日，天还没亮，我就离开了牛津，匆匆踏上奔赴欧洲大陆的旅途。心里又是恐惧，又是羞耻，苦恼得难以言喻。

逃也是白逃。厄运追随着我而来，好像现出得意忘形的样子，而且事实证明，厄运如此不可思议地摆弄我，只不过是个开头。我还没在巴黎站住脚，就有了新发现：这个威尔逊又讨嫌地管起我的闲事来。年复一年，我心里的弦一直绷着。这个坏蛋！在罗马，他对我的雄心横加干涉，闲事管得那么不合时宜、鬼鬼祟祟！在维也纳也是，在柏林，在莫斯科，都是如此！说实话，我走到哪里不对他怨声载道，不在心里咒他不休？他匪夷所思的苛刻管束，最终总是让我仓皇出逃，像是逃避瘟疫。可我纵然是逃到天涯海角，终归也是白逃。

我一次又一次地暗自寻思，一次又一次对自己这么发问："他是谁？他来自何方？他到底想干什么？"可我想不出答案。然后，我万分仔细地研究他无故监督我的形式、方法、主要特征，但也看不出个究竟来。他最近确实常常跟我作对，每一次都想要阻碍我的计划、扰乱我的行动。如果我的计划得以实施，难免造成可怕的灾祸。对于神气活现的大亨来说，这个理由真的很苍白。对于独断专行的天性来说，就算碰到无礼而执拗的横加干涉，这理由也保障不了什么。

我还被迫注意到，那长久折磨我的人，一直打扮得和我一样，他的这个奇想可真是机智得惊人啊。每当他想干涉我的意愿，总是竭力不让我看到他的脸。不管他是不是威尔逊，这样做都非常做作，相当愚蠢。在伊顿公学忠告我的，在牛津大学毁我名誉的，在罗马不让我如愿，在巴黎妨碍我复仇，在那不勒斯阻挠我热恋，在埃及不让我满足欲望——他诬称这是贪婪。难道他以为我一眼认不出这个心腹大患、邪恶的天才就是我小学时代的同学威廉·威尔逊？难道我认不出他就是那个与我同名同姓的人，我的伙伴、冤家对头——那个勃兰斯比博士的学校里可恨又可怕的冤家对头？不可能！但是让我赶紧把这出戏的最后也是最重要的一场唱完吧。

至今我还被威尔逊把玩在掌心。我一贯认为他人格高贵、智慧不凡，他无处不在、无所不能的本事让我深深敬畏，他的某些天生和假装的特性又让我害怕。由此可知，我是多么软弱、多么无能。我也由此明白了，尽管不想痛苦地勉强屈服于他的专断意志，但还是盲从为好。最近，我彻底沉湎于酒乡。酒精使人发疯，它刺激了我祖传的脾性，害得我愈发焦躁，难以控制。我从自言自语到迟疑不决，最终断然抗拒。我日渐相信自己一天比一天强硬，折磨我的人一天比一天衰弱，这难道只是纯粹的想象？即便如此，我却开始感觉到炽热的希望在激励着我，最后，那个不顾一切的决定终于孕育而成。我不愿意再受到别人的奴役。

　　罗马。18×× 年。狂欢节。我去参加那不勒斯公爵德·布罗利奥府的化装舞会。我比平日里还要纵饮无度。房间里人潮滚滚，空气令人窒息，这让我非常恼火。我费力地穿过闹哄哄的人群，火气一点都没消退，我在找年老昏聩的德·布罗利奥那个青春、放荡、美丽的妻子。别让我说出自己卑鄙的动机。她先前私下里就恬不知耻地跟我说过，她会化装成什么样子。现在我看到她了，我立刻急匆匆地朝她走去。正在这时，我感到一只手轻轻搭上我的肩头，那难忘的、该死的低语又一次在耳边响起。

　　我怒不可遏。一个急转身，狠狠揪住与我作对的人的领子。果然不出所料，他打扮得跟我一模一样：西班牙式蓝色天鹅绒披风，猩红的腰带，腰带上挂一把长剑，脸上蒙着黑色的丝绸面具。

　　"恶棍！"我叫道，愤怒得声音都嘶哑了。每吐出一个字，怒火都腾起几分，"恶棍！骗子！可恶的大坏蛋！你不该这样死死纠缠我！跟我来，不然我一剑刺穿你！"我拽着他就走。我们穿过人群，离开舞厅，来到隔壁的小会客厅。

　　一进屋，我就猛地把他推了出去。他跌跌撞撞退到墙边。我诅咒着，砰地关上门。我让他拔出剑来。他犹豫了一会儿，然后，幽幽地叹息一声，默默拔出剑，摆开了防御的架势。

　　决斗的时间实际上很短。我受了各种刺激，狂怒不已，只感到自己的手臂力大无穷。几秒钟之内，我使出全部力气，把他抵到墙上。他陷入可怜的境地。我残忍地一剑刺中他的胸口，一剑又一剑，刺了很多下。

那一刻，有人想把插销拔开。我慌忙堵在门上，不让任何人闯进来，然后马上回身走向对手。他快死了。可是看到眼前的景象，我心中的惊讶、恐惧不知要用人类的哪种语言才能贴切地描绘出来？我的视线不过移开短短的一瞬，就在那一瞬，房间上面或者说远处的布景就起了明显的变化：房间里居然立了面大镜子！原本可没有镜子。开始我还以为是看花眼了。我恐惧极了，一步一步朝镜子走去，自己的影像迎面走来，面色苍白，血迹斑斑，步态凌乱，虚弱地摇晃着。

我刚才说，那是我的影像，其实不是，那是我的对手——是威尔逊！他奄奄一息，痛苦地站在我面前。面具和披风摊在地上，如今还在地上摊着。他衣服上的每一个针脚都像我的，他触目而奇特的面部特征，哪一点都像我的，甚至与我绝无二致！

那是威尔逊。他的声音不再是耳语一般。他一开口，我还真以为是自己在说话：

"你赢了，我败了。不过，从今以后，你也死了——对人间、对天堂、对希望来说，统统死掉了。我活着，你才存在。而我死了，看看这影像，这正是你自己，看你把自己谋杀得多彻底。"

摩格街凶杀案

妖女唱什么歌，阿喀琉斯藏在女人堆里的时候用什么名字，尽管这都是难解的谜，但最终也能被猜破。

——托马斯·布朗爵士

那些善于分析的人，他们的性格什么样，我们是参不透的。我们只能看到他们表现出来的一些性格特征。在通常情况下，对那些内心丰富的人来说，他们的性格就是他们的快乐源泉。就好比强健的人在运动中体会到挥洒自如的快乐，由此为自己强健的体魄而自豪。同样的道理，各种错综复杂的心理活动能被性格分析师梳理得清清楚楚，这让性格分析师感到非常骄傲。只要是需要动用脑筋的事，即便是分析很简单的问题，也能让性格分析师从中享受到乐趣。他们喜欢破解迷惑，猜测谜语，解读难以辨识的文字和图形。只要稍稍露两手，他们便能将智慧展现得淋漓尽致，而普通人对那些难题却无从下手。实际上，那些只要掌握了要害就能破解的谜，在外人看来简直像是凭直觉解开的。学习数学可以大大地提高人们解决问题的能力，尤其是数学的精髓——量化分析的能力，它凭借能够逆向运算的特征在这门学科中身居高位。分析能力的确有助于人们解决问题，但不能把数学运算等同于分析。比如，国际象棋手在棋盘上做计算却不能说是做分析。由此可见，人们常常夸大了围棋对性情培养的作用。现在我可不是要写论文，只是把我随手偶得、随心观察到的事情作为序言。接下来，我要讲一桩多少有些离奇的事情。我想要借此机会告诉大家，高水平的分析问题的能力完全可以在大众化的跳棋游戏中锻炼出来，其效果还比装腔作势地下国际象棋要好得多。下国际象棋的时候，象棋的棋步千变万化、错综复杂，人们经常把"复杂"误认为"深奥"（很多人都分不清这两种"难"）。

我们的注意力都集中在如何出棋上了。若稍不小心，就会有疏忽，甚至会惨败。能走的棋步错综复杂，所以很有可能一失足成千古恨。十有八九都会这样，专心致志的棋手比聪慧敏捷的棋手更容易获胜。与下国际象棋的情况相反，国际跳棋的棋步变数单一，下棋的时候就不大可能分神，所以相对来说下棋就是智商的较量了。说得更直截了当些——让我们来想象一场国际跳棋比赛，棋子就剩下四个王牌了，在这个关头开小差自然是不大可能。很明显，在棋手水平相当的情况下，某个考究的棋步就决定了胜负，智慧在此决一雌雄。性格分析师会站在对手的角度，把自己和对手做比较，常常能轻而易举抓住要害（有时候要害简单得让人难以想象）。正是这简单的要害可能让对手失误，或是让他慌慌张张地把棋步算错了。

人们早就知道，惠斯特桥牌可以锻炼人的计算能力，聪明绝顶的人会乐在其中。至于为什么会快乐，他们自己也说不清，但对国际象棋，他们却避而远之。毫无疑问，再找不到什么其他活动能像惠斯特桥牌这样充分调动大脑的分析能力的了。信奉基督教的顶级国际象棋手和整个国际象棋界的最佳棋手之间没有什么差别，但是惠斯特桥牌打得好则意味着在更高水平的智慧交锋中都很有可能胜出。我所说的技艺精湛，指的是集各方面的优势于一身。这样的优势不仅表现多样，而且形式各异。精湛的技艺通常蕴藏于深邃的智慧中，一般的头脑无法企及。只有仔细观察才能记忆深刻，以此类推，专心致志的国际象棋手能在惠斯特桥牌比赛中表现优异。而纸牌游戏的规则浅显易懂，纯粹是一些机械的规则。所以大家公认，棋艺精湛的全部秘诀就在于有过目不忘的记忆力，并按照棋步的规则走。但是，无法为纯粹的规则而限定的，正是分析家大显身手的地方了。分析家默不作声地不停地观察和推断，他的对手或许也在做着同样的事情。但分析家和对手的差别就在于他们观察到的信息量不同，而不在于做的推断是否合理，观察够不够仔细——

关键就在于该观察些什么。我们的牌手并没有限制自己的观察范围。他没有因为一心想要获胜，就把桥牌以外的事情统统丢到一边。他要观察对手的脸色，要把当前对手的脸色和自己遇到过的所有对手的脸色仔细地进行比较。他要思考对手是怎样理牌的，通常通过观察持牌人扫视手中每张牌的眼神，他就能默数出对方有几张王牌、几张大牌。他会留意对手在比赛进程中流露的每个微妙的表情，在对手犹豫、意外、得意和懊恼的表情中找到出牌的根据。从对手计从心来的样子，他就可以推断出以后对手还会不会依法炮制这种出牌的方式了。他能分清何时出牌得有伪装，适时地摆出一副随便把牌丢到桌上的样子。为了掩饰自己的意图，他或急切或无意地随口说出一句话，偶然弄掉或翻转一张牌，但早在心里默数着出牌的圈数了。对手脸上的表情如何变化，是窘困、犹豫、盼望还是不寒而栗……凭牌手的直觉，这些都是牌局的真实反映。在前两三圈打完之后，他对每个人手里有哪些牌都已经了如指掌。自然而然地，他出牌的目的性就变得非常明确。那种感觉就像在座的其他牌友早把手中的牌给他看过了一样。

我们可不能把人的分析能力和创造力混为一谈，尽管分析师肯定有创造力，可是有创造力的人往往并不会分析。人的创造力是在构建或联系的能力中体现出来的。骨相学家认为构建或联系的能力是人体的某个器官在单独地发挥作用，我也并不认同这种说法，因为创造力在这里又被想得太简单，傻子有时候也有创造力。很多作家在写到精神方面的内容时，都免不了要谈人的创造力。创造力与分析能力之间的差别，比幻想和想象之间的差别要大得多。不过，创造力和想象力的性质却非常相似。但在通常情况下，有创造力的人喜欢奇思怪想，而真正富于想象力的人才善于分析。

读者们马上就要看到的下面的这个故事，和我刚提出的论断多多少少有些联系。

18××年春末夏初的那段时间，我住在巴黎，并认识了C.奥古斯特·杜邦先生。这个年轻人出身于一个优秀——简直就是显赫的家族。但是由于接踵而来的不幸，奥古斯特先生变得穷困潦倒，他的锐气也被穷困消磨得看不大出来了。他既不想在现实生活中振作起来，也不指望自己以后能时来运转。他的债权人出于同情，还没有把他手中残存不多的一点祖传的财产都拿走。靠着用这点财产赚得的微薄利息，奥古斯特先生节衣缩食，勉强度日，对额外的开销连想都不想。书籍算是他唯一的奢侈品了，而书在巴黎到处都有卖。

蒙马特尔大街上有一个不起眼的图书馆，我正是在那里与他初次相遇。我们俩恰巧同时在那里找同一本不常见但又有价值的书。这让我们有了深入交流的机会，得以经常见面。他的家史深深地吸引了我，他以法国人对"自我"这个话题所持有的特别执着的精神，给我仔细地讲了一遍他家的事。我很佩服他居然看了那么多书。但最主要的是，我觉得自己的灵魂被他那狂野的热情和生动新奇的想象力点燃了。当时在巴黎找书时，我感觉和他这样的人在一起，实在是千金不换的享受。我坦诚地把自己的这种感觉告诉了他。最终我们决定，在我待在巴黎的这段时间里，我们就住在一起。我手头上比他宽裕一些，所以他提出条件要我付房租。我们按照两人都比较忧郁的性情，布置了一所年代久远且风格怪异的房子。这个房子已经很久没人住了，因为大家都听信了某种迷信的说法，具体是什么说法，我们也不得而知。这个房子位于圣日耳曼近郊人迹罕至的地段，看着就摇摇欲坠，破败不堪。

要是世人知道了我们的生活习惯，肯定会把我们当成疯子——尽管只是文疯子。我们完全与外界隔绝，谁都不见，就连我过去的朋友也不知道我们隐居在什么地方。有很多年，巴黎的人完全失去了杜邦的消息，而他对巴黎的人和事也全然不闻不问。我们只生活在自己的世界里。

实话实说，是杜邦的奇思怪想（除了这个，我还能有什么别的说法呢？）吸引了我，让我关注起他的家事，就像关注他的其他事情一样。我感觉自己已经完全丧失了自我，不知不觉对他的奇思怪想着了迷。上帝不总是帮助我们，但是我们总觉得上帝就在我们身边。每天早晨天一亮，我们就把这个老房子所有厚厚的百叶窗都关得严严实实，再把两个小烛台点亮。小烛台上洒了浓浓的香水，发出微弱而可怕的光。借着这一点点烛光，我们就全身心地投入梦想的生活中去了——读书、写文章、交谈，直到傍晚的钟声响起，告诉我们真正的黑夜已经来临，我们才收工。然后我们就在街上漫步，手挽着手，继续探讨着当天的话题。我们有时候也会走得很远，走到很晚。城市喧嚣，光影晃动，我们追求的生活让各自的心灵获得了无穷无尽的愉悦，而这只有静静地观察才能享受得到。

　　每到这种时候，我就不禁叹服杜邦先生非凡的分析能力（尽管从他丰富的理想中我早就料想到了）。他似乎也特别渴望运用自己的分析能力并从中获得快乐——而不仅仅是展示自己的分析能力，当然他也从来不隐瞒自己从其中得到的快乐。他咯咯笑着，低声向我夸耀道，很多人在他眼里几乎是透明的，他对我也非常了解，并且时常能拿出确凿的证据来证明这一切。每当到了这样的时刻，杜邦先生就神情冷漠，着实叫人捉摸不透。他的双眼不流露任何感情。他的嗓音原本是浑厚的男高音，声调抬高后变成了颤音，这个声音如果不是故意发出的，那就是为了提示区别。除了这两种情况之外，人只有在发脾气的时候才会发出这样的声音。看到他的这种状态，我就会想到古老的双重灵魂理论，我觉得杜邦先生是双重性格，他的奇思怪想很有意思——他不仅富有创造力，而且善于解决问题。

　　千万别以为，我刚才说这些是为了要详细地讲述一个神秘的故事，我并不打算写什么传奇故事。我所讲的这个法国人，只不过是一个思维活跃或者说是脑子有问题的人。说到他在和我相处时说话的语言特点，有个事例最能说明问题。

　　有一天晚上我们在一条肮脏的街上溜达，那条街离皇宫不远。我们俩都在想心事，所以最少有十五分钟的时间里，我们都一言不发。突然间，杜邦先生说出了这样的话：

　　"他的个子矮，的确是这样，但是这对于表演杂技更有利。"

我糊里糊涂地答道:"当然了。"由于我当时思考问题太专心了,都没注意到他说的话与我当时思考的问题正好吻合。但我很快就回过味来,而且对这个巧合感到非常震惊。

我严肃地说:"杜邦,我不得不说这简直超出了我的认知能力。我必须得告诉你我很惊讶,都不敢相信自己的感觉了。你是怎么知道我在想什么的呢?"说到这里,我停了下来,想确认一下他是否真的知道我当时想的是谁。

他说:"你想的是尚蒂伊,你怎么不说了?你刚才正想着尚蒂伊身材矮小不适合演悲剧呢。"

尚蒂伊身材矮小,这的确就是我刚才心里想的。尚蒂伊曾是圣丹尼斯大街上的皮匠,但对舞台表演着了迷,很想扮演薛西斯 ——这个克雷比荣悲剧中的人物。尚蒂伊身材矮小是出了名的,人们常拿他开玩笑。

我兴奋地说:"看在上帝的分儿上,快告诉我吧,你是怎么……是有什么窍门……看出我心里在想什么。"言谈间,我好像表现得过于震惊了。

杜邦回答道:"是那个卖水果的人让你想到尚蒂伊太矮了,演不了像薛西斯这样的人物。"

"那个卖水果的人!你是吓我呢吧……我可根本不认识什么卖水果的。"

"就是之前我们走在街上的时候,差点撞到你的那个人……大概是在十五分钟以前。"

现在我想起来了，从C大街走到我们现在所在位置的过程中，的确碰到过一个卖水果的人。当时那人头顶着一大篮苹果，险些把我撞倒。可我不明白的是，自己究竟是怎么把这个人和尚蒂伊联系在一起的。

杜邦先生可不是在招摇撞骗。他说："我一会儿解释给你听，到时你就会明白。咱们先回想一下你之前都想了些什么，从我和你说话的时候开始，直到那个卖水果的人撞上你为止。再多展开些联想……尚蒂伊、猎户星座、伊壁鸠鲁、石头切割术、铺路石还有卖水果的人。"

人这一辈子总有些时候，会回想自己是如何得到某些结论的，自己一步一步是怎样想的。这样的回想通常都很有趣，第一次回想的人会为自己的思绪能飞那么远而感到惊讶。当我听到杜邦先生说着他说过的那些话题时，我不得不承认他说的全都是对的。他继续说道：

"我要是没记错的话，在离开C大街前，我们一直在谈马。这是我们刚才探讨的最后一个问题。我们正在穿过大街时，有个卖水果的人，头上顶着一个大篮子，从我们的身边蹭了过去，把你撞在了一堆铺路石上。那些石头堆在施工的道路旁。你一脚踩空了一块石头，脚下一滑，差一点崴了脚。你当时很生气，嘴里嘀咕了几句，回头看了一眼石头，然后就不说话了。我对你那时的举动并没有特别在意，但是观察对我来说近来已经成家常便饭了。

"你一直盯着地面……一脸不高兴地瞥着人行道上的沟沟坎

坎，由此我就推断出你当时在考虑和石头有关的问题。直到我们走到那条名叫拉玛丁的小胡同时，你才不再想石头的事情了。拉玛丁胡同的路已经铺好了，用的是铆钉固定相叠的大石头。这时你脸上的表情才舒展开来，我看见你的嘴唇在动，一看就知道你念叨的是'石头切割术'——它专门适用于这种类型的人行道。我知道你要是没想起来矮个子的人，是不会自言自语说'石头切割术'这个词的，更不会想起伊壁鸠鲁。我们不久之前讨论到这个话题的时候，我不经意地告诉过你，这个希腊人的胡猜乱想后来居然被星云宇宙论证明是对的。这时我注意到你禁不住仰望猎户座的繁星，我已经料到你会这么做了，结果你真的抬头望了。现在，我有十足的把握能摸清你的脾气了。昨天《博物馆报》发表了一篇恶意讽刺尚蒂伊的长篇大论，在那篇文章里，作者用了可耻的冷言冷语，挖苦那个皮匠，说他一表演悲剧就改了姓名，还引用了一句拉丁诗句。我说的是这句诗：

第一个字母改了，整个名字都变了。

"我原来告诉过你，这句话说的是猎户座，现在写成 Orion，过去写作 Urion。我敢肯定，你不可能忘了我在解释时略带的挖苦。很明显，你肯定已经把猎户座和尚蒂伊联系起来了。从你嘴角露出的笑意，我就知道你已把猎户座和尚蒂伊联系起来了。你想到那个可怜的皮匠成了牺牲品。刚才你走路的时候一直有些驼背，可是现在你的身板挺得很直，我就可以断定你是在想尚蒂伊矮小的身材呢。就在这个时候，我打断了你的思路，说他的确个子不高——

说的是尚蒂伊——他表演杂技会更合适。"

这件事过了没多久，我们正浏览一份《论坛报》晚刊时，下面的几段话引起了我们的注意。

离奇血案

今天早上大约三点钟，圣霍克街区的居民被一阵惨烈的尖叫声吵醒了，尖叫声很明显是从摩格街的一所房子的四楼传出来的。这所房子只住着一位爱斯芭娜太太。她有个女儿，名叫加米勒·爱斯芭娜小姐。人们想从大门进去但是进不去。这样耽搁了一会儿之后，人们就用撬棍把大门撬开了，有十来个邻居陪着两名警察进去了。就在他们往里走的时候，尖叫声不见了。但是当一伙人冲上第一段楼梯的时候，他们听到了几个粗哑的声音在激烈地争辩着。那几个人的声音似乎是从楼上传下来的。当一伙人上到二楼的时候，那些声音就听不到了，房子里静得一点声响都没有。一伙人一间屋子挨一间屋子地分头找。当他们上到四楼的一个大房间的时候（房门锁着，钥匙还在门锁上，他们强行把门打开了），一幕场景展现在每个在场的人的面前，让人又怕又惊。

房间里乱得厉害……家具都被砸碎了，丢得到处都是。只剩下一个床架子。床垫已经被扔到房间中央的空地上了。椅子上有个剃刀，上面还沾着血。壁炉边的地上有两三绺又密又长的白头发，同样也沾上了血迹。这头发似乎是被连根拔起的。人们在房间的地板上找到了四枚印有拿破仑头像的硬币、一只黄玉的耳环、三把大银勺、三小块锡锑合金，还有两个包，里面装着价值将近四千法郎的黄金。房间一角有个书桌，抽屉是被拉开的，尽管里面还有不少东西，但明显是有人在里面翻腾过。人们在床下（不是在床架下）发现了一个铁皮保险柜。保险柜的门开着，钥匙还留在柜子门上。除了几封旧信和几份没什么用的文书之外，保险柜里面什么都没有。

人们连爱斯芭娜太太的影子都没见到，但壁炉里有很多异乎寻常的烟灰，于是就在烟囱里找（讲起来都让人毛骨悚然）。她的女儿加米勒·爱斯芭娜小姐的尸体，头朝下，让人们从烟囱里拽出来了。小姐的尸体已经被人顺着窄窄的烟囱推进去了很长一段距离，尸体还是温的。仔细看的话，会发现尸体上有些部位的皮肤已经脱落了，看来这是让人用力沿着烟囱推的结果。她的脸上有许多深深的划痕，喉咙处有些深色的瘀伤和手指掐痕，看来加米勒小姐是被人掐死的。

仔细地查看了这座房子的每个角落之后，没有什么更新的发现，一伙人来到了房后的一个平整的小院子里。爱斯芭娜太太的尸体就躺在那里，她的喉咙被彻底割断了。人们想把她抬起来的时候，她的脑袋就掉下来了。身子没比脑袋好多少，也被毁得很惨，简直都快看不出人形了。

我们认为，这个可怕的谜案恐怕连一点线索都没有。

第二天的报纸刊登了案件的这些细节。

摩格街的悲剧

　　和这个蹊跷可怕事件相关的很多人都被审问了，但这个案件还是没有一点线索。下面是法庭陈述的所有材料。

　　波利娜·迪堡，洗衣女工。她做证说自己认识爱斯芭娜太太和她的女儿已经有三年了，这三年以来，她一直给她们母女俩洗衣服。这位太太和她女儿的感情很好——母女俩很亲。她们的收入丰厚，她们的生活方式是女工无法讲清楚的。她觉得爱斯芭娜太太靠给人算命为生。人们都知道她挣了钱却存着不花。女工来她家取送衣服的时候，从来没见过有其他人。女工也确认她家里没有雇用人。这座房子里除了四楼，其他地方没有任何家具。

　　皮埃尔·莫罗，烟草商。他做证说将近四年以来，一直卖给爱斯芭娜太太烟草和烛花。皮埃尔就出生在这座房子的附近，而且一直住在这一带。爱斯芭娜太太和她的女儿已经在这里住了六年多。在她们之前，住在这座房子里的是一位珠宝商，楼上的房间被他低价租给了好几个人。房子后来才变成爱斯芭娜太太的财产。她对房客们不爱惜她的房子感到很不满意，所以就自己搬进去住了，一个房间都不愿再租出去。爱斯芭娜太太的脾气很孩子气。六年间，这位证人见过她的女儿五六次。她们母女俩过着与外界隔绝的生活——出了名地有钱。听爱斯芭娜太太的邻居们说，她会算命——但皮埃尔不信这一套。皮埃尔从没见过除了老妇人和她的女儿以外的其他人踏进她家的门槛，只有搬运工去过一两次，医生来过十来次。

还有其他几个邻居也提供了相似的证词。没人知道这房子的常客是谁，也没有人能说清楚太太和她的女儿是不是生活在一起。正面窗子的百叶窗很少打开，背面窗户的也经常关着，只有四楼的一个大房间的百叶窗总是开着。这座房子不错——还比较新。

伊西多尔·穆塞特，警察。他做证说，自己在凌晨大约三点的时候收到通知前往这座房子。当时他看到房子门口站了二三十个人，他们都想进来看看。后来，他们用刺刀而不是用撬棍把门撬开的。把门撬开并不怎么费力，因为那是双开的折叠门，门的上缘和下缘都没有上锁。人们在外面撞门的时候还能听见里面的惨叫声……但是后来，那惨叫声戛然而止了。它听上去像是由某个（或某些）极度痛苦的人发出的。那声音很大，还拉着长音，绝不是短促的叫声。证人上了楼梯。刚到一楼，就听到有两个人在愤怒地大声争吵着……一个声音粗哑，另一个声音尖细——一种很奇特的声音。他能听出那个粗哑的声音说的几句话，说的是法语。可以断定，那个粗哑的声音是个男人发出的。还能听出来"可恶的""恶棍"这样的词。声音尖细的是个外国人，虽然听不出那个人是男是女，也听不出说的是什么，但能听得出来讲的是西班牙语。房间里的情形和两个尸体的样子都是这个证人提供描述的。和昨天我们说的情况一样。

亨利·杜瓦尔，爱斯芭娜太太家的邻居。他是银匠。亨利·杜瓦尔做证说，他是出事后第一批进入房子的人之一。杜瓦尔的证词大体上证实了穆塞特说的话都是真的。他们破门而入之后就把门关上了，将围观的人群挡在了外面。尽管当时已经很晚了，但外面还是很快就聚集很多人。亨利·杜瓦尔认为发出尖叫声的是个意大利人，他敢肯定那不是个法国人。但他不敢保证那是男人的声音，也有可能是个女人发出的。亨利·杜瓦尔不太懂意大利语，所以他听不大明白说话的内容。但是听说话人的语调，说话的应该是个意大利人。他平时认识爱斯芭娜太太和她的女儿，还经常和她们母女俩聊天。他肯定那个尖叫的声音不是这母女俩发出的。

奥德埃玛，饭店老板。他是自愿做证的。因为他不懂法语，由翻译向他提问。他是阿姆斯特丹人。当尖叫声传出来的时候，他正巧路过。尖叫声持续了有几分钟 —— 大约有十分钟。声音大而且拖得时间长 —— 听着让人不寒而栗。奥德埃玛也是出事后第一批进入房子的人之一。他证实了之前证人提供的证词，但只有一条除外。那就是他认为尖叫声是个男人发出的，而且还是个法国人。但他没有听清那个男人说的是什么。那声音大而且急促 —— 忽长忽短，好像那人当时又害怕又生气。那声音很刺耳 —— 与其说是尖细不如说是刺耳。他认为不应该把那声音描述成是尖细的。另外那个粗哑的声音反复说着"可恶的""恶棍"，还说了一次"我的上帝"。

朱尔·米格诺，银行家。他和儿子一起开了家米格诺父子公司，公司在德罗兰大街上。爱斯芭娜太太是个有钱人。八年前的春天，爱斯芭娜太太曾在他的银行开了个账户，并且经常往账户上存些小钱。钱一直没取，被害前三天，她将四千法郎一次取清了。这笔钱是以黄金的形式支付的，银行派了个职员把钱送到她家。

阿道夫·来邦，米格诺父子公司的职员。他做证说出事的那天，大概是中午十二点的时候，他陪着爱斯芭娜太太带着四千法郎来到她家，这些钱被放在两个包里。门一开，爱斯芭娜小姐就站在门口，从阿道夫手中接过一个包，太太从他手中接过另一个包，然后他就鞠躬告辞了。他记得那时街上没有什么路人。那不是一条主干道——很偏僻。

威廉·伯德，裁缝。他做证说出事后，自己也进房子看过。他是个英国人，在巴黎住了两年，是第一批上楼的人之一。他听到了争吵的声音。那沙哑的声音是个法国男人的声音。他能听出来几个词，但是现在已经记不清了，听清楚的只有"可恶的"和"我的上帝"。他听到好像有几个人在打斗，尖细的声音很大，比粗哑的声音大。他确信发出尖细声的不是英国人，好像是德国人，也没准是女人。他不懂德语。

在以上提到的证人中，有四个人在提审的时候都做证说，当他们进入那个发现爱斯芭娜小姐尸体的房间时，房门是反锁着的。房间里一片寂静——听不到一丁点呻吟声或其他声响。把门撞开的时候，房间里一个人都没有。房间的前后窗户都被关上了，而且还从里面上了锁，锁得很牢固。这座房子的前面有个小房间，在四楼走廊的尽头，那个房间可以进去，房门当时是半开着的。那个小房间里放的都是些旧床、旧箱子之类的东西。人们把这些东西都小心翼翼地搬开，把里面全找了一遍。没有任何一个角落被人们放过、漏掉，连烟囱里面都被扫了又扫。她家的房子总共有四层，带阁楼。房顶上的活板门钉得很结实——好像有好多年都没有打开过了。从听到争吵声到把房门撬开，中间有一段时间间隔，证人们对这段时间间隔的说法不一：有人说是短短的三分钟，有人说有五分钟，因为门是费了些劲儿才被撬开的。

阿方索·格西奥，殡仪服务员，住在摩格大街，他是个西班牙人，也是第一批进入房间的人之一。他当时没有上楼，因为害怕，也知道自己如果受到这种刺激的后果会是什么。他也听到了争吵的声音。粗哑的是个法国男人的声音。他没听出具体说了些什么。那个尖叫的声音是个英国男人发出的，他对那个声音很有把握。他不懂英语，是靠语调来判断的。

阿尔贝托·蒙塔尼，糖果店老板。他做证说他是第一批上楼的人之一。他也听到了人们所说的声音。阿尔贝托认为，那个粗哑的声音是一个法国男人的。他还听出来了几个词。那个男人好像是在劝别人什么事。但阿尔贝托没有听清那个尖叫的声音说的是什么。那声音听起来慌慌张张，忽快忽慢。他觉得应该是个俄国人的声音。阿尔贝托的证词和很多证人的说法一致。他是个意大利人，从来没有和俄国人说过话。

几个被提审的证人都说，四楼所有房间的烟囱都很窄，人是钻不过去的。"扫烟囱"是说用圆柱形状的清扫刷来清扫，那和清扫烟囱的专业人员用的工具一样。清扫刷来来回回地把房子里的所有烟道都扫了几遍。房子里再也没有其他能通到楼下的暗道了，人们上楼的时候，罪犯是无处可逃的。爱斯芭娜小姐的身体被紧紧地塞在烟囱里，四五个人一起用力才把她的尸体从烟囱里拽出来。

保罗·迪马，内科医生。他做证说，天亮的时候有人叫他去看尸体。两具尸体当时都被置于那个发现爱斯芭娜小姐尸体的房间，被放在床架子的帆布上。小姐的身上有明显的淤伤，皮肤擦伤得很严重。只有"被顺着烟囱往上推"这个推测才能解释这种损伤的形成原因。她的喉咙被掐得很深，下巴的正下方有几个深深的划痕，还有几个青紫色的出血点，明显是手指的掐痕。小姐的脸色惨白，眼球突出，有一段舌头被咬断了。在她的胸口处有一大片瘀斑，明显是被人用膝盖压的。在迪马先生看来，爱斯芭娜小姐是被某一个或某几个陌生人给掐死的。她母亲的尸体被毁得很惨。爱斯芭娜太太的右胳膊和右腿的骨头几乎都已碎裂，左腿胫骨和肋骨也几乎全部粉碎。她的整个身体都被擦伤得很严重，已经没有了血色。真是很难解释这些伤是怎么造成的。粗木棒或大铁棍？就算是椅子——或是再大、再沉、再钝的凶器，如果不是到了有力气的人手里，恐怕都不能把人伤成这个样子。女人拿任何凶器，都不可能把人伤得这么厉害。证人们来的时候，这两具尸体的脑袋和身体已经"分家"了，简直是面目全非。喉咙明显是被某个锋利的工具切开——很有可能是剃刀。

亚历山大·艾蒂安，外科医生。是他和迪马医生一起验尸的。他也证实了其他人的证词，包括迪马医生所说的话。

尽管还提审了另外几个人，但是没有找到更重要的线索。在巴黎发生的命案中，我们还没有见过这么蹊跷、让人无从下手的。这次，警方完全无从下手。因为这实在是杀人案中的一起奇案，毫无蛛丝马迹可寻。

《论坛报》晚刊说圣霍克街区又有特大新闻了。警方把这个街区又仔仔细细地排查了一遍，还重新提审了证人，可事件仍毫无进展。在新闻的附言中提到阿道夫·来邦被逮捕并关押起来了——尽管到现在为止，还没有找到足够的理由给他定罪。

杜邦似乎对这起案件的进展怀有浓厚的兴趣，至少从他的行为举止上看是这样的，言语间他并不对案件做任何评论。只是在来邦被抓起来了的宣告发布之后，他才和我说起抓罪犯的事。

我看巴黎人都说得对，大家觉得这个案子根本没法破。对于怎样寻找罪犯，我脑子里没有一点线索。

杜邦说："我们不能指望靠提审证人来提供线索破案。人们素来称赞巴黎的警察敏锐、有智谋，但现在的可就没这么优秀了。他们办案不得章法，胡乱行动。警察们把能用的方法都用了一遍，却没明白不同的案件要用不同的办案思路。这让我们想起茹尔丹先生①，他为了听音乐听得舒服一些，居然叫人拿睡衣来。警方得出的结论往往让人意想不到，但是就大多数的案件来说，破案用的都是些雕虫小技。而当这些雕虫小技都派不上用场的时候，案子也就

---

① 茹尔丹先生，莫里哀喜剧《醉心于贵族的小市民》中的主人公，他是布商的儿子，一心希望跻身到贵族阶层。——编者注

别想破了。比如说，维多克①是个善于猜想的人，他也很有韧性。但由于他受的教育少，随着对案件调查的逐渐深入，他就屡试屡败了。他看待事物过于细致，所以就丢了大局观念。可能有一两个要点他看得非常清楚，但是一旦付诸行动，他就完全没了大局观念。所以说他把事物想得太深邃了。真相并不是总在井里。在我看来，真知往往出自看似浅显的道理。真知的神秘在于你要知道到哪个山谷里去找它，而不是到哪个山顶去捡它。尤其在研究天体运动的时候，也容易犯这种类型的错误。乍一眼看恒星——远远地斜望过去，把视网膜的外侧朝向恒星（因为视网膜的外侧比内侧对微弱的光线更敏感）——就能把恒星看得很真切，这是欣赏星光的最佳方式。当我们逐渐正视恒星时，星光就慢慢变得暗淡了。眼睛直对着恒星时，洒向我们眼睛的光线是最多的。但当我们侧视它时，对恒星的感知更为精确。明白了这样怪异的道理之后，我们不禁感到迷茫，会开始觉得原来自己的思维是那么禁不起推敲。看来要是长久地注视金星，它也会从苍穹中消失的。

　　"至于那桩谋杀案，我们不如先亲自调查一下，再形成自己的看法吧。亲自做个调查也是一种消遣。"（我认为消遣这个词很奇怪，但是没有说出来。）"况且，来邦曾经帮过我，我可不是一个忘恩负义的人。我们得亲自去那所房子看个究竟。我认识这里的警察局长，请他批准我们去调查，应该没什么问题。"

---

① 维多克（1775—1857），法国著名侦探，也是世界上第一位私人侦探。——编者注

得到批准之后，我们随即就到了摩格大街。这条街属于那种不起眼的大街，被夹在黎塞留街和圣霍克街中间。我们住的地方离那个街区很远，所以到那里的时候已经是傍晚了。那所房子很好找，因为还是有很多人出于好奇心站在街对面，漫无目的地望着那紧紧关闭着的百叶窗。那是一幢常见的巴黎式建筑。大门的一侧有个岗楼，上面装有玻璃，玻璃装在滑道上，玻璃上有个活动板，说明这是看门人住的地方。进屋子之前，我们先顺着街走，再沿着小路走，再转弯，就到了那房子的背面。在这段时间里，杜邦仔细地观察着那房子和它周围的环境，那副认真仔细的架势简直像是要从鸡蛋里挑出骨头来。

我们又原路返回，来到那所房子前。按了门铃，出示了搜查证之后，看门的人才让我们进去。然后我们上楼，到了发现爱斯芭娜小姐尸体的房间，那两具尸体还在那里放着。和其他案件一样，杂乱的房间仍处于原封不动的状态。我看到的一切都和《论坛报》的报道中写的一样。杜邦仔细地看过每一样东西，包括受害者的尸体。之后我们又去了其他房间还有院子，全程都由一位警官陪着我们。我们一直调查到天黑才离开那里。在回家的路上，杜邦去一家日报社待了一会儿。

我曾说过，我这位朋友的奇思怪想层出不穷，而对这些我一向也是听之任之。他现在谢绝讨论一切和杀人案有关的话题，到了第二天中午，他才突然问我，在那个残酷的犯罪现场看到什么特别的东西没有。

他说话的时候特别强调了"特别"这个词，而因为没有任何心理准备，我被他重重强调的语气吓得一哆嗦。

我说："没什么特别的，和报纸上说的是一样的。"

他回答道："恐怕《论坛报》没有把特别骇人听闻的东西写进去。别理报纸上那些没用的说法了。在我看来，大家认为这个谜案是破不了的，正是出于这一点，我反倒觉得要破这个案子简直易如反掌——我是说要从外部特征入手。警方看不出凶手杀人的动机，所以才感到束手无策。他们不是对杀人不理解，而是对凶手为什么这么残忍感到不解。他们没理解的地方还有，人们对听到的争吵声没有一致的说法，楼上一个人也没有，爱斯芭娜小姐却被害了。凶手要想不撞见上楼来的那批人，简直是插翅难逃。屋子里面一片狼藉，姑娘被刺伤的尸体头朝下塞在烟囱里，太太的尸体被损毁得惨不忍睹——这些情况和我刚才提到的事放在一起考虑，还有些我不必再提的因素，肯定让自作聪明的政府官员判断失误。他们现在已经犯了大错，不过也是常见的错误，他们把非同寻常的东西和深奥的东西混为了一谈。但正因不循规蹈矩，理智的人在探求真知的时候才有自己的发现。比如像我们所做的调查，我们不应该探究'发生了什么事'，而应该看看'发生了什么前所未有的事'。其实，越是警方觉得扑朔迷离的案件，在我看来就越是简单。"

我看着杜邦，哑口无言。

他看向我们公寓的门，接着说："我现在就等着了。我现在在等一个人，虽然他可能不是凶手，但肯定或多或少地和这个命案有牵连。在所有的罪行中，最让人感到痛心的是凶手很可能认为自己是没有罪过的。但愿我这样猜想没错。因为正是基于这个猜想，我才建立起对这起谜案的所有理解。我在这个房间里，每时每刻都在等着那个人。其实，他可能还没来，但他将来很有可能要来。万一他来了，一定要把他扣在这里。给你手枪。我们俩都知道要是到了万不得已的时候，该如何开枪。"

我把手枪握在手里，脑子里一片茫然，不知道自己做了什么，也不相信自己的耳朵听到的一切。可是杜邦还在接着往下说，好像是在自言自语。我在前面已经说过，他在类似的时候会做出一些让人琢磨不透的举动。他的那番话是说给我听的，但说话的声音却很小，仿佛是在说给一个远方的人听。他注视着墙壁，眼睛里没有流露任何情绪。

他说："那几个人爬到楼上听到的争吵声不是这母女俩的声音，我这么说是有依据的。如果真是如此，我们就排除了这样一种可能：母亲先杀害了女儿，后来又自杀。我提到这个问题是为了找到分析案情的方法。爱斯芭娜太太的体力还不足以把她女儿的尸体顺着烟囱往上推。她自己也死得很惨，这足以排除她自杀的可能。所以看来是第三方实施的凶杀。人们听到的争吵声应该是第三方争吵的声音。我们需要注意的——不是有关这些声音的证词——而是证词中不合理的地方。你有没有发现证词中有什么诡异的地方？"

我说，所有的证人都一致认为粗哑的声音是个法国男人的声音。但是证人对尖叫声的说法不一，还有个证人说那个声音很

"刺耳"。

杜邦说："这是证词本身的内容，但不是不合理的地方。你并没有发现什么诡异的东西。然而，我们还需要进一步观察。正如你所说，证人们对那个粗哑的声音的看法一致。至于那个尖细的声音，不合理的地方并不在于证人们的说法不一，而在于他们都觉得那是别国人说话的声音，无论他是意大利人、英国人、西班牙人、荷兰人，还是法国人，他们就是认为那不是本国人说话的声音。每个证人都这么认为，而他们对本国人说话的声音应该是很熟悉的。但他们倒把这个声音说成是他们所不熟悉的语言。法国人说是个西班牙人的声音，'要是他懂西班牙语，兴许还能听懂几个词'。荷兰人觉得是个法国人的声音，但我们知道这个证人'不懂法语，连审讯都要有翻译才能听懂'。英国人说是个德国人的声音，但'他不懂德语'。西班牙人'肯定地说那是个英国人的声音，但那是根据语调来判断的，因为他根本就不懂英语'。意大利人说是个俄国人的声音，'但他自己从来没有和俄国人说过话'。第二个法国人的说法和第一个法国人的说法也不一样，他确信那是个意大利人的声音，但他自己又不懂意大利语，和那位西班牙证人一样，'也是从语调上听出来的'。这样看来这个声音是真的很奇特了，这就是从证词里得出的唯一的结论。欧洲五个主要地区的人居然都没听出来！你该说没准儿是个亚洲人的声音了，要么就是个非洲人的声音。可是在巴黎，亚洲人和非洲人并没有多少。不过，我并不想否认这个推论，只想让你想想这三个要点。有位证人说那个声音'是刺耳而不是尖细的'。另外两个证人说是'急促而忽长忽短的'。证人们没有听到什么话语，也没有听到什么类似话语的声音。"

杜邦接着说："现在我也没法说清对你的分析的看法，但我想说的是即便是从这部分证词中——关于粗哑和尖细的声音的证词，得出的合理推断也足以让我们得到某种猜想，而这种猜想会为本案的调查提供线索。

"咱们设身处地想想吧。要是我们到了那个出事的房间，首先要找的是什么？找凶手逃离现场的路径。爱斯芭娜太太和小姐总不是被鬼呀神呀的害死的吧。作案的是看得见、摸得着的人，这就意味着他们逃离现场的时候不可能逃过大家的眼睛。那凶手究竟是怎么逃的呢？所幸的是，只有一种推理方式能说得通，它能帮助我们理清问题。我们先来逐个分析凶手逃离现场的所有可能的路径。很明显，在一伙人上楼的过程中，凶手是在发现爱斯芭娜小姐尸体的房间里的，至少也是在它附近的房间里。我们只是从那两间屋子里找线索。警方甚至把地板、天花板、墙砖都翻了个底儿朝天，任何蛛丝马迹都没有放过。但是，和警察搜查的结果相比，我更愿意相信自己的亲眼所见。那么，一切就都清清楚楚的了。从房间通向过道的两扇门都被锁得严严实实的，钥匙还留在里面。我们再讨论一下烟囱。烟囱离壁炉大约有八到十英尺，它的宽度属于常见的类型，充其量也就容一只大猫钻过去。凶手绝不可能从烟囱逃走。接下来，咱们只好想到窗户了。街上有那么多围观的人，在众目睽睽之下，他是没法从前屋的窗户逃走的。凶手肯定是从后屋的窗户逃走的。尽管我们对得出的这个结论比较有把握，但是作为分析者，我们不能因为看似不可能就认为这绝对不可能。我们现在的任务是，来证明那些看似不可能的事情恰恰是有可能发生的。

"那个房间有两个窗户，其中一个窗户没被家具挡住，很容易就看到了。另一个窗户的下半部分被笨重的床架挡住了，床架就紧挨着窗户边。人们发现那个没被家具挡住的窗户从里面被牢牢地锁起来了，力气再大的人也没法把那个窗户打开。靠左边的窗框上有个手打的大洞，洞里搜着一颗大钉子。查看另一个窗户的时候，也发现里面有颗类似的钉子。而且，这个窗户也没法打开。现在警方认为凶手不可能从烟囱或窗户逃走 —— 把钉子拔出来再开窗，太麻烦了。

"我亲眼看到的情况更特殊，就像我刚才提到的原因一样 —— 看似不可能的事情反而却是事实。

"我接着想，后面该发生些什么。凶手们确实是从其中的一个窗户逃走了。假如真是这样的话，他们就没法从屋里重新锁住窗户，但人们看到窗户是锁着的。很明显，正是因为看到窗户是锁着的，警方才就此停止调查。然而，窗户框是用钉子拴住的，凶手必须有足够的力气才能拴住窗框。这个推断无懈可击。我曾走到那个没有被挡着的窗框前，费了些力气才把那个钉子拔出来。我想把窗户打开，但与我原来料想的一致，我使了浑身的力气，也没有打开。现在我明白了，窗户里一定有个隐形弹簧。这个事实证明，至少我的猜测是正确的。但钉子是怎么安插上去的，仍然是个谜。仔细观察了一番之后，我终于发现了一枚隐藏在窗框里的弹簧。我按了一下弹簧，窗子开了，这真是让我又惊又喜。

"我把那颗钉子拔下来，好好地端详了一番。从窗户里钻出去的人是可以把窗户再锁上的，因为弹簧可以复位——但是就没人能再把钉子重新安插上去了。这个结论是顺理成章的，我调查的时候，结论就变得更具体了。凶手肯定是从另一个窗户逃走的。想象一下，每个窗户里的弹簧是一样的，这非常符合常理。但两个窗户上揳的钉子就会不一样，至少两个钉子的安插方式会有区别。走到床架子的帆布旁，我仔细地看了第二个窗户旁的床头板。我把手伸到床头板后面，轻易地就找到了弹簧，然后我按了按那个弹簧。和我料想的一样，第二个窗户的弹簧和旁边第一个窗户装的弹簧一模一样。我又看了看，这个窗户上揳的钉子也和另一个窗户上的一样，都是短粗的钉子。似乎安插的方式也一样，钉子差不多全都被揳进去了。

"你该说我胡闹了，但如果你真这么想的话，就说明还没理解我的分析方法。借用一个体育术语来说，就是我没有'犯规'。我一直遵循着这个思路。这个思路没有漏洞。我顺着这个思路推到底——谜底就是那颗钉子。那颗钉子怎么看都和第一个窗户上的钉子一样。但假如两颗钉子真的一样，我们的线索就没了。所以光说一样等于是说废话（即便好像确实是这样的）。'我们看钉子的时候，一定有差错。'我说道，然后碰了碰那颗钉子。大概有六毫米的钉身连同钉子头都掉在我手里了。钉身的剩余部分还留在钻孔里，钉子在钻孔里已经断了。其实，钉子早就断了（因为断面的边缘已经生锈），而且能看出来是用铁锤砸断的。和钉子头一起，钉身的一部分都还安插在底层的窗上。现在把我抽出来的钉子再安插回原处，我们看到的就是一颗完整无缺的钉子，根本看不出什么明显的断痕。按一按弹簧，我很轻松地就把百叶窗升高了几英寸。钉子头便也随着窗框一起上升，但还是待在原来的位置上。我把窗户关上，整颗钉子又恢复了原样。

"现在，这个谜算是解开了。凶手是从床铺上方的窗户逃走的。凶手离开的时候，不管窗户是自然下落（还是他有意让其复位），其实都是弹簧起的作用。警察错把弹簧的复原能力误当成了钉子的力量，看来后面做再多、再深入的调查都是多余的了。

"下面要解决的问题是，凶手是如何从窗户上跳下去的。我得说，你陪我一起绕房子走的那一趟才让我弄明白这是怎么回事。离我们说的那个窗户大概五点五英尺远的地方，竖着一根避雷针。谁也没法踩着那个避雷针够着窗户，更别提进到房间里了。可是，我发现四楼的百叶窗很特别，是人们说的那种巴黎木匠窗——如今已经很少有人用了，但在里昂和波尔多这两个城市的老房子里还时常能见到。这种窗户和普通的门的样子差不多（我说的是独门，不是折叠门），而不同之处在于窗户的上半部有镂空的小格子——这非常有利于攀爬。那座房子的百叶窗足足有三点五英尺宽。我们要是从房子的背面看窗户，这两个窗户都是半开着的——也就是说窗子和房间里的墙的夹角恰到好处。警察很可能也和我一样，查看过房子的背面。但要是从宽的角度去看窗户（警察肯定是这样做的），警察就看不出这种窗户其实是很宽的。他们无论如何也考虑不到关键的问题了。实际上，警察们只要认定凶手无路可逃，他们检查房间的时候自然就马马虎虎了。但是我知道床头的那个百叶窗要是向着墙的方向彻底打开，那么离房子外的避雷针就只有不到两英尺的距离了。很明显，对于身轻如燕、胆大如虎的人来说，完全可以踩着避雷针爬进房间——只要探出二点五英尺的距离（我们现在假想的是在百叶窗完全打开的情况下），盗贼就可以紧紧地抓住窗格子了。逃离房间的时候，他抓住避雷针，脚踩在墙上，然后猛地往下一跃就可以了。他还可以用冲力把百叶窗关上。如果我们假想那时窗户是开着的，他就可以把自己荡到房间里了。

"你要切记，我说的身轻如燕是作案成功必不可少的条件。这一招很危险，也很难做到。我的想法是先把一切可能办到的事都告诉你——但是，下一步（即主要的步骤）就是，我想让你明白一个很特殊的现象，那就是身轻如燕的条件几乎是常人无法具备的。

"要是用一个法律术语形容，你一定该说'我是在为自己的说法而辩护'了。我宁愿低估凶手身体的灵活性，而不想仔细考虑他是如何身轻如燕的，我最终的目的是发现事实。眼下我想让你明白，我所说的身体灵活，究竟是灵活到什么程度。当时还伴有尖叫声（或刺耳的叫声），声音忽短忽长。证人们对叫喊的人是哪国的都说法不一。谁也没听清一个字。"

听了这一席话，有个模糊的想法掠过我的脑海。我好像明白杜邦说的是什么意思了。就算没理解，至少也着边了。这种感觉就好比，人有时候发现自己马上就要记起什么事情了，可终究还是没能想起来。我的朋友杜邦接着说了下去。

他说："你会明白的，我从考虑凶手逃离现场的途径，转到他是怎么潜入房间的了。我的想法是，逃离现场和潜入房间用的是同样的办法。咱们再返回室内，再仔细看看这里的一切。据说抽屉里尽管还有不少东西，但肯定是被人翻过的。这个结论有点滑稽。不过没办法，这纯属猜测——而且是很离奇的猜测。我们怎么能知道抽屉里原有的东西不止现在这些呢？爱斯芭娜太太和她的女儿过着与外界完全隔绝的生活——没有同伴，也很少出门——所以几乎不用频繁地更换服饰。抽屉里找到的服饰档次很高，只有她们这个档次的女士才能穿戴。要是贼想偷的话，他怎么不挑值钱的拿？他为什么不全部都拿走呢？总而言之，他为什么放着四千法郎不拿，而和一捆亚麻布过意不去呢？钱都不要了。那位银行家米格诺提到的全部钱款都原封不动地放在地上。所以，我希望你能从自己的想法中排除那些对犯罪动机的错误理解。说到送到太太家门口的钱，警察们的心中就生出了误解。我们的生活中时时刻刻都有巧合发生，而且我们身边发生的巧合可能比这个巧合还要蹊跷（把钱送来，在收到钱的三天内，有人来图财害命了）。可是我们一点也没有留意。在一般情况下，对那些只知道读书而不懂概率论的人来说，巧合是思考问题的绊脚石——但人类最伟大的科研成果却要归功于概率论。因为有了这个理论，各种成果才能被最大程度地呈现出来。在这个案子中要是钱不见了，三天前送钱的事儿就不仅仅是巧合了。人们就会把谋财当成罪犯的犯罪动机。但是根据本案的情况，如果我们认为凶手是为了谋财而害命，那就应该把他想象成一个优柔寡断的傻子，要不然他怎么把想偷的钱和犯罪动机统统暴露给我们了呢?

"别忘了我让你注意的几点 —— 那个奇怪的声音、灵巧的身体，还有如此残暴的凶手竟然没有动机。让我们再回顾一下杀人现场。有位女士被人掐死了，还让人顺着烟囱头朝下地推了上去。一般的罪犯是不会用这种方式杀人的，尤其不会用这种方式处置被害者。单从罪犯把尸体顺着烟囱往上推这一点，就能看出这起案件有些不同寻常的地方 —— 和我们通常理解的人的行为相矛盾，即便是那些由演员扮演的特别堕落的人也没到这个地步。再想想，要想把尸体顺着这么狭小的空间推上去得用多大的劲? 就算几个人一起用力也很难把尸体从烟囱里拽出来!

"好，咱们再看看还有什么地方会用到这么大的力气吧。壁炉边有几绺非常浓密的白头发，而且它们都是被连根拔起的。你得意识到，就算一下子拔掉这二三十根头发也要用很大的劲儿才行。而可怕的是，那些发根上还挂着零星的头皮碎片呢。那个罪犯一下子就拔起了那么多头发，这足可以证明此人力大无比。爱斯芭娜太太不仅被割断了喉咙，连脑袋和身子都分家了，而作案工具才仅仅是个小小的剃刀片。你想想看这样的暴行是多么血腥。我还从来没和你谈起过爱斯芭娜太太身上的蹭伤呢。迪马医生和他能干的助手艾蒂安医生认为，太太和小姐都是被钝器害死的。现在看来，两位医生没说错。很明显，她家院子里的铺路石就是钝器。被害者从床铺上方的窗户摔下去，磕在石头上。这其实很简单，可是警察们并没有分析出来，和他们被窗户的宽度所蒙蔽是同样的道理。由于有钉子安插在窗户上，警察们压根儿也没想到这些窗户居然能打开。

"除了这些线索，你要是曾仔细分析过房间里那片狼藉的景象，我们现在就能把所有因素串联起来了。身轻如燕、力大无比、凶暴残忍、杀人不眨眼、作案离奇、没有人性、很多国家的人都听不出的说话口音、说的话谁也听不懂。这些能得出什么结论呢？你对我刚才的这些描述有何感想？"

杜邦问我的时候，我觉得凶手就像个杀人的禽兽。我说："罪犯肯定是个疯子，只有疯子才能做出这样的事情，他说不定是从附近疯人院跑出来的狂躁型精神病患者。"

杜邦说："从某种意义上来说，你的想法没有跑题。但疯子说话的声音，即便是到了他们病情发作最严重的时候，也不至于说让上楼的人一点儿都听不懂。疯子总该有个国籍。不管他们说的话是多么语无伦次，说出的音节总该是有规律可循的。另外，一个疯子的头发不会像我现在拿在手中的头发一样。这一小撮头发是我从爱斯芭娜太太手里拽出来的，当时被她紧紧地攥着。告诉我，你能从中得出什么结论？"

我没有底气地说："杜邦！这不是一般的头发——根本就不是人的头发。"

他说："我可没说过这是人的头发。但是，在我们断定这一点之前，我想让你看一眼我画在这张纸上的草图。这张图是按照证词内容画的。迪马和艾蒂安医生的证词中说爱斯芭娜太太和小姐的喉咙上有'深色的蹭伤和深深的手指掐痕'，那是'一系列青紫色的点，明显是手指的痕迹'。"

杜邦一边将那张纸铺开在面前的桌上，一边接着说："你马上就会明白，我画的这张画说明罪犯把被害者狠狠地掐住，被害者根本动弹不得。每个手指都留下了指痕 —— 可能直到被害者死去，他才松开手。凶手太使劲儿了，他的指甲都掐进了被害者的肉里。你现在也试着，按照我画的图摆一下手指的位置。"

我的手指根本摆不成那个样子。

他说："我们的实验可能有问题。图上的手指分布在平面上，而人的脖子是圆柱体的。给你一个木块，这个木块的周长和人脖子的大体相同。你用图纸裹住木块，再试一试。"

我就照他说的做了，可是想让手指的位置和图重合，这次比之前那次还困难。

我说："这不是人的手留下的痕迹。"

杜邦回答说："看看居维叶① 写的这篇文章吧。"那篇文章详细地描述了一种生活在东印度群岛上的褐色动物。人们都知道这种动物体形巨大，力大无比，还非常灵活，又异常凶猛。同时这种哺乳

---

① 居维叶（1769—1832），法国自然科学家，比较解剖学的创始人。

动物还擅长模仿。我这才恍然大悟，明白这起恐怖的谋杀案到底是怎么回事儿了。

我读完这篇文章后，说道："文章中描述的手指的形状和这张图上的一模一样。我明白了，只有刚才文章里说到的那种动物才能留下你画的这种指痕。那撮褐色的毛也和居维叶描述的一样。但是，我仍然无法完全理解这起案件中的某些细节。而且，那两个人们听到的争吵声，其中一个无疑还是个法国人的声音，又是怎么回事呢？"

"没错。你还记得吗？所有的证词都不约而同地说到那个声音说了一句话——'我的上帝！'？按照其中一个证人（蒙塔尼，糖果店老板）的说法，那个人说这句话用的口气，像是在紧急的情况下抗议或者劝告别人。因此，我之前把破案所有的希望都寄托在了这句话上。人们认为凶手里有一个法国人。可能——这种可能性非常大——凶杀发生的时候他身临其境，却一无所知。那个动物没准儿是从法国人那里跑出来的。他可能跟着追，一直追到了那个房间。但是在接下来的混乱情形中，法国人是不可能再去逮住它了。直到现在，那个动物还逍遥在外呢。我不想去追究这些猜测，也没有权利随意发言。因为我自己也觉得分析得不够透彻，也无法让别人清楚地理解自己的想法。我就姑且把这些想法叫作猜想吧。昨晚在我们回家的路上，我顺道去了《世界报》（这份报纸以购物指南为特色，海员们喜欢看）的办公室登了一则广告。如果我们说到的那个法国人真的不知道发生了这么凶残的事情，那看到这则广告后，他会到这里来找我们的。"

他递给我一张报纸，上面写着：

某天早晨（凶杀案发生的那天），在布罗尼的树林里抓到
一只体形巨大的棕色猩猩。现在主人（估计是个马耳他船上的
海员）又能失而复得了。但辨认无误欲将认领之时，要付捕抓
费和看管费。届时，请致电××，××街圣福布哲曼楼三层。

我问道："这怎么可能呢？你怎么知道那个法国人是海员，而
且还是马耳他船上的？"

杜邦说："我也不知道，其实我也拿不准这些事。这儿有一段
彩带，从彩带的形状和上面的油污看，明显是海员用来绑头发的，
海员们很喜欢这样做。更何况，除了海员之外，也没有几个人能将
彩带打出这种样式的结，而马耳他船上的海员尤其会打这种结。我
是从避雷针的下面拾到这条彩带的，应该不是死去的那对母女用
的。就算和彩带相关的事情我推理错了，那个法国人也并不是马耳
他船上的海员，我在广告上说的内容，也不会对任何人造成任何伤
害。就算我说错了，那个法国人也只会想我是被误导了，他并不会
劳神细究我是被什么误导了。虽然这个杀人案和他无关，但他要是
知道发生了命案，也不会痛痛快快地应广告来认领猩猩了。他会这
样想：'我虽然是无辜的，但很穷。我的那只动物很值钱——对于
陷入像我这般境地的人来说，它简直就是我的全部财产。我怎么能

冒险捉它还捉了个空呢？现在我总算有机会把它要回来了。是在布罗尼树林里找到的——离凶杀案发生的地方很远。人们怎么能将那样的举动怀疑到这个畜生上来呢？警察们肯定已经束手无措了——他们一定是一点点线索都没有。就算他们知道是个动物干的，也不会认为我是凶手，更不会认为我跟这案件有牵连。警察们顶多会知道有我这个人。广告中说我是这动物的主人。我也不清楚警察还知道些什么。我是不是不该去认领这个值钱的宝贝呢？既然都知道是我的财产了。如果怕被怀疑，我至少要放弃这个财产。我可不想为了要回自己的财产，而成了人们关注的对象。这不是我一贯的处事原则。我要去答复这个广告，领回我的猩猩，然后把它牢牢地关起来，直到人们不再提起这件事，我再把它放出来。'"

就在这时，我们听到了有人上楼的脚步声。

杜邦说："拿好枪，但不要开枪，也不要把枪露出来，除非看到我的暗号再开枪。"

房子的前门一直开着，来访的人进来了，他没有按门铃，就走上了台阶。但他好像突然又有了些迟疑。然后我们又听见他下楼了。听见他再次上楼的声音后，杜邦迅速闪到了门口。来客没有再次转身下楼，他步伐坚定地走上来，敲响了我们的房门。

"请进。"杜邦用轻松而真诚的语调答道。

有个人进来了。他明显是个海员——高高的个子，长得很敦实、很强健，但眼神一直躲躲闪闪。不过总的来说，他还比较有风度。他的脸庞晒得很黑，大半个脸都长着胡子。他手上握着一根很粗的橡木棒，却装出一副毫无防备的样子。他不自然地向我们鞠了一躬，然后道了一声"晚上好"，带着法国口音。尽管口音不重，但足以听得出他是巴黎人。

杜邦说："坐吧，朋友。要是我没说错的话，你已经为那个动物的事打过电话了。我真是羡慕你啊，能有这么值钱的宝贝。它真是个稀有的宝贵动物呀！你说它有多大了？"

那个海员深深地吸了一口气，脸上流露出如释重负的神色。然后肯定地答道：

"我也看不出来，不过它肯定不会超过四五岁。你是把它关在这里了吗？"

"不，没有。关在这里不方便。它现在被关在一个用人的马房里，在杜博大街，离这里不远。你早晨就能把它领回去。但是，你准备好认领那个宝贝了吗？"

"我做好准备了，先生。"

杜邦说："万一你得不到它，我会感到很遗憾的！"

那个人说："您的意思是，您不应该费尽周折而一无所获。我没有奢望过还能找到它。我愿意报答那个帮我找回它的人——也就是说，我们按常理办事。"

杜邦说："好，那这样就很公平了。让我想想！看看我有什么想要的。好，我知道了！我要的报答是这样的：请告诉我你知道的关于摩格街凶杀案的所有细节吧。"

杜邦说最后几个字时，把声音压得很低，说得很轻。他轻轻地走到门口，把门锁上，然后把钥匙放到了口袋里。从身上掏出手枪，不慌不忙地放在了桌子上。

那个海员的脸色"唰"地一下就变红了，看起来就快要窒息了似的。他站起来，手里拿着木棒。不过很快又坐下了，然后不停地发抖，脸色惨白惨白，跟死人的一样。我对他说的那些肺腑之言，还有那些表达同情的话，他都像没听见似的。

杜邦用和蔼的口气说："我的朋友，你用不着自己吓唬自己，虽然你现在正在这么做。你根本没做任何坏事。我向你保证，你还是一位绅士，还是一位标准的法国绅士。我们并没有要伤害你的意思。我很清楚你不是摩格街凶杀案的凶手，但无法否认的是，你或多或少地被牵连进了这个案件里。从我说的话你应该明白，我对这起案件已经有所了解，甚至就了解的程度来说，你可能连做梦都想不到有多少。但我们没法改变真相。你能躲的事都躲过了，错事你也一件都没有做。案发现场的东西，你都丝毫未动，其实就算你当时拿了也不会有什么罪过。你没有什么要躲藏的，更没有必要去隐瞒什么。换个角度来说，说出你所知道的一切将为你增添荣誉。现在有个清白的人顶着别人的罪名被关进了监狱，而你却可以指出真正的罪犯，解救那个无辜的人。"

杜邦说完这些话，海员才醒过神来。但他刚来时表现出来的勇敢已经没了踪影。

过了一会儿，他说："上帝，帮帮我吧。我这就把我知道的一切都告诉你。但是我说的话估计你们连一半都不会相信，换作是我自己听了，也不会相信的。但不管怎么样，我是清白的。我誓死捍卫自己的清白。"

他说自己最近去过一趟印度群岛。他们一伙人到了婆罗洲后，几个人饶有兴趣地在群岛上游览了一圈。他和一个同伴抓了一只猩猩。但那个同伴死了，这个海员就只能把猩猩独占了。这只猩猩非常凶猛，一路上他费尽周折才安全地把它带回巴黎的家里。为了不让邻居发现，水手小心翼翼地把猩猩藏在家里。船上的碎片把它的脚扎破了，海员打算等到猩猩必须去户外恢复脚伤的时候才把它带出来。而他最终的决定是把猩猩卖了。

那天早上，也就是凶杀案发生的那天早晨，海员和他的同伴玩了一个通宵之后，回家发现那头猛兽跑到他自己的卧室里了。海员原本把它关在卧室隔壁的小房间里，本以为很安全。没想到，那猛兽居然把两个房间的门都撞穿了。它当时手里捏着刀片，浑身是汗，正坐在镜子前，想试着模仿人的动作刮胡子呢！它肯定是过去从隔壁小屋的钥匙孔里观察到主人是怎么刮胡子的了。看到那么凶猛的动物手里捏着危险的"武器"，用得还那么游刃有余，海员一时真不知该怎么办才好。他过去总是在那只猩猩脾气最糟糕的时候用鞭子抽它，让它安静下来。他现在又用上了这一招。一看到鞭子，猩猩便一下子从房门蹿了出去，跑下楼梯，不巧的是，当时窗户还大开着，于是它跳出窗户，逃到了街上。

这位法国海员心灰意冷地追着猩猩，而猩猩的手里仍捏着刀片。它时不时地回头看，还向后面跟着跑的主人做手势，以此挑衅他。主人终于快要追上了，可它又跑走了。就这样忽远忽近地，主人追了好长时间。当时已经快要早晨三点钟了，各条街上还是一片寂静。沿着摩格街后面的一条胡同跑的时候，那所房子的四楼——爱斯芭娜小姐的房间开着窗，从里面透出微弱的灯光，那灯光吸引了猩猩的注意。猩猩迅速地跑到房子跟前，抓住房前的避雷针，用让人无法想象的灵巧劲向上爬。随后，它抓住了百叶窗，百叶窗向里大开着。从百叶窗跳进去后，它直接跳到了床头。从抓住避雷针到跳进房间，它整个过程用了不到一分钟的时间。后来猩猩又像进去的时候一样，把百叶窗一脚给踹开了。

海员这时真的是喜忧参半。他实在是很想抓住猩猩，它想从小姐的房间里逃出来简直是不太可能的事。要不是有房外的避雷针，猩猩根本就不可能进到屋里。它从房间里跑出来的时候，避雷针没准会把它绊倒。另一方面，主人又为那只猩猩都在房间里做了些什么而担心，他的担心不无道理。一想到让他担心的事情，海员又继续追猩猩了。登上避雷针并不困难，对海员来说尤其简单。当他爬到窗户那么高的位置时，他不得不停了下来，因为窗户在他左侧很远的地方。他能做的最多就是探身，往房间里看一眼。但看到房间里发生的那让人毛骨悚然的一幕之后，他险些松开手摔下来。然后就是那天晚上可怕的尖叫声。那尖叫声吵醒了摩格街上的居民们。爱斯芭娜太太和她的女儿都穿着睡衣，她们明显是在摆弄铁柜子里的文件，那柜子已经被推到了房间的中央，柜子门敞开着，里面的东西都放在地板上。两个被害人当时是背朝着窗户，从猩猩进入房间到母女俩发出尖叫声，整个过程极其突然、短暂，让人猝不及防。

海员向里面望的时候，那只大猩猩正抓着爱斯芭娜太太的头发（头发很松散，似乎太太之前正在梳头），拿着刮胡刀在太太的脸旁胡乱挥舞着，仿佛是在模仿理发师理发的动作。女儿吓得趴倒了，在地上一动不动。看上去，她已经晕过去了。太太尖叫着、撕打着（在此期间，她的头发被扯掉了），激怒了原本并无恶意的猩猩，它变得狂躁、愤怒起来。猩猩狠狠地挥动起粗壮有力的胳膊，太太的脑袋差一点就被削了下来。场面血腥，猩猩内心的狂怒被点燃。它咬紧牙关，眼里喷出怒火，一下子跳到了小姐身上。利爪径直向小姐的喉咙伸去，直到小姐咽气，猩猩才松开手。它看看这里，看看那里，眼光终于落到了床头，他看到床头上方露出了主人的脸。主人当时已经被吓得面无表情了。猩猩肯定还记得那可怕的鞭子，它的暴怒顿时变成了恐惧。意识到自己难逃惩罚之后，它就想把那些血腥行迹隐藏起来。它在房间里急得上蹿下跳，把家具挪了、毁了，拽着床头，把床挪了位置。最后，它先是抓起小姐的尸体，顺着烟囱塞了上去，就像人们看到的那样。然后又抓起太太的尸体，头朝前扔出了窗外。

当猩猩快把尸体拖到窗口的时候，海员被吓得退回到了避雷针上。与其说是滑下去的，不如说是他自己迅速爬下去的。海员赶快跑回了家——对发生的这一切深怀恐惧，同时又为自己不必再为如何处理猩猩劳神而庆幸。在那样的恐惧之中，他丢掉了猩猩。

人们上楼时听到的话就是这个法国海员因恐惧而喊出的声音，掺杂着恶魔猩猩吱吱喳喳的叫声。

我没有什么好说的了。在人们把房门撬开之前，猩猩一定是踩着避雷针从房间逃走的。它从窗户逃走的时候，窗户随即也关上了。后来它被主人捉住了，主人把它高价卖给了植物园。我们讲完事情的来龙去脉（有些话是杜邦说的），银行职员来邦很快就被释放了。那个警察局长很有可能成为我的朋友，他也抑制不住内心的气愤，气愤事情居然是这样的。他只能随口说一两句无关痛痒的话来挖苦："每个人都应该管好自己的事，别去管别人。"

尽管杜邦觉得没必要去接话茬，但他还是说："他想说什么就说吧。他发发议论，这样可以让他的心里平静些。我对自己感到很满意，用攻心术战胜了对方。可是他没有解开这个谜，这是他始料不及的。实际上，我们的局长朋友聪明有余，而深度不足。他的智慧之花中没有雄蕊。他只有头脑，没有身体，就像拉维娜女神一样——或者最多只有脑袋和肩膀，像鳕鱼一样。他毕竟是个好人，我喜欢他，因为他说的假话头头是道，他的机灵为众人称道。我是说他有办法'不说是什么而只解释不是什么[1]'"。

---

[1] 卢梭小说《新爱洛伊丝》语。——原注

玛丽·罗热之谜
——《摩格街凶杀案》续篇

很多完美的故事都能在现实中找到原型。但这些故事与现实又不完全一致。人与周围的环境通常会影响现实事件的进展，因此，现实事件也就不那么完美了，而且它的结局也往往会有缺憾。正如伴随宗教改革运动出现的不是新教，而是路德教。

——诺瓦利斯《道义观》

即便是最沉得住气的思想家偶尔也会对迷信将信将疑，因为有些巧合实在是太离奇了，甚至让智者都无法相信"那仅仅是巧合而已"。我所说的将信将疑并不是说他们已经黔驴技穷到想象不出奇迹来。实际上，这种将信将疑的心态有时是很难被彻底压制住的，除非人们运用概率学说，用术语来讲，就是微积分概率学对它进行解释。从本质上说，微积分是纯数学的东西，我们要将最严密的科学运用在最神秘莫测的推理中，以此推测事情的发生与进展。

我现在要讲的故事可不一般，从时间顺序上看，一系列几乎不可思议的巧合构成了一条主线。而另一条主线——也可以说是故事的结局，玛丽·塞西莉亚·罗杰斯谋杀案真相大白以后，读者们可以在真相中找到故事的答案。

大约一年前，我在一篇题为《摩格街凶杀案》的文章中，写过一位好友——谢瓦利埃·C.奥古斯特·杜邦，他的性格有些与众不同。当时，我没想到还会在后续的这篇小说中，向读者谈论杜邦。我一边构思，一边刻画人物，身边不断有新的情况出现，我的构思也跟着改变。而那些层出不穷的新情况，让我有了写写杜邦以及他性格的想法。我本可以举出更多的事例，却记不大清楚了。后来证人提供的证词着实让我吃了一惊，也让我理解到，某些细节是很重要的。现在看来好像是我们为了推导出那些细节，强行硬逼证人说出来的一样。但要是我把最近听说的情况告诉你们，你们就会觉得如果我对自己过去听到和看到的只字不提的话，那才不合情理呢。

爱斯芭娜太太和她女儿被杀的案子刚结束，杜邦又开始一门心思地奇思怪想了，这是他一贯喜欢做的事情。和往常一样，我也不由自主地跟着他一起奇想。我们仍住在圣日耳曼近郊的那所房子里，不想为将来的事情烦心，只求当下生活的安宁，我们想在奇思怪想中忘却现实生活的单调乏味。

但这些奇思怪想进展得也并不总是一帆风顺。大家很容易想到，既然侦破"摩格街案件"离不开他的智慧，那么想要成功侦破"玛丽·罗热"这个案子仍免不了让我的朋友帮忙。他丰富的想象力给巴黎警方留下了非常深刻的印象。作为巴黎警察局的密使，杜邦早成了家喻户晓的人物。他侦破谜案用的是归纳法。除了我之外，他没告诉过任何人。就连警察局长也搞不清楚他究竟用什么方法破的案。所以，人们觉得整件事情太玄妙了，认为是杜邦过人的分析能力让他拥有了那样的灵感。这些说法都不足为奇。杜邦非常坦率，不管谁来问他和破案方法相关的问题，他都会毫无保留地告诉对方。但是杜邦这个人又没那么勤快，谁要是和他谈起一个他早已不感兴趣的话题，他会一言不发。杜邦清楚自己在时政爱好者心目中是偶像。有好几次，我们所在辖区的警察局都想邀请他加入。其中最值得一提的是侦破一起杀人案，案件中被杀的女孩名叫玛丽·罗热。

这起案件是在"摩格街凶杀案"结案两年之后发生的。玛丽的教名和姓氏马上就引起了大家的注意，因为她的教名和姓氏与那个不幸的"卖烟女郎"的很像。玛丽是寡妇埃斯特勒·罗热的独生女。在她很小的时候，她父亲就死了。从她的父亲过世到其遇害的这段时间里，这对母女一直住在巴唯·圣·安德希大街。罗热太太靠经营一家小旅店过活，她女儿平时帮忙打理，日子过得很平静。直到玛丽长到二十一岁的时候，她的美貌吸引了一位名叫勒布朗的香水店老板。他在皇家广场的地下商店里有一个店铺，而光顾他店铺的常客都是一些无法无天的光棍泼皮，商店附近有很多这样的人。勒布朗先生意识到，如果玛丽能在他的小店里做售货员，肯定能吸引那帮人频繁光顾。于是他便置重金招聘，玛丽也欣然答应，可是罗热太太却对此事产生了一些顾虑。

勒布朗先生料想得果然没错，他的店铺很快就因为这个漂亮的女店员而声名鹊起，门庭若市。玛丽在店里干了大概有一年的时间，顾客们都喜欢她，可她后来突然就消失了，这让大家非常费解。勒布朗先生也讲不清楚她去了哪里，罗热太太更是心烦意乱、忧心忡忡。大众媒体很快就刊载了玛丽失踪的事，警方也打算着手对这个案子展开深入的调查。可是几周之后的一个晴朗早晨，玛丽突然又像往常一样出现在香水店的柜台后了，就像什么都没发生似的，只是脸上透着悲伤的神情。一切调查自然就随即停止了，只有个别人还在私底下关注此事。勒布朗先生说自己还和以前一样，被蒙在鼓里。玛丽和罗热太太这两人的口径一致，不管别人怎么问，她们的回答都是：玛丽上周住在乡下的一个亲戚家里。然而不久之后，她就离开了香水店，回到巴唯·圣·安德希大街母亲那里住了。玛丽这么做，就像是要刻意躲开好事者的纠缠。结果，这件事就这么不了了之，人们也就逐渐把它淡忘了。

玛丽回到家大概只过了五个月，又突然失踪了。她的朋友们都非常着急，三天过去，仍没有她的任何音信。到了第四天，人们发现玛丽的尸体漂在塞纳河上。河对岸不远处就是圣·安德希街

区。发现她尸体的地方离鲁尔门不远，很少有人会去那里。

残暴的作案手段（很明显，玛丽是被人杀死的），年轻又美丽的被害人，再加上她原本就广受关注，所以每个敏感的巴黎人听到这个消息都非常震惊。在我印象中，没有哪个类似的案件曾引发过这么剧烈的轰动的。一连几周的时间里，这个话题变得越发引人注目，就连时政热点话题都被人们抛到了脑后。警察局长把看家本领都用上了，还动用了全巴黎的警力，为破这个案子全力以赴。

一发现尸体，警方就着手调查案件了。大家都断定凶手是跑不掉的。然而，一个星期过去，调查却没有任何进展，警方认为有必要进行悬赏，而悬赏额度定在一千法郎以内。与此同时，警方的调查也在紧锣密鼓地进行之中。警方提审了很多人，但一直没有什么有用的结论。而警方越是找不到什么破案的线索，人们就对这个案件越发地关注。到了案发后的第十天，警方觉得有必要把原定的悬赏金额翻一番，但两个星期过去了，调查仍没有什么进展。巴黎人一直都对警察有意见，尤其到了有大案子发生的时候，民愤更加暴露无疑。警察局长愿意自己出两万法郎，悬赏那个成功捉拿凶手的人。要是这个案子涉及的是两个或两个以上的凶手，那么每捉拿一个凶手就奖励两万法郎。在宣布这笔悬赏金的时候，局长许诺会对共犯给予宽大处理。与此同时，告示不管贴在哪里，都会附加一个市民委员会的私人通告，说"除了警察局的悬赏外，另外再加上一万法郎的赏金"。如此一来，总赏金已高达三万法郎。玛丽身份卑微，而为了侦破她的案子，砸下的金额已经是天文数字了。要知道，在大城市里，类似的案件其实屡见不鲜，但为破案能出这么多的赏金可不多见。

谁都认为，这下案件的"谜底"马上就能水落石出了。本以为抓一两次人就能把事情搞清楚的，但仍没有找到和嫌疑犯相关的任何线索，抓来的人也都放了。尽管这案子确实有些蹊跷，但都过去三周了，侦破工作仍无任何进展。直到这时，大家都已经知道的爆炸性新闻才传到我和杜邦的耳朵里。那段时间，我们正全身心地投入研究自己感兴趣的事儿之中，将近一个月没出过门，没看过报纸，也没和其他人打过交道。我们连报纸上的时政类文章都没扫过一眼。这起案件，我们还是从警察局长 G 先生那里听说的。一八××年七月十三号下午，他来找我们聊天，便一直待到了深夜。他感到非常苦闷，因为自己费了那么大的力气，都没抓住凶手。苦闷之余，他还觉得这件事让自己颜面尽失。带着巴黎人特有的那种语气，他说自己的声誉已经岌岌可危。不仅如此，甚至连他过去的荣誉都会受到影响，因为人们就紧盯着他不放。为了让案件侦破取得有效的进展，他将不惜一切代价。说完这席颇有些滑稽的话之后，他又开口夸了杜邦。按他的原话讲，是"杜邦有智谋"。他说得很坦率，但至于他这番话的真正用意是什么，就用不着我细说了，反正和我现在要讲的故事也没有什么关系。

杜邦尽可能谦虚地回应了警察局长对他的吹捧，但对局长的提议，他当即就痛快地答应了，尽管那提议并不会带来什么实质性的好处。接着，局长迫不及待地谈起了他对这起案件的理解。他的观点有凭有据，可是我们并不清楚警方究竟掌握了多少证据。他谈了很多，当然，也很有见地。我偶尔也会插上一两句话，说说自己的想法。就这样，黑夜在不知不觉中逝去。杜邦安稳地坐在他的专座上，貌似对局长心存敬意，正认真地听他分析。在我们谈话的过程中，杜邦一直戴着有色的眼镜，我偶尔瞥见镜片后面杜邦的眼睛就知道他其实睡得很熟。不过杜邦睡得不动声色，睡了七八个小时之后，也就到局长告辞的时候了。

次日清晨，我到警察局拿了一份报告，那份报告对玛丽·罗热凶杀案进行了非常完整的陈述。除此之外，我还问各家报社要了报纸，把所有与案件相关的报道都收入囊中。那些报道大都写得有理有据，内容的可信度较高：

玛丽·罗热是周日上午，即六月二十二号九点从她母亲位于巴唯·圣·安德希大街的住处离开的。出门的时候，一个名叫雅克·圣厄斯塔什的先生曾看到过她，而且也只有这位先生见过她。玛丽是准备到她姨妈家待一天的，她姨妈家在德霍玛大街。那个街区人口稠密，街道拥狭，离塞纳河畔不远。从罗热太太家出发，如果走最近的路，大概只要两英里①。雅克·圣厄斯塔什是玛丽的情人，他住在罗热太太开的那家旅馆里。他原本打算晚上接玛丽回家，但从下午开始竟下起了大雨，圣厄斯塔什以为玛丽要留在姨妈家过夜（因为以前遇到这样的情况时，她都会这么做），所以就觉得没必要去接了。当天夜幕降临的时候，罗热太太（她是个瘦弱的

①　1英里约等于1.61千米。

老妇人，七十岁）对人表达过自己的恐惧，曾说道："我怕是再也见不到玛丽了。"但那时，谁都没把她说的话当回事。

到了周一，人们才知道那姑娘根本就没有去过德霍玛大街。一天过去，她连一点儿音讯都没有，人们这才开始在巴黎市区和郊外的几个地方寻找玛丽。直到六月二十五日周三，也就是她失踪的第四天，才传来一条有价值的线索，有个名叫博韦的男子，他和一个朋友一直在鲁尔门附近找玛丽。那个鲁尔门位于塞纳河畔，河对岸就是巴唯·圣·安德希大街。他们在找玛丽的过程中听说，有个钓鱼的人发现有具尸体漂在河面上，就把尸体拉上了岸。见到那具尸体，博韦先是犹豫了一下，随后断定那就是卖香水的女孩。他朋友更果断干脆，当即就辨认出来了。

玛丽满脸都是乌黑的淤血，还有些淤血从她的嘴里流出来。一般而言，如果是溺水而亡，死者会口吐白沫，但在她脸上看不到这种迹象。她皮肤表面的颜色也没有发生变化，但是，脖子周围有擦伤，还有明显的手指掐痕。玛丽的双臂被僵硬地环置在胸前。她的右手攥得紧紧的，左手稍微松开一些。左手腕上有两个环形的勒痕，相应位置处的皮肤也被擦破了，显然是被好几根绳子勒出来的，也有可能是一根绳子被缠了好几圈。除了右手腕上有严重的擦伤之外，背部也有，其中后背蝴蝶骨的擦伤最为严重。那个钓鱼的人把玛丽的尸体拉到岸上来时，曾用绳子绑住尸体，可是她的皮肤并不是在那时被擦破的。她的脖子肿得厉害，但既没有刀伤，也没有击打后留下的破损痕迹。绕着脖子，紧紧地系着一圈蕾丝带，如果不仔细看的话，根本就看不出来。蕾丝带已经完全嵌进肉里了，绕过脖子在她的左耳旁打了一个结。这一小段勒着的蕾丝带就足以置她于死地了。而验尸结果表明，死者曾受到过强暴。尸体被发现的时候，就处于这样的状态，玛丽生前的朋友们很容易就能将她辨认出来。

玛丽的衣裙破烂不整。有根大约一英尺宽的布条，从外衣底部的边缘被一直扯到了腰部，但还没有完全从衣服上扯下来。这根布条在玛丽的腰上绕了三圈，在背部打了个结。外衣里面是一条细棉布的裙子，裙子上被扯下一根大约十八英寸宽的布条，扯得很均匀、很仔细。那根布条松松垮垮地绕在玛丽的脖子上，打了好几个死结。细棉布条和蕾丝带上面还有一根帽子绳，而它打的结就不是女士会打的，而是一种活结或"水手结"。

人们辨认完尸体之后，并没有按照以往的惯例把它运到停尸房（这种形式貌似多余），而是草草地将它埋在了靠近河岸的地方。在博韦的努力下，这件事被巧妙地平息下来。以至于几天后，人们才知道这起案子。有一份周报重新提起了这个话题，说"尸体被埋了"，结果又有人提出"重新检验尸体"的要求。但第二次验尸并没有更多的发现，和之前得到的结论是一样的。不过这一次，人们把被害者的衣服送还给她的母亲和朋友们，他们确认衣服为玛丽离家时所穿。

同时，人们对这起案件的关注度与日俱增。几个嫌疑犯被警察抓了又放。雅克·圣厄斯塔什成了重点的被怀疑对象。起初，他没向警方交代清楚——玛丽离开家的那个星期日自己在什么地方。可是后来，他录了一份口供，把自己在那天做了些什么都交代得很清楚，甚至精确到了每个小时。时间一天天地过去，案件侦破却没有一点进展。民间流传着各种各样的说法，这些说法之间往往互相矛盾，而记者们也在忙着继续跟进这起案件。在所有的说法中，最标新立异的是"玛丽·罗热还活着，在塞纳河上发现的是其他倒霉蛋的尸体"。说到这里，我最好还是给读者看两篇文章，它们体现的就是以上提到的那种说法。这些文章都直接摘录自一份很不错的报纸《星报》。

　　六月二十二日周日上午，玛丽·罗热从她母亲的住处离开，说是到德霍玛大街去看她姨妈，还是去办些事情，反正和她姨妈有关。从那之后，谁都没有再见过她。直到现在，玛丽·罗热仍音信全无。到目前为止，没有一个人做证说在她离开家后见过她。虽然现在我们还不能肯定，六月二十二日周日上午九点以后玛丽·罗热还活着，却有证据证明，在九点之前她还安然无恙。周三正午时分，人们发现一具女尸漂到了鲁尔门旁的河岸边。我们假设，玛丽·罗热在离开她母亲家的三个小时之内就被人扔进了河里，那么，从被扔到河里到被发现——这中间也就经过了三天的时间。再精确一点计算的话，从她离开家的时间算起，到发现她的尸体，用了差一个小时三天的时间。如果凶手真的下手，也不可能为了赶在午夜之前把她的尸体丢进塞纳河，就迅速了事。罪犯通常会有畏罪心理，尤其当他们的罪行令人发指时。他们一般会选择在黑夜行凶，而不会在白天。我们认为，如果河里发现的尸体的确是玛丽·罗热的，那么尸体已经在水中泡了两天半或三天。而以往的经验告诉我们的是，溺水而亡的人或被杀后立即被扔到水里的尸体需要六到十天的时间才能腐烂到漂到水面上来的程度。即便用大炮轰，尸体起码也得在河里浸泡个五六天的时间才能浮到水面上。要是浮上来没人管，尸体又会沉下去。现在让我们不解的是：是什么因素让这起案件违背了自然界的普遍规律？如果尸体在周二晚上之前都一直被放在河岸上，那我们应该能在岸上找到一些行凶的痕迹。还有一个疑点，在死了两天后才被丢进水里的话，被害者的尸体是如何那么快就漂起来的。还有，凶手把尸体直接丢到了水里而没在尸体上放任何重物，这样做也很反常。因为，真要用这个方法毁尸灭迹的话，其实一点都不费力，还很容易想到。

编辑接着说道："尸体在水里应该待了不止三天的时间，起码应该有十五天。"因为到被发现的时候为止，尸体腐烂得很厉害，博韦费了好大的劲儿才辨认出它。至于尸体上有没有坠重物这一点，答案是否定的。现在，我还是接着翻译吧：

那么，博韦先生凭什么那么肯定那尸体就是玛丽·罗热的呢？因为他撕掉尸体上的袖子后，发现了玛丽身上的某些特征。大众普遍以为他说的特征指的是伤疤。他擦了擦那具尸体的胳膊，看到上面有汗毛——汗毛是我们能想象到的最不明确的东西——就像在袖子里总能找到胳膊一样，汗毛说明不了什么问题。那个周三的晚上，博韦先生没有回家，晚上七点钟，他托人捎了个口信给罗热太太，说她女儿的案子还在调查中。在某种程度上，我们可以理解罗热太太不来看她女儿的尸体，即便她已经得知那具尸体是玛丽的。罗热太太年纪大了，正处于悲伤之中，而且来回跑一趟要费不少体力。可是她家总该有人来一趟吧，但是谁都没有来。在巴唯·圣·安德希大街上，没有任何人谈论这件事。作为玛丽的情人、未婚夫，雅克·圣厄斯塔什住在罗热太太的旅馆里，他做证时说直到第二天早晨博韦先生到他房间告诉他，才听说未婚妻尸体的事情。听到这样的消息，我们最大的感触是：人们原来可以如此冷漠。

《星报》的报道成功地向读者暗示，玛丽的亲朋好友都冷漠无情。还有一种与之完全相反的说法，说玛丽的亲朋好友认为那具尸体不是她本人的。这种说法意味着因为玛丽的纯洁遭到玷污，所以她在亲友们的默许下，从巴黎隐退了。而她的亲友们都觉得塞纳河上发现的那具尸体有点像玛丽，干脆就借这个机会向外人制造了一个假象：玛丽已经死了。不管怎么说，《星报》的说法还是有点过于草率了，因为玛丽的亲友们并没有那么冷漠。有事实可以证明这一点：太太当时非常虚弱，也很激动，什么都做不了。雅克·圣厄斯塔什听到这则消息后，就一直沉浸在悲痛中无法自拔。博韦只好让亲友们看着他，不让他目睹那开棺验尸的凄惨场景。尽管《星报》说，尸体已经由公共基金资助，被重新埋下去了——但罗热家对秘密埋葬玛丽都婉言谢绝，所以她家里根本没人来参加葬礼；尽管《星报》想宣扬自己的主张，然而，它提到的说法都没有可靠的证据。《星报》后来刊登的报道把所有的嫌疑都加在了博韦一个人的身上。

现在看来，这个案件出现了转机。有人告诉我们，博韦先生正要出门的时候碰到了 B 太太（这位 B 太太也住在罗热太太的旅馆里），并告诉她警察要来了。他还要 B 太太保证，在自己回来之前不要跟警察说任何事情，不要插手他的事。从现在的事态看来，博韦先生明显什么都知道，但就是不说。要是没有他的配合，这起案件就别想破了。因为不管怎么调查，提问他是避不开的。他说除了他之外，任何人都和这个案子无关，不知道他说这话是什么意思。据家里的男性亲属们说，博韦先生一概不许他们靠近尸体，好像他很不愿意亲戚们见到玛丽的尸体。

而下面的事实，更加重了博韦身上的嫌疑色彩。小姐失踪前的几天，有人曾去博韦的办公室找他，当时他的办公室里并没有人。但那人从门的钥匙孔里看见了一朵玫瑰花，在一旁吊着的石板上还写着"玛丽"这个名字。

从我们目前收集自报纸的消息上来看，总的来说，玛丽是被一帮亡命徒所害——她被歹徒挟持过河，被糟蹋，最后被杀。然而，作为一份影响力深远的报纸，《商报》却极力反对这种说法。在这里，我从《商报》的专栏上引用一两段：

> 我们认为，案件的侦破思路完全走偏了，以至于现在直接导向了鲁尔门。像这样一位年轻、有名的女子，走过三个街区总该有人会遇见她。而且，遇见她的人一定会记得有过这么一回事儿，因为她很招人喜欢，但凡认识她的人都或多或少地对她有好感。而玛丽出门时正赶上街上人多的时候。她要是真去鲁尔门或者德霍玛大街的话，没十来个人认出她才怪呢。但她出门之后，却再没有人见过她。而证词只陈述了她为什么出门，却无法证明玛丽真的出过门。她的衣服破了，紧紧地缠裹在她身上。可想而知，尸体是像包裹一样被扛走的。如果玛丽是在鲁尔门被害，那罪犯就没必要搞得这么复杂。当然，尸体的确是在鲁尔门的河边被发现的，但这并不能说明尸体是从这里被扔进河里的。玛丽穿的衬裙上被扯下一块两英尺长、一英尺宽的布条，布条从她的下巴一直绕到后脑勺，可能是防止她叫出声来。这肯定是口袋里没有手绢的人的所作所为。

　　在警察局长来找我们的一两天前，警方获得了一些重要的线索，以此推翻了《商报》的说法。德吕克太太的两个儿子在鲁尔门附近玩耍的时候，偶然穿过一片浓密的灌木丛。灌木丛里有三四块大石头，堆成带靠背和脚凳的座位的样子。一块石头上放着一条白色的衬裙，另一块石头上放着一条丝巾。被发现的物件还有一把阳伞、一双手套和一块手绢，手绢上绣着"玛丽·罗热"的名字。孩子们还在附近的荆棘丛上发现了裙子的碎片。地上留有被踩踏过的痕迹，灌木枝也给弄断了，显然这里曾发生过一番搏斗。将灌木丛与河边隔开的篱笆也给撞断了，地上留有重物被拖过的痕迹。

　　《太阳报》对这条线索发表了如下的评论——与巴黎新闻界的观点不谋而合。

　　　　距案件发生都过去三四周的时间了，侦破工作却没有一点进展。连本案的物证都被连绵的阴雨天弄得发霉，粘到一起了。其中有些还长了毛。阳伞上撑的丝绸布倒是很结实，但其中有些丝线也滑丝了。阳伞本来是可以折叠的，可是上半部分完全霉烂，所以只要伞一打开，上半部分就会掉下来。玛丽的外衣是被灌木丛钩坏的，被钩下来的碎片大约有三英寸宽、六英寸长。有一部分是外衣的褶边，还曾经缝补过。其他碎片是裙子上的，不过不是裙子的裙摆。那些碎片看上去像是被扯下来的，挂在一英尺高的灌木丛上。毫无疑问，我们已经找到了凶案发生的地点。

作案地点浮出水面之后，新证词也跟着有了。德吕克太太做证说，她经营着一家客栈，它位于离河岸不远的地方，就在鲁尔门对面。客栈处于隐蔽而僻静的环境中。每逢周日，巴黎的混混常坐船过河到这里来。玛丽失踪的那个周日下午三点，客栈里来了个女孩，由一个皮肤较黑的年轻男士陪同。两个人在客栈里待了一阵，然后走向了通往密林的那条小路。德吕克太太注意到了那个女孩穿的裙子，因为那条裙子看上去很像是她的一个亲戚的，而现在她的那个亲戚已经死了。而那个女孩戴的围巾尤其吸引了德吕克太太的注意。两个人离开没多久，出现了一帮无赖，吵吵闹闹的，还白吃白喝。他们离开的时候走的也是之前那对男女走的路。直到那天傍晚，那帮无赖才回到客栈，然后又匆匆忙忙地过河离开。

那天晚上天刚暗下来的时候，德吕克太太和她的大儿子都听到从客栈附近传来一阵女人的尖叫声。那声音叫得很惨烈，但持续的时间不长。德吕克太太不仅认出了从灌木丛里发现的围巾，还认出了尸体上的那条裙子。公共马车车夫瓦郎斯也做证说，他在那个周日看到玛丽·罗热曾乘渡船过塞纳河。他认识玛丽，所以是不会认错人的。灌木丛里发现的物件都经玛丽的亲戚辨认，被证实都是她的。

杜邦建议我从报纸上收集的那些证据和信息，还让我了解到一点 —— 这一点似乎事关重大。发现上文谈到的衣物之后没多久，就在作案地点附近发现了玛丽生前的未婚夫雅克·圣厄斯塔什，当时他已经奄奄一息了。他身边有一个小玻璃瓶，上面写着"鸦片酒"，但瓶子已经空了。他的呼吸里还带着毒药的味道。但没说一句话，他就死了。人们在他身上找到了一封信，信中的话语简要地表达了他对玛丽的爱意，还说他这样做就是想自杀。

杜邦仔细地看了我摘录的内容之后，说："我想，用不着我多说你就知道，这个案件要比摩格街凶杀案复杂得多。这两起案件的一个很重要的不同之处在于，虽然在这起案件中，罪犯的作案手段残暴，但这终究还是个普通案件，完全没有任何特殊的地方。基于这一点，你可能会觉得这个案子很容易破。不过也恰恰因为这一点，我们很难找到线索。案件调查刚开始的时候，我们觉得根本没必要悬赏，警察很快就会弄清凶案发生的原因和经过。他们完全可以凭想象理出一个——甚至很多作案模式。他们也会想出一个——甚至很多作案动机。其中一个作案模式或动机可能就是事实，而警察却会想当然地将那种情况认定为就是事实本身。那些假想想起来轻松，似乎也很合理，却反而说明我们要破这个案子并不会很轻松。我发现在探索事实的过程中，但凡事出有因的话，那么我们进行推理的根据往往就是事物的特殊性。像这起案件的关键问题与其说是'发生了什么'，不如说是'过去没发生，但现在发生了的是什么'。在搜查爱斯芭娜太太房子的时候，警察们觉得案件太过离奇而对破案失去了信心。虽然离奇对于智者来说，被视为一种胜利的先兆。而卖香水女孩的这起案子却很普通，没有任何离奇之处，警方以为侦破案件易如反掌，这反倒让智者感到迷茫。

"在调查爱斯芭娜太太和她女儿的那起案件的时候，警方一开始就确信这是一起谋杀案。自杀的可能性立刻就被排除了。而正在调查的这起玛丽·罗热的案件，我们也可以排除自杀的可能性。在鲁尔门发现的那具尸体被置于那样的环境中，我们由此就可以判断那不是自杀。可是，也有人说那尸体不是玛丽的，是有人为了得到那份悬赏才以假乱真，因为之前警察局长发布过相关悬赏的通告。我们很了解局长这个人，不能过分地相信他说的话。要是我们的调查从发现尸体开始，顺此查找凶手，可能发现这具尸体并不是玛丽的。要是从玛丽还活着这一事实入手，我们就该去找她，确认她并没有死——但不管是哪种情况，我们可能都是白忙活，谁让我们一定要和警察局长打交道呢。为了弄清真相，我们首先要做的是确定尸体的身份，看她是不是那个失踪的玛丽·罗热。

"在公众看来，《星报》的观点很有影响力。无论什么内容，只要能在《星报》上刊登，就说明它很重要。《星报》上有一篇关于这个案件的报道，它在开头写道——'今天的几份早报都提到了周一刊登在《星报》上的那篇充满结论性的文章'，我看那篇文章的结论其实都是作者本人的主观臆断。我们应该时刻记住：报纸的任务是提出有影响力的观点，借此在读者群中引起反响，而不是去探究事实背后的根源。只有当'提出观点'和'探究根源'不谋而合的时候，我们才会捎带着去追寻事实的根源。如果只是一味地重复大众的观点（不管那观点多么有理有据），那么，这样的报刊最终还是会失信于民的。大众认为只有标新立异的观点才耐人寻味——虽然这句话很容易被理解和普遍地接受，但无论是从推理来说，还是从它自身来讲，其实都毫无价值可言。

"我想说的是，要是玛丽·罗热还活着，那才真的是耐人寻味呢！而且，那也算是一场闹剧了吧！报道的吸引人之处不在于它是否真实 ——《星报》显然已经悟出了这个道理，它把标新立异当成了填喂大众精神食粮的重要方式。不然让我们来看看《星报》的几个标题吧，那些标题在极力掩饰与之前说法自相矛盾的地方。

"首先，笔者的意图是要表明，从玛丽离开家到发现尸体漂在河上 —— 这两件事之间相隔的时间很短，所以尸体不可能是玛丽的。把间隔的时间尽可能地缩短，那是推理家研究的课题。而匆忙地说起这个话题后，他又接着对结果进行假想：'如果认为凶手真的把玛丽杀了，他们就得迅速下手，这样才能在午夜之前把尸体扔进河里去 —— 而这种想法无疑是愚蠢的。'很自然地，我们马上就会问凶手为什么就不可能那么快地下手呢？为什么凶手就不能在玛丽走出家门的五分钟之内作案呢？为什么凶手就不能在那天的任一时间作案呢？事实上，几乎每时每刻都有凶杀案发生。但是，如果凶手是在周日早晨九点至差一刻到午夜之间的这段时间内作案，他们也有足够的时间在'午夜之前把尸体扔到河里'。这种假设其实只是想告诉我们，凶手根本就不是在周日作案的 —— 要是《星报》这么想的话，我们就随它去吧。新闻以这样的句子开篇'这简直太荒唐了'，虽然这些文字是印在《星报》上，但我们能想象编辑们在心里就是这么想的：'如果凶手们真杀了玛丽，他们得迅速下手，以便赶在午夜之前把尸体扔到河里去 —— 这样的想法明显是个谬误。我们觉得直到午夜后尸体才被扔到河里，同样也是个谬误。'——他心里想的本身就不合乎逻辑，可是报刊写的东西比这还荒谬。"

杜邦接着说："如果我的目的只是反对《星报》的观点，那我大可置之不理。但我们现在关心的应该是事实，而不是《星报》都说了些什么。我说这话没别的意思。我们应该在《星报》报道的字里行间找出一些内容，那些内容是文字想表达却没能表达出来的。记者想说的是凶杀案发生在周日白天或晚上的某个时间，但如果是这样的话，凶手是不可能在午夜之前就把尸体弄到河里去的。这就是我不同意这个假想的原因。人们已经凭想象预先设定：凶手是在这样的处境中、在这个地方作案的，所以才必须把尸体丢到河里去。但凶手也有可能在河边或者就在河上作案，那么他在一天当中的任何时间都可以把尸体丢下去，因为这样处理尸体是最简便易行的。我相信的只有真相。他们说的情况都不可能发生，我也不同意那些说法。现在我只是想提醒你不要受《星报》报道言论的影响，你的判断不要被片面之词所左右。

"为了和《星报》的理念相符，它预先设定了一个前提，即如果被发现的尸体是玛丽小姐的，那么它在水中只待了很短的时间，然后接着说：

而以往的经验告诉我们的是，溺水而亡的人或被杀后立即被扔到水里的尸体需要六到十天的时间才能腐烂到漂到水面上来的程度。即便用大炮轰，尸体起码也得在河里浸泡个五六天的时间才能浮到水面上。要是浮上来没人管，尸体又会沉下去。

"巴黎所有的报纸都默认了这些说法，只有《箴言报》发出了不同的声音。《箴言报》把争论的矛头对准了《星报》报道中的那段话，说它只谈到了'溺水而死的人'，还用五六个实例来证明根本不用六到十天那么长的时间，溺水而亡者的尸体也会漂上水面。但是，像《箴言报》这样用几个实例来反对《星报》的说法，并没有任何理论依据。就算《箴言报》能举出五十个'尸体被投水两三天之后就能漂起来'的例子，也只能被看作《星报》报道所说的'规律的特例'，除非《箴言报》能彻底地推翻规律。《箴言报》并不反对《星报》报道里所说的规律，只是说规律也是有例外的。既然承认了这个规律，《星报》的底气就没有那么足了。有的尸体在水中泡了不到三天就漂起来，这是完全可能的。《星报》没有把这种可能性考虑进来。但其实这种可能性反而印证了《星报》报道的观点，除非《箴言报》找到很多例子来证明尸体在水中泡了不到三天就漂起来，来确立一个与常识完全相反的理论。

"你会明白，关于这个问题谁都不支持那个规律。为了证明规律是错的，我们得先看看规律是否合理。总的来说，人体的重量和塞纳河水的浮力差不多。这也就是说，在自然状态下，人体的重量和它到水中后所排开的水的重量相等。骨架小的胖子要比骨架大而精瘦的人轻。而一般来说，女人的重量要比男人轻得多。河水的浮力多少会受到海水潮汐的影响。但如果不考虑潮汐因素，即便是在淡水中，人也不会自己沉下去。受到水的浮力作用，几乎所有掉进河里的人都会浮起来。换句话说，也就是如果整个人都掉进水中，那只要保持走路时的姿势，头向后仰着，只把嘴和鼻子露出水面，掉进水里的那个人就可以很轻松地浮在水面上。我们身体的重量和被身体排开的水的重量必须恰好相等。只要稍微差一点，平衡就会被打破。例如，如果举起一只胳膊，胳膊就失去了水的浮力支撑，产生的这个额外重量就会让整个头部沉下去。相反，要是碰巧有根小小的木棍支撑着我们的头部，我们就可以枕着木棍露出头来。要是一个水性不好的人掉进水里，胳膊肯定会先伸出水面，他还想直直地挺起脖子，这样一来，鼻子和嘴巴就很容易浸在水里，结果肺里会被灌进很多水，胃里也是，人的身体就会变沉。因为本来充斥在腔体内的是空气，而现在则是水。一般情况下，这种重量的变化足以让人下沉。但要是人的骨架小，或是体内的脂肪过多，这种变化也不会让人下沉。而是在溺死后，一直漂浮在水面上。

　　"假设尸体是沉在河底的，一定要凭借某种比重轻于水的助力，尸体才会浮上来。这个现象是由尸体分解或者其他情形产生的。尸体分解会产生气体，它将细胞组织和所有腔体撑开，尸体呈现出膨胀的样子，令人触目惊心。当尸体不断地膨胀，体积不断增大，而体重却没有增加的时候，重量就变得比相应受到的水的浮力小，所以就浮在了水面上。但是尸体被分解会受到很多因素的影响，从而加快或减缓它的分解速度。这些因素包括季节的差异、水的矿物质组成成分和纯度、水的深浅和流动性、尸体的特点、死者生前的健康程度等。所以我们也无法准确地说出尸体需要多久才会被分解而漂到水面上来。而在某些情况下，尸体根本就不会浮上来，比如要是往动物体内灌注化学药品，它的尸体就不会腐烂。氯化汞就能起到这种作用。但是除了分解之外，植物类的食物会发酵，通常会在胃里产生气体（其他腔体内的气体是由于其他因素产生的）。那些气体也足以让尸体膨胀、浮到水面上来。用大炮轰的效果和简单震动的效果相当。震动会把尸体从河底的软泥中震出来，当其他条件具备时，尸体就浮到水面上了。震动可以突破一些腐烂细胞组织的黏性，再在气体的作用下，让腔体膨胀起来。

"现在，我们都明白了尸体沉浮的道理，就可以用它来检验《星报》报道的说法是否正确了。那篇报道写道：'而以往的经验告诉我们的是，溺水而亡的人或被杀后立即被扔到水里的尸体需要六到十天的时间才能腐烂到漂到水面上来的程度。即便用大炮轰，尸体起码也得在河里浸泡个五六天的时间才能浮到水面上。要是浮上来没人管，尸体又会沉下去。'

"现在看起来，这整段话既缺乏逻辑又不通顺。并非所有的经验都告诉我们'溺水者的尸体'要六到十天的时间才能被充分分解、浮到水面上来。科学和经验都告诉我们，尸体浮上来所用的时间是不确定的。如果尸体是因为炮轰而浮到水面上的，'要是没有人管，它会再沉下去'。除非尸体被分解得很彻底，分解产生的气体就跑出去了。但是请你注意，'溺水者的尸体'和'被杀后立即被扔到水里的尸体'是有区别的。虽然《星报》的作者承认这个区别，但他还是把两类尸体归成了一类。我说过溺水者的身体要比他排开水的重量重的原因。溺水的人一般是不会沉下去的，除非他把胳膊伸出水面挣扎，或在水下喘气。喘气之后，水会占据肺里的空间，而那里原先则只有空气。但是'被杀后立即被扔到水里的尸体'是不会像溺水者那样在水中挣扎、喘气的。所以，总的来说，暴力致死者的尸体是不会沉下去的——《星报》没有弄清这个事实。当尸体被分解到了一定程度——腐烂得只剩下骨头时——到了这个时候，其实都用不着到这个时候，我们已经无法看到尸体的全貌了。

"我们现在说，发现的尸体可能不是玛丽小姐的，因为玛丽小姐才失踪了三天，尸体就已经浮到水面上来了。我们谈这个是想说明什么问题呢？要是女士溺水而死，她是不会沉下去的。即便是沉下去了，用不了二十四小时就又会浮上来。但是，人们都认为玛丽并不是溺水而死。要是在被投到河里之前就已经死了，那尸体在被丢进水里后的任何时间里都有可能浮起来。

"《星报》的报道上写道：'如果尸体在周二晚上之前都一直被放在河岸上，那我们应该能在岸上找到一些行凶的痕迹。'想要弄明白这位推理者的意图是很难的事。推理者会料想到人们对他的理论有什么异议。也就是说，尸体如果在岸上待个两天，会分解得更快——比浸在水里的时候还要快。推理者认为，要真是这种情况，尸体到周三的时候就会浮到水面上。而且，只有在这种情况下，尸体才会浮起来。所以，他说尸体不是被放在岸上的。因为要是放在岸上，'我们应该能在岸上找到一些行凶的痕迹'。我想你对这个推理很满意吧。你没法知道尸体在岸上待的时间与辨别凶手踪迹时间之间的关系，我也搞不清楚这个关系。

"《星报》接着说：'凶手把尸体直接丢到了水里而没在尸体上放任何重物，这样做也很反常。因为，真要用这个方法毁尸灭迹的话，其实一点都不费力，还很容易想到。'看看，这句话的逻辑这么混乱，真是可笑。包括《星报》在内，谁都没对受害人是被杀害的提出什么异议，因为尸体身上被施暴的痕迹太明显了。推理者的目的是想说尸体并不是玛丽的。他想证明玛丽没有被杀害，而那具尸体也不曾遭遇凶杀，因为尸体上没有坠任何重物。如果凶手把尸体丢到河里是不会忘记坠上重物的，所以它并不是被凶手丢到河里的。尸体能向我们证明的就只有这些了，而关于它的身份则一点眉目都没有。《星报》现在在极力否认它之前说过的话，它写道：'我们深信这具尸体是一位被杀的女士的。'

"即便是在刑侦领域，这样的事情也并不罕见。推理者在分析的过程中无意中推翻了自己的说法。他的意图很明确，就是尽可能地将玛丽的失踪和发现的那具尸体联系起来。可是我们发现，他一直在强调：从玛丽离开从她母亲家之后，谁都没有再见过她。他说：'我们还不能肯定六月二十二日周日上午九点以后玛丽·罗热还活着'。他的说法显然很片面，起码他先考虑的不应该是六月二十二号玛丽在哪里的问题。如果我们知道有人在周一或周二看到了玛丽，那么玛丽失踪和人们发现尸体这两件事情之间的间隔就能被缩得更短了。再按照他的推断，尸体是玛丽的可能性就更小了。然而，我们却看到《星报》一再地坚持自己的观点，这真是太可笑了。

"现在，我们来重新仔细地阅读一下《星报》在博韦先生辨认尸体时发表的评论。提到玛丽胳膊上的汗毛时，《星报》的语气明显是躲躲闪闪的。博韦先生又不傻，不可能仅凭胳膊上的汗毛就辨认出尸体究竟是谁的。谁的胳膊上不长汗毛呢？《星报》总爱曲解证人的证词。博韦先生肯定是说过玛丽胳膊上的汗毛有什么特殊之处，比如它的颜色、多寡、长短和状态等肯定有什么不一样的地方。

"《星报》说：'玛丽的脚很小，但脚小的人很多。吊袜带也说明不了什么——鞋也是——因为吊袜带和鞋都是买现成的，她帽子上的花也同样如此。博韦先生强调，吊袜带的钩子已经向后移了，带子也变短了——但这也说明不了什么。因为大多数女士都会把吊袜带买回家之后，按照自己的身材来调整它的长度，而不是在商店里就试穿。如此看来，推理者并不够认真。在寻找玛丽尸体的时候，要是博韦先生发现了一具尸体的身材、体态和玛丽的相似，他就能十分肯定地下结论说尸体是她的了（不用谈衣着的问题）。除了身材和体态之外，他发现那尸体胳膊上的汗毛很重。如果玛丽活着的时候，他就知道玛丽身上的这个特点，便可以十拿九稳地下结论了。玛丽胳膊上的汗毛越是浓重，越显得与众不同，博韦先生说对的可能性就越大。再加上，如果玛丽的脚很小，尸体的脚也很小的话，尸体是玛丽的可能性就不是呈代数倍数地增长，而是呈几何倍数地增长了。尽管那双鞋是买现成的，但如果你还知道她失踪那天穿的是什么样的鞋，那你说对的可能性已经被夸大成必然性了。原本不是足以代表身份的东西，但因为可以做证，却成了响当当的证据。既然那些花和玛丽失踪时戴的花是一样的，那就把花给我们吧。虽然除此之外，我们什么也没找到。要是只为了一朵花，我们就不再继续往下找了——那如果为了两朵、三朵甚至更多的花呢？每个后续找到的证据都能证明很多东西——证据与证据之间不是相加的关系，而是千万倍相乘的关系。我们现在在死者的身上发现了吊袜带，而这样的东西活人也用。要是再顺着这条线索找下去，那就太愚蠢了。可是，人们发现吊袜带的长度被缩短了，调整的方式和玛丽离开家时自己调整的一样。谁要是再在这个时候提出疑问就会显得神经分分了。《星报》把吊袜带被调短的事情说成是常见的事情，除了说明它对自己的错误想法一意孤行之外，还能说明什么呢？吊袜带本身具有弹性，把它调短是一种不同寻常的做法。即便是到非要调整的时候，穿它的人也很少让别人调整。严格地说，一定是发生了什么令人意想不到的事情，让玛丽把吊袜带调短到了那个程度。这些证据就足以证明玛丽的身份了。但是，关键问题并不在于人们发现的那具尸体有玛丽小姐的吊袜带，或有她的鞋子、帽子、帽子上的花，也不在于那具尸体的表征与玛丽的脚或胳膊上的相似，也不是因为尸体呈现的体态特征与玛丽的一致，而是那具尸体同时具备了上述所有特征。这恰恰证明《星报》的编辑的确存在疑虑。否则在这种情况下，他就没有必要成立一个调查委员会来调查这起案件了。编辑认为最好能按照律师们私下里的说法来讲。在很大程度上，编辑认为只要他的说法和法律一致就可以了。我认为，法庭上被认为不是证据的那些证据却最能证明犯罪分子的高智商。在法庭上审理案件是按照一般原则——那些被公认的和成文的原则——来看待证据的。法庭不会按照每个案件的特点来灵活地掌握原则。人们总在一方面恪守原则，坚决不考虑特例，而在另一方面最大限度地获取证据。这种做法总的来说不无道理，但具体到某个案件的时候，这样做也会酿成大错，不考虑案情的特殊性是没有道理的①。

　　"听到人们对博韦先生冷嘲热讽，你肯定会嗤之以鼻。你已经看清楚了，他是一个真正的好人。他也是一个事务繁忙的人，浪漫有余，智慧不足。像他这样的人对不寻常的事都会充满热情，而那些聪明过头的或心怀鬼胎的人难免会对他起疑心。博韦先生曾和《星报》的编辑进行过交谈，他丝毫不理会编辑的那套理论，大胆地提出自己的观点，说那具尸体是玛丽的。报纸上说：'他坚持认为那具尸体是玛丽的，但是除了我们提供的那些证据，他却提不出

---

① 依据事物的特性而建立的理论往往经不起细致的分析，根据事物缘由来制定理论的人不会
　按照事物的结果来判断理论。所以各国的法学表明，当法律成为一门科学和一个体系的时
　候，法律就不再是公正的了。要是一味地按照各类原则办事，执行普通法就会出问题。只
　要看看立法机构常常不得不弥补普通法中缺失的公平性，你就会知道普通法的缺陷了。——
　兰道（原注）

一个具体的证据来说服大家。'现在就不再谈需要更有力的证据让大家信服这件事了。有力的证据是没法提出来的，可以说在这种案子里，我们可以完全相信一个人，即便他也说不出一个让人信服的理由。这世上恐怕再也找不出什么事，能比我们对一个人的印象更加微妙的了。每个人都认识他的邻居，但能把对邻居的印象说得头头是道的却没几个。博韦先生认出了尸体，但说不出理由，《星报》凭什么抓住这一点不放呢？

"人们在博韦先生身上发现的那种神秘色彩，与其说是来自推理者的内疚感，不如说是来自我所说的浪漫大忙人的特质。只要对博韦先生持宽容的态度，我们就不难理解钥匙孔里的玫瑰、石板上刻着的'玛丽'二字、'让男人走开''不愿意让他们看到尸体'的话语、警告 B 太太说'在我（博韦先生）回来之前不准你和警察说话'，以及他最近说的'除了他之外，任何人都和这个案子无关'等细节了。博韦先生无疑是玛丽的追求者之一，玛丽对他也有好感。博韦先生认为玛丽和他最亲密，也最信任他。关于他和玛丽之间的关系，我不想再多说什么了。既然证据充分驳倒了《星报》报道里的推论，关于理解玛丽的母亲和其他亲戚在听到死讯后表现出来的冷漠——这种冷漠的态度与他们相信那具尸体就是玛丽的推论相互矛盾，我们现在需要将工作继续进行下去，但得在尸体身份已经合乎我们想象的前提下进行。"

"那么，"这时我向他问道，"你怎么看《商报》的说法？"

"从本质上来看，《商报》的说法比其他任何一家媒体的都更有价值。它做出的结论既符合逻辑，又有鲜明的观点。不过，推导出结论的前提至少有两处有些站不住脚。《商报》想要暗示的是：玛丽在离她母亲家不远的地方就被一伙恶棍逮走了，所以写道：'像玛丽这种有名的女人，能走过三个街区而不被人看见，这样的事不大可能发生。'这是一位久居巴黎的本地人的想法，那人是一位公众人物，每天在城里的活动范围基本限于办公室附近。他留意过自己的活动范围，离办公室不会超过十几个街区。而外出的时候，人们总能认出他，和他寒暄几句。知道了自己与他人相互了解的程度之后，这个巴黎人拿自己的知名度和那个卖香水的女孩玛丽进行比较，发现他俩的大致相同。于是他很快就得出结论，玛丽走在大街上时就像自己一样，很容易碰上熟人。但只有当玛丽走的路跟他一样一成不变，而且在同一区域时，这个说法才讲得通。可是，玛丽走的路线并不像他那么有规律。在这个案件里，玛丽走的路线，很可能跟她平时走的完全不一样。就好比让两个人分别穿越整个巴黎城，他们走的路线很可能也不一样。在这种情况下，即使他们在巴黎的熟人一样多，可遇到的熟人也未必一样多。我觉得玛丽可能在某个特定的时间从她住的地方前往她姨妈家，其间没有遇到一个熟人，而遇到的人也不认识她。这种情况不但有可能发生，而且发生的可能性很大。要全面而恰当地看待这个问题，我们必须牢牢记住，哪怕是巴黎最有名的人，认识他的人数和巴黎总人口比，也是不值一提的。

"只要我们一想到那姑娘的出门时间，不管《商报》的说法显得多么可信，说服力都会大大减弱。《商报》说：'女孩外出的时候，街上正是人来人往。'但实际情况并非如此。玛丽是上午九点出门的，要换平时的这个点，街上的人真的会很多。但只有周日除外，周日早上九点，人们都在家里准备着去教堂做礼拜呢。善于观察的人都会注意到周日上午八点到十点之间，街上不太会有什么人。十点、十一点的时候，街上的人就多了，但九点还不会。

"还有一点《商报》观察得也不够仔细。《商报》写道：'有一块女孩衬裙的布条，两英尺长，一英尺宽。布条绕过女孩的下巴，绕到后脑勺。可能是罪犯想这样堵住她的嘴，防止她叫出声来。只有那些随身不带手绢的人才会这样做。'我们以后再看这样的推断是否有根据，编辑说'那些随身不带手绢的人'指的是社会上那些穷凶极恶的坏蛋。可是，他们即便是不穿衬衣，也会随身带着手绢。近些年来你们肯定观察到手绢对于无赖来说必不可少。"

我问道："那对《太阳报》的文章，我们又该怎么看呢?"

"《太阳报》的编辑生来不是只鹦鹉，真为他感到可惜。不然，那只最出色的鹦鹉肯定非他莫属。他把别人刊登过的消息辛辛苦苦地再整理一遍，东抄一句，西抄一行，只稍加改动就又登出来。他说'留在那里的物品至少有三四个星期了'，还说'毫无疑问，作案地点已经被发现了'。尽管《太阳报》把事情又重复了一遍，但我对案情仍有一些疑虑。等到以后讨论其他话题的时候，咱们再仔细研究一下我心存疑虑的地方吧。

"而现在我们要先考虑的是其他问题。你肯定也注意到了，当时的尸检做得非常粗糙。当然，尸体的身份已经确定下来了，这也是应该做到的。但是，还有其他的一些问题仍悬而未决。是否有人从尸体上拿走过值钱的东西？死者从家里走的时候可曾戴着什么珠宝饰物？要是她出门的时候戴着，那尸体被发现的时候还在吗？这些重要的问题在证词中都没有体现。还有一些重要的问题，我们都还没发现呢。我们只能尽量先做好自己的调查。要对圣厄斯塔什先生重新进行考虑。我不是怀疑他本人，但我们还是要对问题逐层地进行深入分析。我们必须仔细回看记录，确定他的口供是否属实。这种类型的口供往往会把案情搞得很神秘。要是没有发现什么不真实地方，我们就不会再调查圣厄斯塔什先生了。可是他自杀了，这反而讲通了我们对他的怀疑，说明他在口供里说了假话。要是没有说假话，他自杀就没有道理了。他的自杀把我们的分析引向了歧途。

"正如我提议的那样，我们现在应该暂时把案件的核心问题放在一边，集中精力去考虑那些周边的问题。在调查这类案件时，最容易犯的毛病是把调查的范围限制在和案件密切相关的事情上，完全忽略和案件存在间接联系的事情。法庭把证据和对案件的讨论的范围都限制在那些看上去和案件相关的事情上，这种做法是错误的。不仅是经验，真理也这样向我们昭示，真相往往出自那些从表面上看似不相关的事情中。现代科学即便没有严格地遵循这个原则，但也是本着这种精神，把研究的范围扩展到了那些未知的领域。不过，你可能没有完全领会我的意思。人类的认知史不断地向我们证明，很多伟大的发现都要归功于那些与其间接相关、偶然发生的小事。为了提高办案质量，我们应该最大限度地鼓励创新，创新是在出乎意料之间妙手偶得的。我们对未来的展望必须基于现实，这已经不再富于哲理。偶然性应该作为我们破案的根据之一。我们可以运用纯数学运算，借用各种数学公式来推测那些没有被注意到或想象出来的事情。

"我再说一遍，很多真相都是从与其发生间接联系的事件中被发现的，这是事实。所以在破案过程中，我不再注意那些被反复讨论却没有得出任何结论的事情了，反而开始关注与案件相关而被边缘化的事情。而我这么做，也是本着间接联系的精神。你在试图弄清关于这个案件的书面陈述是否真实的时候，我研究的报纸比你看过的多多了。刚才我们只谈到了案件的调查范围，要是广泛地浏览过各家报纸之后，还没法确定调查方向，那才是怪事呢。"

在杜邦的建议下，我仔细阅读了与此案相关的口供。我对口供的真实性深信不疑，还相信圣厄斯塔什先生是清白的。与此同时，杜邦则忙着阅读各种报纸档案，他做的这些事在我看来是微不足道、漫无目的的。一个星期过后，他把这份摘要摆在了我面前：

大约三年半以前，玛丽从勒布朗先生位于皇家广场的香水店失踪，那次的事件看上去和这次发生得很像。可是一周之后，她又重新出现在了店里，好像什么事情都没发生过一样，只不过和过去相比，她的脸色显得苍白了许多。勒布朗先生和玛丽的母亲都说她只不过是去了趟乡下的朋友家。事情很快就从人们的记忆里淡出。我们假定这一回玛丽的失踪和三年半前发生的怪事是一样的，那么一个星期或一个月之后，她可能又会回到我们身边。(《晚报》，六月二十三日，周一。)

昨天，一份晚报谈到了上一回玛丽神秘失踪的事情。大家都知道的是，她从勒布朗先生的香水店失踪的那个星期，其实是和一个放荡得出了名的年轻海军军官在一起。幸好可能是因为一次吵架，她才又回家来了。我们知道那个好色之徒的名字，他现在就驻扎在巴黎，但是出于某些众所周知的原因，我们就不便向读者透露他的真实姓名了。(《水银报》，六月二十四日，周二上午。)

前天，在巴黎城附近发生了一起惨绝人寰的强奸案。大约黄昏时分，一位先生和他的妻子、女儿三人一起坐上了一条船，想要渡过塞纳河。划船的是六个年轻人，当时他们正懒洋洋地在河上随意地渡来渡去。三位乘客一到对岸就下船了，直到走到很远的地方，那个女儿才发现自己的太阳伞落在了船上。于是她就回去取，结果却被那几个人给扣住，又带到了河上，女孩的嘴被堵住，遭到了他们的蹂躏。然后，她被送到了河对岸，离她和她父母上船的位置不远的地方。那六个坏人虽然都跑掉了，可是警察仍在缉捕他们，相信会有人很快落网的。(《晨报》，六月二十五日。)

我们收到一两则消息，指控和上回案件有关联的芒耐（芒耐是起初被逮捕的犯罪团伙当中的一分子，但由于证据不足最终获释）。但一方面法庭已经宣判芒耐无罪，另一方面写信的人虽然提供了证据，却不够真实，夹杂了很多感情成分，所以我们认为消息内容不宜发表。（《晨报》，六月二十八日。）

我们收到了几封很有说服力的信，是由好几个人写的，他们认为玛丽·罗热是被一伙无赖所杀害的。每逢周日，巴黎郊区尽是这种地痞无赖。对于信里的说法，我们表示非常赞同。我们还会进行后续的报道。（《晚报》，六月三十一日，周二。）

周一，有位在税收部门开驳船的人员看到有只空船顺着塞纳河漂流而下。帆布在船底放着。那个开驳船的人就把船拖到了驳船局。第二天早晨，在驳船局的官员不知情的情况下，船被人拿走了。而船舵现在还在驳船局呢。（《勤奋报》，六月二十六日，周四。）

读完这几篇摘要，我没觉得它们之间有什么关联，也没发现其中的哪个说法和我们手头的案件有什么联系。我等着杜邦解释一番。

杜邦说："我并不想考虑第一篇和第二篇摘要。我之所以把它们摘抄下来，只是想告诉你警察能马虎到怎样的地步。单单从警察局长身上，我就发现他从来都没有认真地想一下，摘要里提到的那个海军军官究竟是谁。而且，他还认为玛丽的两次失踪之间没有任何联系。这种认识是错误的。我们承认她第一次私奔的结果是她和情人吵了一架，最后回了家。我们现在可以把她的第二次私奔（如果她的确是又私奔了的话）看成同一个情人的再次求爱，而不是另一位情人的首次求爱。我们更愿意将第二次求爱看作出于对第一次求爱时怨恨的和解，而不是玛丽又和其他人开始了新恋情。有百分之十的可能性是那位海军军官曾经和玛丽私奔，后来又提出私奔。但请注意这样一个问题，第一次私奔和所谓的第二次私奔之间相隔的时间很长，比战舰水手巡航的时间还要长几个月。要是他们第一次私奔的时候，那位海军军官不得不回到战舰上，那么，他肯定一回来就会再约玛丽出去。是他们之前的计划失败了——还是海军军官有公务在身？对于这些情况，我们一无所知。"

"不过你可能会说，并没有我们假设的第二次私奔。当然没有了——但难道我们能说那个想象中的私奔计划也不存在吗？除了圣厄斯塔什和博韦之外，我们还没有发现玛丽有其他公开的、有地位的追求者。从来没听说过，那么她的秘密情人究竟是谁呢？那个连玛丽的亲戚（至少是大多数亲戚）都不知道的人究竟是谁？而玛丽在周日上午见过那个人，还对那个人很信任，所以才义无反顾地跟那个人在鲁尔门边的小树林里待到黄昏——他到底是谁？玛丽的大多数亲戚都不知道的、她的那个秘密情人是谁？玛丽从离开家的那天早上，罗热太太很怪异地说的那句'我怕是再也见不到玛丽了'是什么意思？"

"即使我们不能假设罗热太太知道私奔的计划，我们难道不能假定至少玛丽接受了那个私奔计划吗？她在离开家的时候心里很清楚，在别人的印象里她是去住在德霍姆大街的姨妈家了。她还要求圣厄斯塔什晚上去接她。乍看之下，这个事实和我想象的有出入。但先让我们理一下思路：她在周日那天真的见到了情人，还和他一起过河，到鲁尔门那边的时候已经是下午三点了——这些都是我们已经知道的事。但是，答应和这个人在一起（其中原因她母亲可能知道，也可能不知道）肯定是她早就想好了的。除此之外，从家里出来时说的理由、当圣厄斯塔什按照约定的时间到德霍姆大街来接她却发现她并不在姨妈家等，都是她早就想好的。她还能想得到届时圣厄斯塔什会有多惊讶，疑心会有多重。而等圣厄斯塔什回来之后，他会更加关注玛丽是否在家。我想，玛丽肯定事先想好了以上提到的这些情况。她肯定能猜到圣厄斯塔什会有多生气，以及所有人对她的猜疑。她不可能想回去勇敢面对这些猜疑，但要是她并没有打算回来的话，那么这些猜疑在她心目中其实都已经没那么重要了。

　　"我们不妨假设成她，对她的想法进行一些想象：'出于私奔或者其他目的，我才和那个人见面，而这些目的只有我自己知道。最好不要有任何人来打扰，我们需要足够多的时间，没人能找到我们。而别人则以为我是去看望住在德霍姆大街的姨妈，得在那里待上一天。我会告诉圣厄斯塔什，等天黑了再来接我。这样一来，我为自己的离家找到了正当的理由，在不必招致疑心和忧虑的前提下，获得了尽可能多的时间。如果我命令圣厄斯塔什天黑之后再来接我，他绝不会在那之前出现。但如果我忘记和他提这事，那么我逃跑的时间将会缩短，因为别人会想当然地以为我会早点回去——这样会过早地引起人们的焦虑。要是我打算最终还会回家，只是跟秘密情人出来散个心——如果是这样还让圣厄斯塔什来接，我可就失策了。因为去姨妈家接我的时候，他肯定会明白被我糊弄了，是他一直蒙在鼓里——我从家走的时候没有告诉他一定要他天黑之后再来接我的原因，只说了我要去德霍姆大街的姨妈家。但既然我早就铁了心不打算回去了——或者说至少在几周之内都不回去了——直到这事情再也隐瞒不下去了再说，那么赢得更多的时间才是我唯一关心的事。'

"你从你的摘要中已经注意到了，公众对案件的看法从一开始便是那个女孩被一群恶棍给害死了。在某些情况下，公众的看法应该被予以考虑。但是，公众对这个案件的看法却是凭空想象的。那种完全自发产生的想法——我们应该将它看作一种直觉，而只有天才才具有良好的直觉。分析绝大多数的案件时，我还是会选择按照公众的意见去办。可是公众的意见最好不是某个人的意见，它必须从严格的意义上来说就是公众的看法。公众的意见和某个个人的意见——这两者之间的区别其实很难察觉，也很难把握。在这个案件中，公众认为作案的是那帮恶棍，大家考虑了很多细枝末节，这些小事在我的第三篇摘要中都有详细的记录。整个巴黎都被这个发现轰动了：一具漂亮而声名在外的女孩玛丽的尸体漂在河上，身上还有暴力所致的痕迹。但是我们现在已经知道另一个被恶棍糟蹋而死的女孩，其遭遇也和现在这个死者的大致相同，只不过没有这么惨。已知的案件应该会影响公众对其他未知案件的看法，这算是件好事吗？大家正找不到思路呢，过去的案子却成重要的线索了！玛丽是在河上被发现的，而之前的那个案件也发生在这条河上。这两个案件之间的联系如此显而易见，要是大家没有发现、利用这个联系，那才是怪事呢。实际上，一个已破的案件可以为另一个未破的案件提供线索。要是一帮恶棍在某个地方杀人而没有被人察觉到，类似的另一帮恶棍，也会在大致相同的时间和地点，在类似的条件下用类似的手段杀人。但这样的事并不会发生。实在很难找到这样的巧合。公众的看法对我们还有什么启发呢？

"在继续深入话题之前，不如让咱们再来研究一下鲁尔门灌木丛的杀人现场。那灌木丛虽然长得很茂密，但距离公路很近。灌木丛中有三四块大石头，摆成一把椅子的形状，有靠背有脚凳。人们在上面的石头上发现了白色衬裙，在下面的石头上发现了一条丝巾，还有一把太阳伞、一副手套，还有一块绣着'玛丽·罗热'名字的手帕。裙子的碎片挂在灌木丛中，到处都是。地上的泥土被踩得乱七八糟，灌木枝也被折断了。很明显，这里发生过一番激烈的打斗。

"虽然新闻界都为发现了灌木丛而兴奋，而且大家一致认为这一发现也精确地呈现出作案现场的原貌，但是我们依旧完全可以对这种说法产生怀疑。我可以相信，也可以不相信灌木丛就是作案地点的这种说法——但我有更好的理由不去相信。要是真如《商报》所说的那样，作案地点是在巴唯·圣·安德希大街附近，即玛丽母女的住所附近，而同时作案的罪犯仍在巴黎，那么公众肯定会害怕，对事件保持长久的关注。而有些人认为人们的注意力应该被转移，没有必要一直盯在这件事上。所以，人们又开始说鲁尔门不是作案地点了，因为他们很自然地想到现场的那些物证可能是故意摆在那里的。虽然《太阳报》认为那些物证已经在灌木丛里放着有好几天了，我们却不能证明这一点。反而，有证据说从案发的那个周日到两个男孩发现那些物证，足有二十天之久。而那些东西在灌木丛里待了这么久却没被人发现，这不太可能发生。《太阳报》仍老调重弹地写道'那些东西发霉得很厉害。潮湿的雨水让东西全都黏在了一起，甚至那些东西都发霉了。做太阳伞的丝绸很结实，可还是有些丝线给划丝了。伞的上端原本是可以折叠的，但由于发霉，伞一打开就断了'。至于说'那些东西都发霉了'，从东西的表面和那两个男孩的回忆来看，这种说法是成立的。但是，还没等其他人看到，那两个孩子就把东西搬回家了。温暖潮湿的季节，草都能长得出奇地快，一天就能长个两三英寸。太阳伞被置于新长的草地上，只要一个星期，草就能把伞给盖住了。《太阳报》的撰稿人再三强调发霉的事情，在短短的一篇引文中他说发霉说了不下三次。难道他真不明白发霉是怎么一回事吗？他难道不知道霉是菌类的一种，而其最突出的特点就是它能在二十四小时内新旧更替一次？

"其实我们一眼就能识别出那些物品在树木中'至少有三四个星期'这种说法根本站不住脚，因为证据不足。东西待在灌木丛里的时间能超过一个星期都是不可思议的。凡是熟悉巴黎近郊的人应该都知道，想在这里找个隐蔽的地方，简直比登天还难。除非还要离得很远很远，才能找到隐蔽的地方。能在树林或灌木丛里找一处没人去过或者很少有人去的地方，简直难以想象。真正爱好大自然的人，工作日会义不容辞地待在巴黎城区，忍受它的灰尘和酷热——但一到休息日，就走进那近在咫尺的自然风景中，享受独自亲近自然的乐趣。

"一帮寻欢作乐的恶棍发出的嘈杂声，把他欣赏美景的兴致扫得一干二净。他想在灌木丛的最深处找个没人的地方，可还是落空了。人迹罕至的地方往往也是罪恶丛生之处。闲逛的人对这些事情极为反感，所以他又逃回了污染严重的巴黎城区。而这时候的巴黎城区显得也没那么惹人厌了，连城区的污染问题好像都没那么严重了。工作日去巴黎近郊的人都那么多，那周日去的人就更多了！平时需要工作的人没有机会作案，所以城里的坏人都聚到郊区去了。并不是因为他们喜欢郊区才去的，他们打心眼儿里其实是看不起郊区的。与其说他们来是为了呼吸新鲜空气，欣赏翠绿的树木，倒不如说他们是为了享受郊外的自由的。在公路旁的客栈里或者树丛之下，除了同伙能看到他在做什么勾当，别人无从知晓。他就可以更加为所欲为了——有了自由，再加上喝了朗姆酒，他们更想为所欲为。我并没有添油加醋，冷静观察的人都会看到这些，本案的物证在巴黎附近的灌木丛里从一个周日到了下一个周日，能放一个多星期的时间而不被人发现，简直是不可思议。

"然而，现在将疑点放在灌木丛，是为了把人们的注意力从真

正的犯罪现场引开 —— 从目前的证据来看，我们完全可以这样理解。我想让你再仔细看看发现那些物证的具体日期，将它和我从报纸上找到的第五篇摘要的日期比较一下，你就会发现与物证相关的消息刚在晚报上登出来，物证就被人们从灌木丛里找到了。尽管那些消息的说法不一，由很多人提供，但内容很一致 —— 也就是让人们相信凶手是那帮恶棍，作案地点在鲁尔门附近。现在的疑点并不在于，那两个男孩是在看了报纸上的消息又参考了公众的看法之后才发现那些东西的，而在于那两个孩子发现的那些东西，被放在灌木丛里的时间并不长。消息传出前或者就在当天，编造消息的人才刚刚把那些所谓的'物证'放进灌木丛中。

"那个灌木丛很特别，可以说是非常特别 —— 它茂密得非同寻常。在灌木丛围成的天然屏障里，有三块特别的石头，刚好组成一个带椅背和脚凳的椅子。这片充满艺术感的灌木丛离德吕克太太的家很近，她家的两个孩子都很喜欢到灌木丛里玩耍。我们完全可以这样打赌，而且这个赌百分之九十九会赢 —— 他们每天至少会有一个人去灌木丛，坐在那个天然的宝座上。谁要是不敢打这样的赌，要么是他没做过小孩，要么就是忘了孩子浪漫的天性。我想重申的一点是 —— 那些东西在灌木丛放了三四天而没有人发现，这绝不可能发生。尽管《太阳报》在这一点上装糊涂，但我们还是有理由怀疑 —— 那些东西是最近才被放到灌木丛中去的。

"除了我说到的这些之外，还有其他更充分的理由能让我们确信东西是被人放到灌木丛中的。现在请你注意，那些东西并没有摆放得很自然：白色的衬裙搭在上方的石头上，一条丝巾挂在另一块石头上，太阳伞、手套还有上面绣着'玛丽·罗热'名字的手帕凌乱地散落在周围。摆成的这副样子可能出自一个不太聪明的人的手笔，他本想摆得自然些，可这么摆实在是太不自然了。依我看，还不如将那些东西全部丢在地上，轮番踩个几遍。在这么小的地方，几个搏斗的人东一拳西一脚的，衬裙和围巾怎么可能安然地待在石头上而不掉下来呢。报道曾提道：'现场有明显的打斗过的痕迹，土地被踩踏过，灌木也被折断了。'——但是，衬裙和围巾却像被放在架子上一样安安稳稳的。而那些'被灌木刮坏的衣服碎片，一律三英寸宽六英寸长。其中还包括一片上衣被缝补过的褶边，还很结实'。《太阳报》不经意地用了诸如'这些布条看上去像被人扯下来的'等让人起疑的字眼。而正像它描述的一样，布条看上去确实像被人专门扯下来的，而且是用手扯的。但像这样的情况真是太少见了，荆棘居然还能把衣服扯成布条！从布料的纹理来看，荆棘或钉子可能会钩住衣服，然后扯出一个长方形的布条，把衣服扯出两个纵向的口子。这两个口子呈直角，它们相交的地方就是衣服被荆棘钩到的地方。——而荆棘能完全把布条扯下来，这却不大可能。起码我是从来没听说过，想必你也没听说过吧。想要把一个布条扯下来，得有来自两个方向的力——例如手帕，我们可以用两个力从上面扯下布条。但是在这个案件中，要把布条从衬裙上扯下来，荆棘可没这么大的能耐。世界上也找不到有这么大能耐的荆棘。就算有这种可能性，也必须得有两颗荆棘，一颗从一个方向用力，一颗从另一个方向用力才行。衣服的边缘还不能是卷起来的。如果衣服卷边，那想要把一个布条扯下来简直是办不到的。这样一来，我们就想明白了，想让'荆棘把布条从衣服上扯下来'可不是件容易的事。而现在，作案现场被荆棘扯下来的可不光只有一个布条，而是有很多。'其中有个布条居然是衣服的褶边'——这意味着荆棘把裙子给彻底扯烂了！我们需要认真地掂量一下这些证词，不能轻易地相信它们。可是要把这些内容都联系在一起，我们对与案件相关的一切进行怀疑的理由就不太充分了。我们怀疑那个作案现场，可能是凶手精心策划的，为了转移尸体，他只好把东西散落在灌木丛里。你要是觉得我这么说是为了证明灌木丛不是作案地点，那显然是没有领会我的意思。德吕克太太家附近可能发生了什么意外，但这并不重要。我们试图寻找的并不是案发地点，而是凶手。虽然我从《太阳报》上引证的内容是想借此表达它的说法太主观、太轻率，但这并不是我的主要和首要的目的。事实上，我是想让你们很自然地产生疑问：这起凶杀案是否是一伙流氓所为。

"不如让我们先看看外科医生的分析，然后再讨论罪犯的事。需要说明的一点是，巴黎有名的解剖学家们认为'案件由一伙人所为'的这种推断是错误的，没有任何根据。并不是说我们不能做推断，而是做出的推断应该有道理——否则我们难道就得不出其他结论了吗？

"咱们先来研究一下'打斗时留下的痕迹'。我想问的是那痕迹说明了什么？作案的是一伙人？那痕迹会不会反而证明作案的其实并不是一伙人呢？打斗时的情形会是怎样的？——一定很激烈，而且打了很长时间，所以才能留下这样的痕迹。——但是，一位手无寸铁的弱女子和一伙恶棍之间，会发生这么激烈的打斗吗？几只有力的手抓过去就能随意处置那个女孩，还要什么打斗。你应该弄明白如果灌木丛是作案现场，凶手就不应该是好几个人。只有一个罪犯的情况下，他们之间的打斗才会那么激烈，才有可能留下明显的痕迹。

"另外，我之前谈到，我们是在看到灌木丛里的物证被人们发现时还保留原样才开始怀疑的。看来作案现场是被有意摆成了那样。凶手当时想把尸体移走（暂且这么假设），物证——就是那块绣着死者名字的手绢，被堂而皇之地摆在现场，这是比尸体更有力的证据（尸体的特征可能很快就腐烂了）。如果罪犯是一伙人的话，是不可能——哪怕是出于一时的疏忽——糊涂到这个份儿上的。我们只能把这个失误看成罪犯一个人的失误。咱们来设想一下，如果一个人杀了人，当他独自和死者的冤魂在一起的时候，肯定会被面前的尸体吓着的。一旦杀人时的那股亢奋劲过去，为自己所做的事而感到的恐惧感便在心里油然而生。要是他有同伙的话，可能还会给他壮壮胆。但如果在他一个人的情况下，想要把所有的物证一次性全部拿走，并不是件容易的事，虽然也并不是完全没有这个可能。再回来一趟原本是很容易的，但等他把尸体费力地弄到河边之后，肯定没有那份勇气再跑一趟了。那一路上，在他耳边回荡着的可能都是被害者临死前挣扎的呻吟声。也有可能，他脑海里不断地产生幻觉，好像自己已经被人发现，因为他听到了附近传来的脚步声，但那也可能是一种幻听。看到城里的灯光时，他已经变得恍恍惚惚。就这么走走歇歇着，很长时间之后，他终于把尸体挪到了河边。一到船上，他就一股脑地把尸体丢进了河里。这世上哪还有什么能吸引他的财宝呢……都到这个时候了，他满脑子都是对遭报应的害怕与担忧。现在，财宝和报应哪个对他更重要？还有什么力量能驱使他再次踏上不久之前刚走过的路呢？还有什么力量能为他赋予勇气而再次回到那个血淋淋的杀人现场呢？之后的事情就随它去吧，反正他肯定是不会再回去了。就算当时他有过想要返回的念头，他也是不会回去的。'赶紧逃'最后成了他唯一的念头。他跑得飞快，就像有冤魂追着似的。哪怕再多一眼，他都不想见到那可怕的灌木丛了。

"但如果是团伙作案，情况又会怎样呢？人多可以壮胆。而越是凶狠的罪犯，就越需要壮胆。作案团伙都是些凶狠的家伙，一起作案的人越多，他们就越不会惊慌失措。可要是一个人作案，他肯定会被吓得腿软。要是一个人、两个人、三个人作案都会出现疏忽的话，那么如果是四个人一起，那第四个人应该会发现疏漏。那么，他们就会带走现场留下的所有证据。因为人手多，他们足以把东西一次性都拿走，根本不需要再返回来。

"人们发现尸体的时候，看到'有一个一英尺宽的布条从衣服底缘扯到腰部，长度可以绕腰三周，还在背部打了个结'。这样做明显是为了便于提着尸体走。如果作案的人多，还会选择这么做不可吗？如果他们有三四个人，直接拽着女孩的手脚抬着走就行了——这肯定是转移尸体最好的办法。但因为只有一个人，所以‘将灌木丛与河边的篱笆也给撞断了，地上留白重物被拖过的痕迹’。要是人多，就不会有损坏篱笆的必要了，因为把尸体从篱笆上方抬过去很方便。如果他们是好几个人，何必把尸体拖在地上走，留下明显的痕迹呢？

"我们再来谈谈《商报》的说法。我曾或多或少地谈到过。《商报》说：‘玛丽穿的衬裙上被扯下一块两英尺长、一英尺宽的布条，布条从她的下巴一直绕到后脑勺，可能是防止她叫出声来。这肯定是口袋里没有手绢的人的所作所为。’

"真正的罪犯是随身携带手帕的。可是，我关注的并不是这一点。《商报》的说法不符合逻辑，说他们是因为没有手帕才用布条堵住了女孩的嘴。灌木丛里明明就还丢着手帕呢，他们怎么不用呢？放着手帕不用而用布条，说明用布条的目的并不是要堵住女孩的嘴。证词中曾提到‘那根布条松松垮垮地绕在玛丽的脖子上，打了好几个死结’。这些话说得都很含糊，证词和《商报》的说法在本质上没有什么区别。挂在脖子上的布条有十八英寸那么宽，就算是棉布质地，但要是折起来用也足以是一根很粗的绳子了。而那布条被人们发现的时候，则正是皱皱的。

"我推断出来的就是这些。孤独的罪犯先是用绳子固定住尸体，背着它走了一段路（从树木或者别的地方出发），但发现这很吃力。于是，他就开始拖着尸体走，才留下了地上的那些痕迹。要

真是这样，他必须用绳子绑住尸体的一端。而最好的办法就是绑在
脖子上，这样一来绳子就不会滑落。他肯定想过用尸体腰间的长带
子，但考虑到还要用它在尸体上绕个几圈，还不如直接提着从死者
衣服上扯下来的布条方便。所以，他没有用自己的绳子，而是从死
者的衬裙上扯下了布条，捆在尸体的脖子上。就这样拽着尸体到达
河边。要找到系在罪犯腰间的'绳子'要费很大周折、花很多时
间，而且也说明不了什么问题——绳子到底用没用都不知道——
要想到用绳子是因为他当时已经离开灌木丛而没有手帕了。也就是
说，我们能想象到的是当时罪犯已经离开灌木丛，正走在前往河边
的路上。

　　"你也许会不赞同我的说法，因为德吕克太太在她的证词里说
过'灌木丛附近来过一伙人，他们出现的时间和杀人时间大体一
致'。我承认德吕克太太说的是事实，但在鲁尔门一带什么时候会
没有德吕克太太说到的那种坏人呢？即便如此，有一伙人的说法依
旧站不住脚。德吕克太太的证词拖泥带水，说得含含糊糊，其实她
想说的是，那伙人在她的客栈里吃了蛋糕，喝了白兰地，但没有付
钱就走了。她是想借机找那伙人的麻烦。

　　"德吕克太太到底看到了什么？'一伙人来到客栈，吵吵闹闹，
一通吃喝，不付钱就走了。他们走的方向与男青年带那女孩走的方向
一致。这帮人到晚上才回来，然后又过河了，好像很着急的样子。'

　　"在等着要账的德吕克太太眼中，他们看上去当然是很着急
了，跑得自然也很快。因为她在杯盘狼藉的桌子前已经站着等了好

长时间了，还对他们能回来付钱怀着一线希望呢。要不然当时天都要黑了，她怎么可能还注意得到他们跑得很着急呢？而至于他们跑得着急这一点也没什么奇怪的，因为快要下雨了，再加上天色渐暗，这伙人急着要赶回家，而他们要划着一条小船度过一条大河。

"我说夜幕就要降临，是指天快黑但还能看见的时候。那伙人在天快黑的时候跑得那么急，让当时在一边冷眼看着的德吕克太太很是生气。她告诉我们，那天晚上她和她儿子都听到从客栈附近传来的尖叫声。在证词里，她说的是'当时天刚黑'。可是，'天刚黑'说明'天已经黑了'，'天快黑'指的才是白天呢。很明显，按照德吕克太太的说法，那伙人是在她和她儿子听到尖叫声之前离开客栈的。我刚才给你讲的这些，用的都是报刊上的原话。可无论是公众还是警察，都没有注意到这里的问题。

"我再说一点，作为此非团伙作案的证据之一。至少在我看来，我要说的这个观点几乎无可辩驳。为尽快侦破这个案件，曾设有一大笔赏金，用于揭发同案犯，除了奖金之外，揭发者还可以免罪。在这种情况下，要揭发的话早该有人出来揭发了。如果是团伙作案，那么那伙罪犯与其说可以为赏金和能逃脱罪过而揭发别人，不如说他们更怕的是自己被别人揭发。谁要是不想被别人揭发，就得主动揭发别人。现在这个秘密还不是人尽皆知，说明这个秘密只有一个人或两个人知道，除此之外就是上帝了。

"我们分析了这么长时间，虽然收获不多，但也并非一点收获都没有。这起杀人案不是在德吕克太太客栈发生的，就是在鲁尔门的灌木丛发生的。死者是被情人——起码是与之关系亲密的人所杀害，而这个罪犯的皮肤较黑。肤色、用绳子提东西的习惯，还有给帽带打的死结——这些细节都向我们提示，凶手是一位水手。我们知道死者是一个作风放荡但不缺钱的女孩，如果罪犯能和死者成为朋友，就说明他至少是中级以上的水手。由此我们可以推测，给报刊写各种消息的那个人就是这个水手了。同时，也很容易就把这个水手与《水银报》提到的那个'他们第一次私奔时的海军军官'联系起来。

"难怪一直没看到他那张黝黑的脸。我们再来想一下，罪犯的皮肤较黑，瓦郎斯和德吕克太太都记住了那张黝黑的脸——说明这个人长得有特点。可是他怎么就不见了呢？难道他也被一伙罪犯给杀了吗？要真是这样的话，怎么我们只看到了女孩被杀的痕迹呢？这两起杀人案的作案地点本应该在同一个地方才对。那么，那个人的尸体去哪里了呢？要处理这两具尸体，凶手们用的办法应该是一样的。但是，我们也可以认为这个水手还活着，他迟迟不肯露面，是怕别人怀疑他杀了玛丽。估计他还在进行着思想斗争呢。即便是有人看到他和玛丽在一起，也并不能说明犯罪事实。但如果他真的没做坏事，他首先应该想到的是去报案，协助警察抓到凶手——这肯定是上策。有人看到，他曾和女孩一起坐着敞口船过河。所以就算是傻子也知道，出来报案是唯一且最稳妥地让自己免遭怀疑的办法。那天晚上杀人案发生之后，他一方面说自己无辜，另一方面又说自己什么都不知道。在这种情况下，他肯定会认为无论如何自己都不能去报案。

"那怎么才能知道真相呢？下一步，我们应该想办法寻找本案的特殊性，研究一下他们第一次私奔的那件事。把'军官'的背景资料弄清楚，包括他现在在哪里、案发的时候在哪里。很多写给报社的信都说这案子是一伙人干的，我们把这些信放在一起对比一下。要对比的不仅是其写作风格，还有手稿。然后再把这些信和之前投稿给报社、说芒耐先生是罪犯的信进行对比。然后，再把那军官的手稿放在一起对比。反复审讯德吕克太太和她儿子以及公共马车车夫瓦郎斯，我们要弄清楚那军官的外貌、肤色，但审讯的问题需要精心设计。得通过他们把线索调查清楚，有些人都没意识到自己其实掌握着很重要的线索。六月二十三号周一那天，开驳船的人捡到了一只船，当时大家都还没有发现尸体，之后就有人在未告知值班人员的情况下，把船从驳船办公室偷走了，并且落下了船舵。只要我们想把那只船找出来，就一定可以。捡到驳船的那个开船人，我们也得把他找出来。别忘了，船舵还在我们手里呢，正常人是不会扔下船舵的。现在，我来说一个问题：当时并没有贴出告示说捡到了一只船，可船还是不声不响地被人从驳船办公室给开走了——在没有贴出告示的情况下，船主或租用者是怎么在周二早晨就知道驳船在前一日（也就是周一）被停在了哪里呢？除非他跟海军有联系，认识能接触到这类消息的人。

"之前有讲到过罪犯独自把尸体拖到了河边，我想他那时在河边可能是要找一只船。现在线索就连起来了，玛丽·罗热是从船上被丢到水里的。这样的做法很符合常理 —— 罪犯肯定不会把尸体丢在浅水区里。而死者背部和肩部的伤痕是向我们表明，那都是由过往船只船底的肋板蹭伤的。尸体上没有坠重物，说明罪犯是在船上把死者扔下去的。如果是从岸上扔，一定会坠重物，不然我们就只能认为是罪犯在把尸体扔到河里之前疏忽了。而等他正要往下推的时候，一定意识到了自己的这个疏忽，但已经没有办法补救 —— 说什么也不能在这时候返回河边了。为了不被发现，他就匆匆地返回了巴黎城区。

"乘船到了某个不起眼的码头，他便跳上了岸。但船怎么办？他还会把船系上吗？他当时肯定是太着急，没顾得上系船。或者正当他要系船的时候，想到这么做是为警方留下对自己不利的证据。很自然地，他会想把船丢掉，把能证明他有罪的东西丢得越远越好。他会从码头逃走，同时不让船停在码头。所以，他选择让船漂走。现在，让我们发挥一下想象力：第二天早晨，那个可怜的罪犯看到有人捡了他的船，还把它停在他每天上班都要去的地方，心里泛起一种说不出的恐惧。所以在第二天晚上，他连船舵都没要，就把船弄走了。而那只没有舵的船现在在哪里呢？我们就把找船作为破案的一个线索吧。只要能找到那只船，就有望顺利破案了。那只船将以惊人的速度，引导我们找到杀人犯，就是那个在血腥的周日夜晚用过那只船的人。一个线索会连着一个线索，杀人犯就会被查出来。"

（由于某些原因，一些不重要的细节 —— 就是杜邦认为的那些

不重要的、读者不看也能理解案件经过的细节已经从手稿上删去了。我们认为对删去的部分只需要交待如下几句：最终预期的结果出现了，警察局长虽然不情愿但也如期完成了他答应杜邦的事。而坡先生的文章则是这样结尾的。——编者按 [①]）

人们会认为我只谈"巧合"。虽然不想承认，但我谈"巧合"这个话题谈得的确已经够多了。但我发自心底地并不相信有超自然的东西。自然和上帝是两码事，凡是有思想的人都会接受这种说法。上帝按照他的意志创造自然、调控自然，这是不争的事实。我说"按意志"的意思是，是意志而不是"上帝的力量"在创造和调控自然。不是上帝不能修改他的规律，而是我们总幻想着上帝应该修改规律了，这简直是在侮辱上帝。从本源上看，这些规律被制定出来的时候就已经将未来可能要发生的所有事情包括进来了。

我再说一遍，这些事情纯属巧合。之所以说是巧合，因为据我所知，在不幸的玛丽·塞西莉亚·罗杰斯与玛丽·罗热之间的确存在着某些相似性。而我这么判断，并非空穴来风。但是在讨论玛丽的不幸时，就暂且不要这样想了。结局都已经知道了的时候，案子还存在什么谜团呢。这样的事情不要再发生了，这是我期盼的。采用在巴黎追查杀害一名女店员的方法或类似的办法，都会推导出相似的结论。

讨论玛丽的案件时，一定要考虑发生的事实间非常细微的差别，认不清这些差别，就有可能导致误判。因为随着各自的案情发

[①] 斯诺登的《女士伴侣》杂志编者按，这篇小说最初发表在该杂志上。——原注

展，两者之间的差别会变得越来越大，就像做数学题的时候，只是过程中出现了一个错，但之后的每一个步骤都有可能扩大这个错误带来的影响。最终得到的结果就会与正确的答案相差千里。谈到这里，你们可能都会同意我说的话了，概率不允许对巧合进行任何形式的夸大。巧合其实就是巧合罢了。

虽然看起来很有创意，但这不是一个符合常理的推断，不像数学语言那么严密。但也只有数学家才能想明白这样的道理——例如，一个人连续两次掷出的都是六点，这时最应该赌的是，第三次掷出的不会是六点。但想让人接受这个道理实在是太难了，那些自以为是的人才不会听信这套理论呢。不过，连续完成了两次投掷，就相当于这已经成了过去的事，而过去的事怎么会完完全全地影响将来的事呢？第三次掷出六点的概率其实和在任何时候投掷的是一样的。也就是说，投掷的结果会受到很多因素的影响，和前面几次的投掷反而没有必然的联系——这个认识是正确的，但越来越多的人对其不做思索，而只是嘲笑。他们觉得这个认识很粗浅，而他们的错误在于忽略了之前提到的事实，即小失误将导致大误差。现在我还不能说自己已经把误差完全搞清楚了，因为误差中包含着深奥莫测的哲理。但现在需要明白的一点是，在探索事物真相的道路上，只要出了一个差错，就会引发一连串的错误，而且最终一错到底。

（1850 年）

作者原注：要是在原版《玛丽·罗热之谜》出版的时候添加脚注，人们肯定会觉得那是在画蛇添足。可是从现在看，作为故事原型的事件已经是几年以前发生的了，所以在书中添加一些注释就显得很有必要，只有这样读者才更容易看懂故事。有个女孩名叫玛丽·塞西莉亚·罗杰斯，她在纽约近郊被人杀害。玛丽被害的这起案件曾在当时引起过不小的轰动。虽然已经过去了很长时间，这起案件还时常被人们议论。但是，以它为原型的小说《玛丽·罗热之谜》都出版了（小说出版于 1842 年 11 月），案件都还没有被侦破。小说虽然讲的是巴黎女店员的故事，讲得还很细致，但其实是在为读者分析玛丽·罗杰斯杀人案。小说中的所有素材都来源于真实发生的案件，所以其中的某些观点对案件的侦破会有启发。毕竟，探究事实才是我写这篇小说的根本目的。

我写《玛丽·罗热之谜》的地方离命案发生的地方比较远，除了看看报纸上的报道之外，我也没法以其他途径了解与这个案件有关的更多详情。要是我能到案发现场去调查一番，我就能发挥得更加游刃有余了。但是，小说出版了很长时间之后，分别由两个证人提供的证词（其中一个是德吕克太太）才得到确认，我把事情的结局一五一十地写下来，同时也把能推导出来的所有细节都写出来，这样写小说也是合情合理的。

红死魔的面具

　　"红死病"在国内肆虐很久了。如此致命而骇人的瘟疫可谓前所未有。这种病的具体表现和鲜明特征就是出血，红色漫卷，令人齿寒。剧痛袭来不久，便是突如其来的头晕眼花，接着毛孔血流不止，人于是必死无疑。一旦猩红色的斑点在谁身上 —— 尤其是脸上出现，这人就给贴上了红死病的标签，即便是亲朋好友也无法靠近援助或同情。从染病、发病到送命，不过短短半小时罢了。

　　可作为一国之君的普罗斯佩罗却欢喜依旧，他真是胸有成竹，无所畏惧。当他领地里的百姓人口减少一半时，他把从宫廷男女爵士中挑出的一千名心宽体健的心腹召至身边，带他们隐居到一个城堡样的修道院。这座修道院占地辽阔，建筑恢宏，完全迎合普罗斯佩罗君王怪异而骄奢的口味。四围是坚固的高墙，有两扇铁门严防死守。这帮朝臣进得门来，便拿熔炉和巨型铁锤焊死了门闩。他们横下一条心，就是在里头绝望发狂得难以遏止，也坚决不留任何出入口。修道院里储备丰足。谋划如此精心，那些男女爵士也就没什么好怕的了。对于外边世事，自然事不关己高高挂起。悲伤也好，思虑也罢，不都是庸人自扰。再说，寻欢作乐的一切设施，君王早已打点齐全。有小丑、即兴表演者，有跳芭蕾舞的，有演奏乐曲的，还有美女和醇酒。门内歌舞升平，门外"红死病"猖獗。

隐居将近五六个月时，也是外面的瘟疫最凶猛之时。普罗斯佩罗君王却举办了一个盛况空前的化装舞会，以款待他的上千名心腹。

这是何其骄奢淫逸的一个化装舞会啊！且让我先描述一下场地吧。舞会总共占用了七间屋子，这七间屋子原是一套行宫。不过在一般的宫殿里，只需把可折叠的门向两边推至墙根，目光便可笔直地望出去很远，屋里的一切，都会毫无阻隔地尽收眼底。而这个舞场的铺排却大不相同，因为君王偏爱新奇的事物。这些屋子造型极不规则，一望之下，只能看到一个房间。每隔二三十步就是一个急转角，每个转角都能看到新奇的景物。左右两面墙壁中间，都是又高又窄的哥特式窗子。窗外是一条围绕这套行宫的回廊。所有的窗子都镶着彩色玻璃，色彩各异，与各自房间的装饰主色调一致。譬如说，最东面的那间悬挂着蓝色的饰物，它的窗玻璃就格外蓝。第二间屋子的装饰和帷幔是紫色的，窗玻璃也一样是紫色的。第三间屋里一派绿色，窗扉也便跟着绿意盎然。第四间的家具与光线都是橙色的。第五间是白色的。第六间是紫罗兰色的。第七间从天花板到四壁都被黑丝绒帷幔层层覆盖，那黑色层层叠叠，重重地垂到料子和色调并无二致的地毯上。只有这一间屋子的窗子，色彩与室内装饰不协调。这里的窗玻璃浓血般猩红。七间屋子的装饰极尽繁复，满眼流丽，连天花板上都没放过。但并没有一盏灯，也没有一架烛台。整套屋子里，一线灯火和烛光都没有。不过在围绕屋子的回廊里，对着每扇窗，都摆有一个三脚架，上面有个火钵，火光透过彩色玻璃照得满屋通亮。屋子于是成为一个绚丽奇异的大舞台。但西边的黑屋子里，火光透过血红的玻璃，费力地照在黑色的帷幔上，无比阴森可怕。人一进去，无不显得面无人色，所以几乎没人敢走进那间屋子。

这间屋子的西墙前，摆放着一座巨大的黑檀木时钟。钟摆左右晃动，沉闷、滞重而单调。每当分针走完一圈，大钟的黄铜腔里就发出报时声，那声音清晰、洪亮、深沉，且极为悦耳，然而调子和重音却又非常古怪。因此，每过一个小时，乐队的乐师们都不得不暂停演奏，侧耳聆听一番钟声。成双成对跳华尔兹的人也只好停止旋转，寻欢作乐的红男绿女也不免出现一阵骚动。当钟声还在一下一下敲响的时候，即使最耽于享乐的人也骤然灰了脸，上点年纪的和庄重些的，都抚额作思虑状，似乎陷入混乱不堪的玄思中。但待到钟声余音既了，舞会上马上回旋起一片轻松的欢笑。乐师们你看看我，我看看你，不由笑起来，似乎为刚才的神经过敏和愚蠢举止自我解嘲。他们还彼此悄声发誓，等下次钟声响起，再不会这么情绪失控。然而六十分钟飞快流逝，三千六百秒不过是转瞬间的事。时钟又敲响了。骚动依旧，人们照样紧张不安，纷纷坠入冥想。

尽管如此，这场欢宴还是无比壮丽。所有的人都玩得很尽兴。普罗斯佩罗君王的口味确实不一般。他对色彩和视觉效果别具慧眼。装饰如果说仅仅是赶时尚，那是入不了他的眼的。他的构想大胆热烈，闪耀着原始的光辉。可能会有人认为他疯了，他的追随者却不这么看。不过要确认他到底疯没疯，听听他说话，亲眼见见他，甚至接触接触他，也就甚为必要了。

为举办这个奢华宴会，普罗斯佩罗君王还亲自当了指挥，七间屋子的大多数活动装饰都是在他的指点下进行的。参加化装舞会的人，也都依照他的主导口味装扮自己。他们的奇形怪状自然不在话下。真是五光十色，如梦似幻，让人兴奋不已——差不多都是《爱尔那尼》里出现过的场景。满眼光怪陆离，张牙舞爪的四肢，不伦不类的摆设，一切都充满迷狂，只有疯子才想得出这般花样。其中有不少美不胜收之处，放荡淫乱之气，怪异离奇之境，有的让人害怕，还有很多使人恶心。实际上，在这七间屋子里昂然地走来走去的，不过是一群梦中人。这些梦中人在房间色彩的映衬下，身子不断扭曲，引得乐队奏出癫狂的音乐，宛若他们脚步的回声。过了不久，那间黑屋子里的黑檀木时钟又敲响了。一时间，除了钟声之外，世界陷入死寂。人群僵住了。但时钟的余音一消失——其实仅只片刻而已——人群中便传出极力压制的轻笑，笑声随着远去的钟声荡漾。于是，音乐訇然再起，人群重又活跃过来，比先前扭动得还要欢畅。火盆散发出的光线，透过五光十色的窗子，照得屋内人影幢幢。但参加化装舞会的，依然没有谁敢迈进最西边的那间屋子。夜更深了，从猩红的窗子泻进来一片红光，黑沉沉的幔帐阴气袭人，对于踏上阴森森的地毯的人来说，近处的黑檀木时钟发出的沉郁轰鸣，要比在远处其他屋子里纵情声色的人听来更为有力和肃穆。

但是别的六间屋子早挤得满满当当，洋溢着生命力的心脏都跳得格外欢腾。狂欢正酣之际，午夜的钟声响起了。一如刚才所言，钟声一响，音乐随即停息。成双成对跳华尔兹的人也安静下来，不再旋转。周遭的一切再次陷入死寂，让人很不自在。但这一回，时钟要敲十二下，因此，狂欢的人群里那些喜欢思考的人，玄想的时间更长了，兴许随着思绪蔓延，转动的念头也益发多了。也许正因如此，在最后一下钟声的余音完全消失之前，不少人恰好有闲暇察觉到一个从未引人注目的蒙面人的出现。人们开始交头接耳，出现了新蒙面人的消息，很快在宴会上传开了。众人哗然，嗡嗡声、咕哝声响作一片，人们既不满又惊讶，到后来，表达的都是恐惧和厌恶了。

完全可以想象，在我所描绘这个奇幻聚会中，寻常人的出现根本不会激起如许波澜。说实话，这个化装舞会算搞得过了火。可这个成为人们议论焦点的人比希律王更甚，他的装扮甚至超出了普罗斯佩罗君王那几乎没有限制的礼仪的范围。那些不计任何后果的人，心里也并非漾不起一丝涟漪。即便是那些绝对无动于衷，视生死为一场游戏的，也难免对有些事认真起来。事实上所有在场的人，无不感到陌生人的举止装束既缺乏妙趣，又不合时宜。这人身材瘦长，形容枯槁，从头到脚裹着寿衣。一张面具酷似僵尸的面容，就是凑近了仔细打量，也很难看出是假的。如果只是这样，周遭狂欢的人尽管不满，但尚且能容忍。可这个一言不发的陌生人竟然扮成"红死魔"的样子出现！他的罩袍上染着鲜血，他宽阔的前额和五官上是可怕的斑斑点点的猩红。

普罗斯佩罗君王的目光一落到这个鬼怪般的人身上，就浑身痉挛，战栗不休，初看像是害怕或恶心，一转眼，就见他愤怒得额头都涨红了。那会儿那个鬼怪似的陌生人，正缓慢而肃穆地在跳华尔兹的人之间来来回回大踏步走，仿佛要继续把这个角色淋漓尽致地扮演下去。

"哪个如此大胆？"普罗斯佩罗君王声嘶力竭地喝问着身边的朝臣，"哪个如此大胆，竟开这大不敬的玩笑侮辱我们？把他抓起来，剥去他的面具，明早太阳出来，就知道在城垛上绞死的是个什么东西了！"

说这番话时，普罗斯佩罗君王正站在东面那间蓝屋里。他的声音洪亮清晰，传遍了七间屋子。君王天性勇猛，精力充沛，他的大手一挥，音乐戛然而止。

普罗斯佩罗君王站在那间蓝色的屋子里，一帮随从苍白着脸候在左右。开头他说话时，这帮随从已向就在近旁的不速之客稍稍逼近。现在，来者反而不慌不忙、步伐稳健地直逼君王而去。众人都被入侵者的疯狂嚣张攫住，没有谁敢伸出手把他抓住。因此，他

得以畅通无阻地从离君王不足一米的地方走过。这时，那帮狂欢的人，好像受了无形之手的推动，"呼啦"一下从屋子中央退避到了墙边。空间让出来了，不速之客也就没有停步继续前行了，步子还像先前那样非同一般，既稳健又均匀。他一步一步走出蓝屋，进入紫色的那间，出了紫屋又走进绿色的那间，穿过绿屋再走进橙色的一间，然后再进入白色的一间，由此再到紫罗兰色的那间。然而这时，普罗斯佩罗君王已决定采取行动逮住他。由于愤怒，加上耻于刚才的一时胆怯，君王发疯了。他匆匆忙忙冲过六间屋子。大家都吓得魂不附体，因此没人跟过去。他高举一把出鞘的短剑，急吼吼地杀向那个撤退的人。两人相距不过三四英尺了。当时来者已到了黑色房间的尽头。他猛一转身，面对追兵站定。伴着一声刺耳的惨叫，那把短剑寒光一闪，掉到乌黑的地毯上去了。随之扑倒的，是普罗斯佩罗君王的尸体。那帮狂欢作乐的人见此情景铤而走险，他们一哄而上，涌进黑色的房间，一把抓住了肇事者。那高高的身躯分明直挺挺地竖在黑檀木时钟的暗影里，一动未动，可让众人惊魂骤起、喘作一团的是，他们使猛劲一把抓住的，竟然只是一袭寿衣、一个僵尸面具，里面人迹全无。

至此，大家公认"红死魔"已寻上了门，贼一样于夜间潜来。狂欢作乐的人们，一个接一个倒在刚刚狂欢过的地方，个个都是一副绝望的姿态，鲜血满地。黑檀木时钟也随着放浪生活的终结而不再敲响。三角架上的火盆里的火光也熄灭了。黑暗、衰落和"红死病"统领一切。

陷坑与钟摆

就在这方土，贪婪暴徒舞，

仇恨绵绵长，无辜鲜血淌。

大地放光明，鬼牢被夷平，

死神猖獗处，生命花将开。

——为巴黎雅各宾俱乐部原址建造的市场大门所做的四行诗[①]

我很虚弱，由于长时间的折磨，我虚弱得几乎死去。当他们

[①] 原文为拉丁文。引自英籍犹太作家伊萨克·迪斯雷利（1766—1848）所著《文学奇闻》。雅各宾俱乐部，原名宪友社俱乐部，指1789年法国革命时代激进民主主义党，因会址设在巴黎雅各宾修道院，故又称雅各宾俱乐部。据法国诗人波德莱尔的说法，雅各宾俱乐部原址市场上既无大门，也无题词。

最终给我松了绑，赐了座，我觉得神志正远离躯壳而去。清清楚楚灌进耳膜的最后一个声音，就是一声判决——可怕的死刑判决。之后，审讯的声音似乎幻化为模糊的嗡嗡声。我不觉想起"旋转"这个词来——兴许是恍惚中联想到水车的声音了吧。这念头一转眼就消失了，因为不久我就什么都听不到了。不过我一时还能看得到，但我看到的东西真是太夸张太可怕了。我看到了黑袍法官的嘴唇，那白花花的嘴唇比我写下这些黑字的纸还要白，还薄得近乎怪诞。那么薄的嘴唇，吐出的话却字字千钧，无可更改，对人类所受的折磨压根就不屑一顾。我看见定我死罪的判决正从那嘴唇里汩汩淌出。我看见两片嘴唇闭合扭动，吐出致命的字句。我看见一伸一缩一咧一嘟之际，我的名字脱口而出。但见唇动，不闻其声。我吓得浑身颤抖，连神志都昏乱了，虽说如此，我还是看得见包裹着四壁的黑幔在悄然波动，轻微得很难察觉。随后我看到了桌上的七支长蜡烛，乍一看，它们亭亭玉立，状似仁慈，宛如可以拯救我的白色天使。转眼间，我马上就感到极度的不适，浑身瑟瑟发抖，仿佛触到通电的电池。再看那些好似白色天使的蜡烛，似乎根根都是头顶冒火的鬼怪，变得了无意义。突然间，一个念头像曼妙的乐曲潜至心头。我想，长眠地下定然是甜美的。这个念头于不觉间悄然而至，似乎过了许久才获得我的青睐。可待到我终于体味到这一点，并适时敞开心灵拥抱它时，法官们却变戏法一样从我面前消失了，烛火也彻底熄灭，长蜡烛顿时化为乌有。四下里立刻漆黑一团。一切感觉都被吞噬了，唯有一个意念，那就是急速坠落，似乎灵魂被

打入地狱。周遭一派寂静。一切陷入凝滞。黑夜主宰了宇宙。

我昏了过去。但也不能说丧失了全部意识，至于还剩点儿什么意识，我不打算详加说明，也不愿去描述。但我真的并没有丧失全部意识。在酣睡中——不会！在狂乱中——不会！在昏迷中——不会！在死亡中——不会！即便在坟墓中，也不是完全丧失意识。否则就没有灵魂不死这一说法了。当我们从沉沉睡梦中醒来，就像是打破薄薄的丝网般的梦。转眼间，我们就不记得自己做过梦了。大概因为丝网一触即破吧。从昏迷中醒来要经历两个阶段：首先是心理或精神上恢复意识，其次是肉体的苏醒。到了第二个阶段，如果还记得第一个阶段的印象，我们或许就会发现，这些印象极富雄辩，使得昏迷中的情景活灵活现。可昏迷是什么？如何把昏迷的预兆与死亡的预兆稍稍区分开？但是，如果我所说的第一阶段中的印象不能随意想起，难道隔一段时日，那印象会不邀而至？我们唯有惊奇于它到底来自何方。从没昏迷过的人，绝不会看到奇怪的宫殿与极为熟悉的面容，隐现在光闪闪的炉火中，绝不会看到很多人不大看到的忧伤幻影在半空载沉载浮，绝不会对新奇的花香玩味良久，绝不会被以前没聆听过的音乐旋律弄得心神惚惚。

我常常思忖昏迷状态中的种种情形，想竭力回忆起来。我常常沉迷于追忆昏迷时所陷入的表面上的虚无状态，挣扎着想要捕捉到吉光片羽，有时竟自以为想起来了。有一些短暂的瞬间，我如同用魔法召唤出了记忆，其后清醒的理性告诉我，那种记忆只跟表面上的无意识有牵系。这若有若无的记忆隐隐表明，当初有些高高的人影把我抬起，悄无声息把我朝下推去——向下——再向下，直到我心里被没完没了的下沉占据，感到可怕的眩晕压来。这种记忆还表明，由于当时我心静如水，所以只是感到模糊的恐惧。然后才觉得一切突然都静止了，仿佛推我下去的人——成群结队的可怕家伙——一路下沉，永无休止，下沉得过了界，累得筋疲力尽，才停下来歇会儿。再后来，我还回忆起平坦、潮湿的感觉，接下来，一切都变得癫狂，变成一种慌忙冲破禁区的癫狂记忆。

突然，我的灵魂又有了声音、动作和意识——心脏一阵喧嚣，耳边就是怦怦的心跳声。而后是片刻的静止，大脑也随之一片空白。再接着，还是声音、动作还有触觉，刺痛感遍布全身。然后意识到失掉了思想，只知道自己是存在的。这种状况持续了很久。再后来，突然之间思想复活，心惊胆战的恐惧感回来了，拼命想要了解自身的真实处境。之后，便强烈渴望坠入无知觉的境地。精神完全苏醒了。手脚可以动了。重重记忆随之而来，法庭、法官、黑色幔帐、判决、生病以及昏迷。再之后是那昏迷后遗忘的一切，后来过了些日子，我经过艰辛的努力才模模糊糊回忆起的一切。

直到今天，我都没有睁开过眼睛。我觉得自己是躺着的，没被捆绑。我伸出手，摸到非常潮湿坚硬的东西，我把手放在上面，忍了好几分钟，一边琢磨着自己到底在哪里，又究竟是谁。我很想睁开眼看一看，却又不敢。我对第一眼即将看到的周边环境心存畏惧，不是害怕看到可怕的东西，而是唯恐睁开眼后什么都看不到。最后，心情极度绝望之下，我猛地睁开了眼睛。不出所料，果然糟透了。长夜漫漫，黑暗包围着我。我拼命呼吸。无边的黑暗压迫着我，令我窒息。空气憋闷，难受极了。我仍然静静地躺着，开始费力调动理智。我想起了审讯的一幕，试图从那一幕推断目前的真实情形。死刑判决宣布了。对我来说，那似乎是很久很久以前的事。然而我并不觉得自己已经死了。虽然我们在小说里看过什么，但那都与真实存在的情况不符。但是啊，我在哪里？我又是什么状态？我知道被宗教法庭判决死刑后，通常是被捆在火刑柱上烧死。而在我受审的当晚，这样的刑罚已执行过一次。难道我已被押回地牢，等着数月后的另一次火刑？我马上就看出这不可能。因为该死的人总会立即被处死。再说，我待过的那间地牢和托莱多城的所有死牢一样，都是石头地板，而且也并非一丝光都没有。

突然，脑中闪现了一个可怕的念头。我立刻血液奔涌，心跳加剧。有一瞬间，我又失去了知觉。醒后，我立刻跳起来，抖得浑身痉挛。我伸出双手，上下左右朝各个方向乱摸一通。什么都没有摸到，但我不敢挪动一步，生怕墓墙挡了去路。我全身每一个毛孔都在冒汗，额上挂满冰凉的豆大的汗珠。我焦虑、痛苦，最后实在忍无可忍，就小心翼翼地往前移了脚步。我的双手朝前伸得笔直，我想捕捉到一丝微弱的光线，两眼瞪得都快裂开了。我前行了几步。依然是黑暗与虚空。我的呼吸畅快了点儿。显然，命运没那么不济，至少我不是待在最可怕的墓穴。

就在我一步一步小心谨慎地朝前摸索时，托莱多城诸多恐怖模糊的传闻一一涌上心头，其中也有关于地牢的一些怪事——我认为不过是无稽之谈 —— 但由于古怪又可怕，人们不敢公开谈论，只在私下里流传。难道要把我关在这个暗无天日的地下活活饿死？或者还有更可怕的命运在等着我？结果总归是个死，而且会死得比别人更痛苦。我对这一点毫不怀疑，因为我太了解那些法官的德行了。我满心想的，或者说我心意烦乱的，只不过是怎样死，以及什么时间死。

我伸出的手指终于碰到了坚固的障碍物，那是一堵墙。好像是用石头堆砌而成的，光溜溜，黏糊糊，冷冰冰。我顺着墙走，每走一步都小心翼翼、充满警惕。这是某些古老的故事赋予我的启示。可这么走并不能确定地牢的大小，因为我很可能是在绕圈子，说不定不知不觉又回到了原点。这堵墙到处都一样。于是我去找那把小刀。我记得被带上法庭时，那把小刀就在我的口袋里。可它不见了。我的衣服也换成了粗布长袍。我本想把小刀插进石壁的某条细缝，以便确定起点。在心神迷乱中，这个难题初看似乎无法解决，其实只是小菜一碟。我从长袍边缘撕下一条布，把它平铺在地上，与墙面成直角。这样，在我摸索着绕地牢走时，绕一个圈后不可能踩不到这块布。但我没有考虑地牢的大小，也没有充分预估自己的虚弱。地面又湿又滑，我蹒跚着朝前走了一会儿，就踉跄一下摔倒了。我疲惫极了，就那么倒卧在地。睡意很快不可遏制地袭来了。

当我醒过来时，我伸出一只手臂。身旁有块面包，还有一罐水。我筋疲力尽，没去想是怎么回事，就贪婪地吃喝开了。很快我又开始了我的地牢之行。经过一番苦苦支撑，我终于走到了放布条的地方。摔倒之前我已经数了五十二步，重新爬起来后，又走了四十八步才到布条那里。如此说来，总共是一百步。两步是一码①，于是我推测地牢的周长是五十码。但我在摸索行走时碰到了许多转角，所以我无法推断出这个地窖的形状。没错，我认为这就是个地窖。

这次探究几乎没什么目的，当然也不抱任何希望，不过是出于朦朦胧胧的好奇心。我决定不再顺着墙壁走，而是从地牢中央横穿一遭。起初我每迈上一步都极为小心，地面好像很牢固，但非常容易滑倒。后来我鼓足勇气，不再犹疑，步伐也就坚定多了。我尽可能笔直地到达对面。如此这般，走了十一二步，长袍上撕扯后残存的碎边在两腿间缠来缠去，我一脚绊上去，狠狠跌了一跤，摔了个脸贴地。

我被摔得稀里糊涂，没能马上意识到一个多少有些令人吃惊的状况，但仅仅过了几秒钟，我还没从地上爬起来，就注意到了这一点。当时的境况是这样的：我的下巴贴上了地牢的地板，嘴唇和脸庞的上半部分却什么都没挨着，尽管它们明显低于下巴，而前额则像泡在了潮湿的雾气中，还有股霉菌的异味直往鼻孔里钻。我朝前伸了伸胳膊，不由周身一颤。我发现自己摔倒在一个圆坑边缘，至于圆坑到底有多大，我当时根本无法确定。我在靠近坑沿的坑壁

---

① 英制长度单位。1 码约等于 91.44 厘米。——编者注

上一阵摸索，成功地抠下了一小块碎片。我把它扔下了深渊。有一会儿，我听到的是它下落时撞击坑壁的声音，后来，是坠入水面的沉闷回响。与此同时，头顶也传来一种声音，好像有人在急速地开门关门。一丝微弱的光线划破黑暗，又迅疾消失。

他们为我安排的死路一清二楚。我为那使我幸免于难的一跤暗自窃喜。如果摔倒前多走一步，我已经不在人间了。我刚刚免了一死。这种死法与传闻中宗教法庭处死人的方式如出一辙。在我看来，那些传闻都十分荒诞不经。宗教法庭只有两种暴虐死法：一是死于可怕的肉体痛苦，二是死于恐怖的精神谋杀。他们为我安排的是第二种死法。由于久经折磨，我的神经非常脆弱，弦都快绷断了，以至听到自己的声音都会发抖。无论从哪方面看，他们替我安排的死法，对我都是最残忍的折磨。

我四肢颤抖着摸黑回到墙边，下定决心死都不能再胡乱冒险。我想，地牢里到处是陷阱。在别的境况下，说不定我会鼓起勇气跳下深渊，了结痛苦，可眼下我是个十足的懦夫。另外，我怎么都忘不掉以前读过的对陷坑的描述，最可怕的是，并非让你一下子死去就完事了。

我心绪纷乱，接连好几个小时都清醒着，最终又睡死过去。再次醒来时，我发现和上次一样，身边又放了一块面包、一罐水。我渴得唇焦舌燥，一口气就把罐子里的水喝干了。可能水里下了药，刚一进肚，我就感到困倦不可抗拒地袭来。我像死去一般沉沉睡去。不知睡了多久，等到眼睛再度睁开时，我居然能看到周围的东西了。借着一线一时说不出从何而来的昏黄亮光，我终于看清了牢房的大小和形状。

原来，我完全搞错了牢房的大小。它的周长顶多二十五码。我真是白费一番心机，处于这么可怕的境地，还有什么比地牢的大小更无足轻重的？可我偏偏就是绕不过去这一点。我对鸡零狗碎的事很感兴趣，一心想找出量错的原因。后来，我终于恍然大悟。我先前丈量时，数到第五十二步就摔倒了。而当时，我肯定离那布条不过一两步远而已，差不多已经绕地牢一周，可我随后睡着了，再醒来时准是走了回头路——这样就几乎把地牢的周长多估算了一倍。当时我糊里糊涂的，根本没注意到出发时墙在左手边，走到布条那里墙却在右手边了。

至于地牢的形状，我也判断错了。刚才一路摸索着走过去，感觉墙上有很多拐角，于是我断定地牢的形状不规则。由此可见，对一个刚从昏迷中或睡眠中醒来的人来说，绝对的黑暗有着多么大的影响！所谓拐角，不过是墙上那些间隔不等的凹陷所致。地牢大致是正方形。墙也不是我想象中的石墙，看上去像是用巨大的铁板或某种金属焊就，接缝处恰好形成凹陷。金属牢笼的表面到处粗暴地涂抹着可怕又可憎的图案，尽是些源于宗教迷信的阴森图景。狰狞的魔鬼骷髅，鬼影森森，与其他令人恐惧的图像联合起来，铺展得到处都是，把墙壁搞得丑陋不堪。我发现那些鬼怪图轮廓明晰，只是似乎由于空气潮湿，颜色好像褪了，才显得模糊不清。我还发现地板是石头铺的，地面中央开裂着，一个圆形陷坑赫然在目——就是先前我侥幸逃脱的那个。不过，地牢里也就这么一个陷坑。

这一切我看得很费力，看得也不甚清楚，因为在昏睡之时，我的身体状况发生了很大变化。我现在仰面朝天，直挺挺躺在一个低矮的木架子上，身上牢牢地捆着马肚带一样的皮绳。皮绳绕着我的四肢和身体缠了一圈又一圈，只有头部可以自由活动，左手勉强能伸出去够吃的。食物就在附近地板上的陶盘里。我惊恐地发现水罐不见了。说惊恐，是因为我快渴死了。很明显，这种焦渴是迫害我的人有意为之，因为盘子里的食物是味道很浓的肉。

我审视着地牢的天花板。它距我三四十英尺，构造与四壁相仿。其中一块嵌板上的一个奇异人影深深吸引了我。那是一幅彩色的时间老人的画像，与一般画法并无二致，只不过老人手里握的不是一把镰刀。不经意地扫过一眼，我还以为那是一个老式钟表上的巨大钟摆。但这个钟摆外形奇特，使得我多看了它几眼。当我直勾勾地仰望着它时（它的位置恰好在我正上方），我感觉我看到它动了。只消片刻，这个感觉就被证实了。它的摆动幅度不大，当然也很慢。我盯着它看了一会儿，有几分害怕，更多的则是惊奇。直到看厌了它单调的摆动，我的眼睛才转向天花板上的其他东西。

一阵轻微的响动吸引了我。我朝地上一看，几只硕大的老鼠正匆匆横穿过地板。它们是从我右边视线中的陷阱里钻出的。在我盯着看的时候，它们正匆忙跑向我，眼睛中流露出贪婪之色——是肉香的诱惑。我费了很大的劲儿才吓退它们。

大约过了半个小时，或者是一个小时——我的时间感已经有些混乱，我的目光又转向上方。一看之下，我不由得大惊失色，困惑难安。钟摆的摆幅已经近乎一码，摆动速度当然也随之加快。最使我惊慌失措的是，我明显意识到了钟摆在下降。我如今发现——我有多恐惧已不言自明——钟摆下端居然是弯月形的钢刀，它闪闪发光，长约一英尺，两角朝上翘起，刀刃分明像剃刀般锋利。钟摆的样子也像剃刀，看来又大又重，从下往上渐渐变细，俨然一个坚实的宽边锥形物，上端悬在沉实的铜棒上，硕大的钟摆左右摆动时，在空气中划出嘶嘶的声响。

我再也不必怀疑了，这正是那些酷爱折磨人的僧侣独具匠心地为我安排的死法。宗教法庭的那伙人已得知我发现了陷坑。恐怖的陷坑正是为我这样胆敢与国教唱反调的人而设。它是地狱的象征，是传闻中宗教法庭登峰造极的一种惩罚。偶然摔了一跤，使我躲过葬身陷坑的劫难。可我明白，趁人不备设计奇袭，使用酷刑折磨，是地牢里的主要杀人手段，无论哪一种都堪称稀奇古怪。我没有跌入陷坑，把我扔进去也不属于毒计的范畴，但我又必死无疑，别无选择。于是，另一种比较温和的死法等着我了。温和！想到自己居然用了这么个字眼，我不由得苦笑起来。

我一下一下地数着钢刀急速摆动的次数，在漫长的时间里，经受着比死还可怕的恐惧。说这个又有何益？钟摆一寸一寸、一分一分地下降，每隔一会儿，才能感到它确实是在下坠。一刻长于百年。钟摆在下降、下降。几天过去了——也许是好多天过去了，钟摆在我头顶上晃荡着，它摆来摆去，扇出丝丝恶毒的小风，利刃的味道直冲鼻孔。我祈祷着，千万次地祈求上苍让它降得快一些。我变得极为疯狂，拼命挣扎着往那摆来摆去的可怕刀锋上凑。后来我突然平静了。我平躺在那里，冲着那寒光闪闪的杀人器物笑了，如同孩子对着罕见的玩具发笑。

我再次完全不省人事，只是时间很短，因为等我恢复知觉后，丝毫没觉得钟摆有所下降。不过，也许时间很长，因为我知道，见我昏迷过去，那些恶魔是可以随意止住钟摆的。这次醒来，我感到说不出的难受和虚弱，似乎好久没吃东西一样。即便有着巨大的痛苦，对食物的需要依然是人的天性。我苦苦挣扎着伸出左手，皮绳容我伸多远就伸多远。我拿到了老鼠吃剩的一丁点儿肉。当我揪下一点儿想往嘴里塞时，脑子里闪过了一个念头，那念头尚未成形，但它含着喜悦，给人希望。可希望到底与我何干？如我所说，那个念头尚未成形。人们有许多这样的念头，而且最终也不会成形。我觉得那个念头含着喜悦，给人希望，但我同时也感到，那个念头还没成形就要消失了。我竭力想抓住它，使它完好地呈现出来，可一切都是徒然。我长期以来受尽苦楚，正常的思维能力几乎消耗净尽。我成了一个蠢货、一个白痴。

钟摆的摆动方向刚好跟我平躺的身体成直角。看得出，那弯月样的刀锋设计好了要划过心脏，它将磨破我的袍子，一遍又一遍地磨过来磨过去。尽管钟摆的幅度大得惊人（大约有三十英尺甚至更多），尽管钟摆下降时发出的嘶嘶声力道很猛，阵势足以把铁墙给劈开，但它要磨穿我的袍子，还是要花上几分钟的。我打住了，没敢接着再想下去。思绪顽固地定格在这个念头上。似乎抓住这个念头，就能阻止钢刀的降落。我迫使自己想象刀刃划过袍子的声音，想象那样的摩擦声对神经造成的惊悚效果。我琢磨着这些无聊的细节，直至唇冷齿寒。

下降，钟摆缓慢而平稳地下降着。我比较着它的摆动速度和下降速度，心中升起一种疯狂的快感。向右，向左，摆幅真大，伴着坠入地狱的灵魂的尖叫，如一只悄然潜行的老虎，慢慢靠近我的心脏。各种念头轮番占上风，我时而大笑，时而嚎叫。

下降——钟摆残酷地断然继续下降！它就在离我的胸口不足三英寸的地方摆动。我剧烈地挣扎着，想挣脱左臂。但只有肘部以下部位可以活动，我可以把左手伸向旁边的盘子再伸进嘴巴，不过很费劲，够不到更远的地方。如果我可以挣断捆在肘部以上的皮绳，我会抓住钟摆，死命阻止它的摆动。没准我还能阻止一场雪崩！

下降——钟摆的下降依然在继续，不可避免地下降！钟摆每摆动一次，我都会喘息一声，挣扎一下，痉挛性地收缩一阵。在毫无意义的绝望中，我又满怀希望。无论它向外还是向上摆，我的目光都追随着它，一旦向下摆过来，我又吓得眼皮颤抖，赶紧闭上眼睛。尽管死亡是一种解脱，哦，这种解脱又何其难以形容！钟摆再下降一点点，那锋利闪光的刀刃就会突然切入我的胸膛，一想到这个，我的每一根神经都止不住颤抖。正是因为有了希望，才会每一根神经都发抖，每一寸身体都收缩。希望——即便在宗教法庭的地牢里，那战胜苦痛的希望，也会对死刑犯悄然耳语。

我看出钟摆只消再摆动十一二次，就能触到我的袍子了。想到这一后果，我绝望的神志突然变得敏锐而镇定。多少小时以来，或许是多少天以来，我第一次开始思考了。我突然想到，捆绑我的皮绳或者说马肚带是完整的一根，除此之外并没有别的绳索，剃刀般锋利的弯刀在绳子上一划，不管划在哪里都会将它割断。这样，我就可以用左手把绳子从身上解开。但那样干太可怕了，刀刃都挨着身体了，稍一挣扎都会送命。再说，那些折磨人的狗奴才莫非想不到我会这么干？他们能不严加防范？而且，钟摆能否恰好划过我胸部的皮绳？我唯恐这微弱的似乎也是最后的希望破灭，我尽量抬起头，细细察看绳子绕过胸部的样子，四肢和躯干横七竖八缠满了，唯独该死的弯刀将要划过的地方没缠上绳子。

我的脑袋还没在原来的位置摆正，就有一个想法电光石火般闪过心头，正是先前提到的尚未成形的脱身念头的另一半。先前，当我把食物送到焦渴的唇边时，只有一半想法在脑海中飘忽。现在，整个想法都出来了，微弱、隐约、模糊却完整。想到能够绝处逢生，我马上以一种产生于极度绝望中的精力满怀激情地着手干起来。

几个小时以来，我躺的那个矮木架旁边，都有大批老鼠蜂拥而至，它们疯狂、猖獗而贪婪，血红的眼睛死死盯住我，似乎专等我一动不动时扑上来吞吃我。"它们在陷坑里惯于吃什么？"我

思忖。

尽管我拼命驱赶，它们到底还是把盘子里的肉吃得仅剩一点碎末。我的手一直习惯性地在盘子周围挥舞着，可是到后来，这种无意识的挥动再也不起任何作用了。可恶的群鼠贪婪至极，尖利的牙齿常常咬到我的手指。现在，我把盘中仅剩的那点油乎乎香喷喷的碎末全都抹到皮绳上，凡是左手能触及的地方，我都涂上了。然后，我把手缩回来，屏住呼吸躺着，一动也不动。

看到这一变化——看到我一动不动了，那些贪婪的老鼠起初又惊又怕，纷纷惶恐地后退，不少老鼠都逃回陷坑去了。但这现象只维持了片刻——我没有错估它们的贪婪，见我一动不动，一两只最大胆的跳上我躺着的矮木架，在绳索上嗅来嗅去。这像是个总攻的信号。成群结队的老鼠急急忙忙、冒冒失失地涌出陷坑，爬上木架，跳到我身上。老鼠简直泛滥成灾。钟摆"咔嚓咔嚓"的摆动丝毫干扰不了它们，它们一边躲闪着不让钟摆撞上，一边忙着啃噬涂满肉末的皮绳子。它们密密麻麻地挤压在我身上，在我脖子上扭来扭去，冰冷地嗅着我的嘴唇。我差点被它们压得窒息而死。一种无法言喻的恶心腾起，黏糊糊的，使我心底生出寒意。片刻之后，我就感到战斗即将终结。我明显察觉到皮绳松动了。我知道老鼠咬断的地方不止一处。我以超人的意志继续一动不动地躺着。

我没估算错。我没白白受苦。我终于有了自由的感觉。皮绳断了，一截一截地挂在我身上。钟摆的利刃也压向我的胸膛，划破了长袍的斜纹哔叽布，划破了里面的亚麻布衣衫。钟摆又摆动了两个来回。剧烈的疼痛传遍了每一根神经。脱身的时刻也到来了。我大手一挥，一阵骚乱，释放我的大群老鼠匆匆逃离。我稳稳地动作起来，小心而缓慢地往旁边一缩，滑脱皮绳的束缚，逃离了弯刀的利刃。至少在这一刻，我自由了。

自由！可我仍在宗教法庭的掌控之中！我刚从恐怖的木架上滑到石头地板上，那地狱般的玩意儿就停止了摆动。我看到某种无形的力量在把它往上拖，拖过天花板就不见了。这个教训我铭记在心。我的一举一动无疑都受到了监视。自由！我只不过是逃脱了一种痛苦的死法，随后到来的，将是比死还难受的另一种折磨。想到这里，我神经质地转动眼珠，打量起囚禁我的几面铁壁。不同寻常的变化发生了，起初我没有注意到，但这变化已经很明显，已经在这间地牢里发生。有好一阵子，我恍若置身梦中，颤抖不止，魂灵也脱壳而去。我乱七八糟地猜想着，皆是枉然。在这期间，我才第一次意识到照亮地牢的昏黄光线来自何方。它是从一道缝隙射出的。那缝隙宽约半英寸，沿地牢的墙脚延伸一周。如此看来，墙壁与地面是彻底分离的。正是这样。我拼命从那道缝隙向外看，不过是徒劳罢了。

我刚放弃这一企图从地上站起来时，立刻发现牢房起了不可思议的神秘变化。我先前已观察到，墙上那些鬼怪图的轮廓虽然相当清晰，但色彩似乎模糊了。可眼下，色彩片刻间呈现出惊人的变化，且越来越光辉夺目，那些妖魔鬼怪的图像显得更加可怕，神经没我脆弱的人也会吓得两股战战。先前从没见过鬼怪有眼睛，可现在，一双双鬼眼从各个方向瞪着我，目光透出疯狂而可怕的欢快，闪出火焰般可怕的光忙，我无法让自己相信那火焰出于虚幻。

虚幻！呼吸间已有铁板烧热的气息扑进鼻孔。牢房里弥漫着令人窒息的味道。那些盯着我受煎熬的魔眼一闪一闪的，越来越亮。深红的颜色越来越浓，在那些血淋淋的恐怖画上漫射。我气喘吁吁。我难以呼吸。无疑，这是那帮折磨我的家伙设好的阴谋。哦，最冷酷的恶魔！哦，最凶残的恶棍！为躲开炽热的铁壁，我只得朝地牢中央退缩。想到即将被活活烤死，陷坑的凉爽倒成了精神抚慰剂。我迫不及待冲到那致命的坑边，瞪圆了双眼往下看。燃烧的屋顶发出的亮光，照彻了坑内的角角落落。我有一刻是癫狂的。我的心拒绝接受眼见的事实。但最后，它还是硬闯进了我的内心，在我抖索的理智上烙下深深的印记。哦，难以言喻的恐怖！哦，登峰造极的恐怖！哦，没有比这更恐怖的了！我尖叫着逃离坑沿，悲痛地掩面而泣。

温度在急剧升高。我再次抬头张望，身体好似发疟疾般打战。地牢里第二次起了变化，这次显然是形状上的变化。和以前一样，我起初还是没弄明白到底发生了什么。不过这次我很快就回过神来，由于我连续两次脱险，宗教法庭在加快进行报复。这次再难与死神周旋了。地牢是正方形的，可现在我看到，铁壁的其中两个角已经变成了锐角，另外两个则成了钝角。伴着低沉的轰隆声，骇人的变化飞速加剧。瞬息间，地牢就变成了菱形。但变形还在继续，我也一点都不希望它停止。我可以把火红的墙壁拥进胸膛，作为我永恒的裹尸布，就此获得安宁。"死亡，"我说，"除了死于陷坑，我接受任何死亡！"白痴！我难道不明白，火烧铁壁就是为了把我逼入陷坑？莫非我扛得住铁壁的炽热？即使能忍受，莫非我经得起铁壁的压力？此时，菱形变得越来越扁了，速度之快不容我有片刻的思考余地。菱形的中心，也就是最宽的地方，已横在张着血盆大口的陷坑上。我退缩着，但丝丝逼近的铁壁不可抗拒地推着我前进。最后，我的身体被烤焦了，扭动着，翻腾着，可地牢坚实的地板上已无我的立锥之地。我不再挣扎。我最后响亮、悠长、绝望地尖叫了一声，为痛苦的灵魂寻到了发泄的出口。我感到自己在陷坑边缘摇摇欲坠，我移开了目光——

忽然，我听到了一阵嘈杂的人声，听到嘹亮的像是无数号角的奏鸣。我还听到了好似雷霆万钧的刺耳声音，炽热的墙壁一下子恢复了原状。正当我晕乎乎地快要跌入深渊之际，一只手伸过来，一把抓住了我的胳膊。那是拉萨尔将军[1]的手。法国军队已开进托莱多城。宗教法庭沦陷敌手。

----

[1] 拉萨尔（Lasalle，1775—1809），拿破仑的手下，"半岛战争"初期（1808—1809），曾率法军攻占西班牙。

泄密的心

是的！紧张 ——我曾经非常非常紧张，紧张到极点。现在依然如此。可你为什么要说我疯了？疾病没有破坏感觉，没有使它们变迟钝。疾病使我感觉更加敏锐，尤其是听觉。天上和地上的一切我都听到了。我还听见地狱里的许多事情。我怎么会是疯了？听我完整地给你讲出这个故事，看我有多么冷静、神志健全。

我说不清那个主意当初是怎么钻进我脑子里的，它一旦出现，就缠上了我，日夜不休。没什么目的。没任何怨恨。我爱那个老头。他从未对我不友善，从未让我蒙过羞。我对他的钱财没有企图。我想，是因为他的眼睛！是的，就是这样！他有着秃鹰般的眼睛，发出灰扑扑的蓝光，还蒙着一层雾气。他的目光一落到我身上，我浑身的血液就变得冰凉。我渐渐下定决心，要取老人性命，以便永远摆脱那双眼睛。

关键是你认为我疯了。疯子什么也不知道。可是你该了解我，该明白我干得有多聪明、多小心、多深谋远虑，伪装得有多好！杀他之前的一个星期，我待那老头比任何时候都好。每天晚上大约午夜时分，我拔开老头房门的插销，动作很轻地打开门。我只把门打开一道缝，宽度仅够我的脑袋伸进去。我会先伸进一盏幽暗的提灯，提灯的活门全都关掉，不漏一丝光，然后再把脑袋探进去。哦，要是你看到我如何巧妙地把脑袋探进去，你该笑了！我慢慢往里探头，动作非常慢，以免吵醒老头。把头钻进门缝，我花了一个小时。这样我就看到他躺在床上。哈，一个疯子能这么聪明吗？头完全探进房间后，我小心翼翼打开提灯的活门，非常非常小心（铰链会发出吱吱的响声），开到仅有一束光线照在那双鹰眼上。我一连干了七个晚上，都是在午夜。我发现那双眼睛总是紧闭着。我不能执行计划，因为不是那个老头惹我烦，而是那双邪恶的眼睛。每天天亮时分，我勇敢地走进房间，鼓足勇气同他说话，亲切地叫他的名字，询问他夜里睡得怎么样。你瞧，若是他对我每天夜里十二点趁他睡着去探访他起了疑心，那他绝对是个深藏不露的老头。

第八天夜里，打开房门时，我比平常更加小心，就是挂表的分针跑得也比我的动作快得多。那夜之前，我还没感到过我那么有本事，那么聪敏。我几乎忍不住要为自己的成功得意扬扬了。想想看，我一点一点地打开房门，而他做梦也想不到，我偷偷搞什么小动作、打什么如意算盘。想到这儿，我不由得笑出声来。他也许听见了，因为他突然在床上翻了一下身，像是受了惊。现在你也许会猜，我要打退堂鼓了，可我没有。他的房间黑咕隆咚，伸手不见五指（由于害怕盗贼，连百叶窗都紧闭着），因此他不可能看到门被推开。我稳稳地、一点一点把门推开。

　　我的头伸了进去，正要打开提灯，手指却在加固用的锡皮上滑了一下。老头一下子弹起来，喊道："是谁？"

　　我一动不动，一言不发。整整一个小时我都纹丝不动。这期间，也没有听见老头躺下来。他一直坐在床上竖起耳朵听，就像我夜复一夜倾听死亡的声音。

　　不一会儿，一声轻轻的呻吟传到耳边，我知道那是吓得要死的呻吟。那不是疼痛或悲哀的呻吟。哦，不是！它是来自充满敬畏的灵魂最深处的声音，深沉，压抑。我很熟悉这样的声音。多少个夜晚，就在午夜时分，当全世界悄然无声时，这声音从我的胸膛奔涌而出，带着可怕的回响四处回荡，于是，恐惧感困扰了我。我说了，我熟悉这声音。我明白那老头的感受，也很怜悯他，尽管我在心里暗自发笑。我知道，从第一声轻微的动静响起，他坐起身就一直清醒着。他心里越来越怕，虽然拼命想把那动静当成偶然的声响，却怎么都做不到。他一直告诉自己，"那不过是烟囱里的风声，不过是一只老鼠从地板上蹿过去了"，或者"那不过是一只蟋蟀叫了一声"。是啊，他拼命想用这类假设安慰自己，却发现徒劳无益。死神正大步向他逼近，黑影投射到他面前，把他这牺牲品兜头罩住。这不为人知的悲凄黑影，使他有所感应，虽然他既没看见也没听见什么，但他感应到了我的脑袋在他房间里。

我非常耐心地等了很久，也没听见他躺下去。我决定把提灯稍微打开一条缝——一条很小很小的缝，你简直不能想象我是怎样悄悄打开那条缝的。一线微弱的蛛丝般的光从缝隙中泄露出来，落在他的一只鹰眼上。

那只眼睛居然是睁开着的，睁得大大的。我盯着它，一下子恼怒起来。我清楚地看到一只灰扑扑的蓝眼睛，蒙着一层骇人的雾气，让我冷到骨头缝里。可我看不到老头脸上或身上的其他地方：似乎是出于本能，我恰恰把光线准确地调到了那个该死的地方。

你把过分敏锐的感觉错当成疯狂了吗？现在，低沉、暗哑、急促的声响传入我的耳朵，像是把表塞进棉花后发出的声音。我很熟悉这个声响。那是老头的心跳声，就像鼓点激发战士的斗志一样，心跳声激起了我的怒火。

我却克制着自己，屏住呼吸，捧着提灯一动不动。我尽量稳稳地把光线照在那只鹰眼上。与此同时，那扑通扑通、仿佛来自地狱的心跳声，也越来越惊心动魄。心跳越来越快，越来越响，老头一定是心惊肉跳！心跳声在加剧，我是说，每时每刻都在加剧。你记得的，我跟你说过我神经紧张。我就是神经紧张。正值半夜三更，老屋一片死寂，心跳声如此怪异，把我吓得半死。我又一动不动站了好大一会儿。心跳声更响了。我觉得老头的心脏一定会爆炸。并且我又多了一层新的担忧——这动静恐怕会被邻居听见。

老头的死期到了。我大喝一声，猛地打开提灯活门，冲进房间。只听一声尖叫——仅此一声。我立刻拖他到地板上，再把沉重的大床推倒压在他身上。看到事情就这么结束了，我开心地笑起来。有那么一阵，心脏仍然闷声闷气地跳动。这可没惹恼我——这样的心跳声隔着墙是听不到的。最后，心跳停止，老头死了。我移开床去检查尸体。是，他死透了。我的手在他心脏处放了很久，没有心跳，他真的死了。他的眼睛再也不会烦到我了。

你要是仍然认为我疯了，听我说说我为藏匿尸体而采取的英明措施，你就不会那么想了。夜色渐渐消退，我悄无声息地匆匆忙碌着。我先是肢解尸体，砍下头、手臂和双腿，然后从房间地板上撬起三块厚木板，把尸首全部藏进去，再极其聪明巧妙地把木板放回原处。任何人的眼睛都看不出有什么不对劲的地方——老头的眼睛自然也看不出。没有什么要清洗的，没有什么污斑、血点之类的东西。我对此很小心。一个浴盆就盛完了肢解的那几大块。哈哈！

当一切都干停当的时候，已经四点了，夜依然是暗沉的。时钟响了，提示我时间不早了。大门那里传来一声敲门声。我心情轻快地下楼开门。我还有什么好怕的呢？进来的是三个人，他们彬彬有礼地自我介绍说是警官。半夜，邻居听到一声尖叫，怀疑发生了非常事件，于是报了警。这三位是被派来调查情况的。

我冲他们微笑。我有什么可害怕的？我向他们表示欢迎。我说尖叫声是我在睡梦中发出的。 我还提到老头不在，去了乡下。

我带着来者在屋里转了个遍。我让他们检查——仔仔细细地检查。最后，我领着他们去了老头的房间，给他们看老头的财宝，财宝都好端端地摆着，没人动过。我有恃无恐，搬了几把椅子进房间，让他们坐着休息休息。我呢，受大功告成的鼓舞，变得胆大包天，把自己那把椅子摆在藏有被害者尸体的地板上方。

警官们很满意。我的态度让他们信服了。我很自在。在我高高兴兴地回答问题时，他们坐在那儿，聊着彼此都熟悉的事情。没过多久，我感觉自己越来越苍白，头痛不堪，耳朵轰轰响。我一心盼着他们快走，可他们只管坐着聊个不停。耳鸣声越来越清晰，响个不停。为了摆脱这种感觉，我漫无边际地说了更多话，可是耳朵还是一直响，无比清晰。直到最后我才明白过来，声音不是在我耳朵里响的。

毫无疑问，我立刻脸色煞白，但我谈吐愈发流畅，声音更为高亢。那个声音也更响了——我能怎么办啊？那低沉、暗哑、急促的声响，正像把表塞进棉花里发出的声音一样。我直喘粗气。警官们却没听到什么。我越说越快，越说越激动，但那声音越来越响。我站起身，扯着嗓子争辩鸡毛蒜皮的小事，手舞足蹈地比画着。但那声音只管越来越响。他们怎么就不走呢？我脚步很重地来回踱着，像是被那些人的观点给激怒了——那声音却只管越来越响。哦，上帝啊！我该怎么办啊？我咆哮着，诅咒发誓，口吐白沫。我在先前坐的地方转动椅子，让它在地板上磨出刺耳的声音，可是那个声音仍然在四处回荡，而且越来越响。更响了。更响了。

更响了！那些人依然在笑，聊得不亦乐乎。难道他们没有听到吗？万能的上帝啊！不，不，他们听到了。他们怀疑了。他们知道了。他们正在嘲笑我的惊恐。我刚才这么想，现在还这么想。再没有比这种痛苦更糟糕的了。再没有比这种嘲笑更难忍的了。我再也受不了这虚伪的笑容了。我觉得，我要么得喊出来，要么得死掉！现在——那声音又来了，听听吧，它更响了。更响了。更响了。更响了！

"恶棍！"我失声喊道，"别再装了，我认命。拆开木板，这儿，就在这儿，是他可恶的心在跳！"

金色甲壳虫

嗷……哟！嗷……哟！那个人正跳个不停。

他都被狼蛛咬到了手指！

——《一切都不对劲》

多年前，我和一个名叫威廉·勒格朗的先生成了知己。他出生在教徒之家，信奉古老的胡格诺派，家境曾一度富足。但不幸接踵而来，他最终沦落成了一个可怜人。后来，为了保全颜面，他离开了祖祖辈辈们生活过的新奥尔良，迁往南卡罗来纳州的沙利文岛居住，那个地方离查尔斯顿不远。

沙利文岛很特别，大约三英里长的岛上除了海边的沙子，可以说是什么都没有。岛上甚至找不出一个宽度超过四百米的地方。一条不起眼的小溪将沙利文岛和大陆隔开，溪水静静地淌过一片片芦苇和沼泽，流向远方，这里倒成了沼泽鸡栖息的好地方。岛上几乎无法种植作物，连高大的植被都很少见。接近岛屿最西端的地方，也就是屹立着莫尔特里堡的地方，有几座简陋的房子。一到夏天，那几座房子里的房间就租给从查尔斯顿来避暑散心的人们。也许在那周围，能发现一些长得又硬又粗的扇叶棕榈。除了这最西端和沿岸一线白得刺眼的海滩之外，整座沙利文岛都被覆盖在可爱的甜桃林之下，这种植被颇受英格兰园艺师的喜爱。岛上的灌木能长到十五、二十英尺高，形成一道难以穿越的林墙，整个空气都浸在浓郁香气中。

在这片密林的最深处，也就是离海岛最东端不远的地方，勒格朗先生自己动手建了一座小木屋。出于一次偶然的机会，我与他在这里相识。我们很快就成了朋友，隐士需要别人来激发他的兴趣爱好，也需要通过他人的认可感受到自己的尊严。我发现勒格朗先生很有修养，满怀慧心，卓尔不凡，却浸染在厌世的情绪里而不爱与人来往。而且，他很容易向自己的情绪妥协，时而热情，时而忧郁，阴晴不定。他有很多书，只是很少看，主要以打猎、钓鱼、在海边和甜桃林里闲逛、找贝壳和做昆虫标本作为自己的消遣方式。而他的昆虫标本多到让昆虫学家都眼馋的地步。

在外出的时候，总有一个名叫丘辟特的黑人老头陪着他。在勒格朗家境败落之前，丘辟特就已经被解放而获得自由了，可无论世事如何变幻，他仍执着地照顾着以前的小主子，形影不离。丘辟特把这当作自己的权利，绝不放弃。这也难怪，是亲戚们以前总觉得勒格朗先生的智力有问题，所以把严加看守的思想灌输给了丘辟特，叮嘱他一定要看管、照顾好勒格朗。

由于位于低纬度地区，沙利文岛在冬天总是比较暖和。到了秋天，几乎没有生火取暖的必要。然而，18××年10月中旬的一天，天气变得格外冷，让人印象尤为深刻。赶在太阳落山之前，我匆匆穿过密林，来到勒格朗的小木屋。我已经有好几周没来看过他了，那段时间我住在距离沙利文岛九英里的查尔斯顿，而进出沙利文岛的交通设施远没有现在这么发达。像往常一样，一到他的木屋门口，我就开始敲门，但没有应答声。我知道钥匙藏在一个隐蔽的地方，于是就找到钥匙开门进去。屋里壁炉的火烧得正旺，这真是件稀罕事儿。当然我也应该为他生了火而心怀感激。我脱下外套，搬了把扶手椅坐下，一边听着在壁炉中燃烧的圆木发出的噼啪声，一边耐心等待着木屋主人的归来。

天黑之后，他俩很快就回来了，还热情地欢迎我。丘辟特笑开了花，开始忙活着张罗晚饭，那天吃的是沼泽鸡。勒格朗正在兴头上，他总是悲喜无常，我又该怎么形容呢。他说发现了一种不知名的双壳类动物，应该是个新物种。还不止这些，他说在丘辟特的协助下活捉到了甲虫。他觉得这是个全新的属种，明天想听听我对那甲虫的看法。

我一边在炉火上搓手，一边问他："为什么不在今天晚上呢？"

又一心希望那些甲虫一晚上就一只不剩地全部死光。

勒格朗说："哎，要是我早点儿知道你会来就好了！但是那么长时间都没见到你，我怎么能想到你偏偏会在这么冷的天来看我呢？在回家的路上，我遇见了一个在堡垒工作的中尉G，就傻乎乎地把那甲虫借给他了。所以，你只有到明天早晨才能看到那只虫子。不然你今晚就留在这里吧，天一亮，我就派丘辟特把那只甲虫取回来。那简直是世间最可爱的生灵。"

"什么？要等到天亮？"

"你肯定觉得我是在胡闹吧，但这绝对不是！那只夺目的甲虫呈金黄色，个头大概有大一些的山胡桃那么大，在甲壳的一端有两个墨黑色的点，分布在另一端的点则更长一些。那甲虫的触角是……"

"它的身子可不是锡镀的，我的小主子，我一直都在和你反复强调，"这时丘辟特打岔道，"那是一只纯金的甲虫，除了翅膀之外，它彻头彻尾、里里外外都是金的，我活这么大，还从未见过有哪只虫子的体重能有它的一半呢。"

勒格朗煞有介事地说："丘辟特，就算是这样，你也不能把沼泽鸡给烤煳了，那我可饶不了你。不过那颜色——"说到这儿，勒格朗转向我，继续说道："那虫子的颜色足以说明丘辟特的想法是对的。你过去肯定没见过能散发那般金属感光泽的甲虫——但是光听我形容肯定还不够，你明天得亲眼看看。同时，我也能再给你描述一下它的形状。"说到这儿，勒格朗坐到了一张小桌旁。桌上有笔和墨水，但没有纸。于是，他在抽屉里找了找，但最终也没找到。

"没事，用这个也行。"最后他一边说着，一边从自己的马甲口袋里掏出了一小块纸——那张肮脏的东西只能勉强地说是纸了，然后在上面画起了草图。他画的时候，我坐在炉火边上仍觉得冷。等图画完了，他就将它递给了我，并没有起身。而正当我要把图接过来的时候，传来了一声动物响亮的咆哮声，接着还有挠门声。丘辟特一开门，勒格朗的那只大纽芬兰狗冲进来，跳到了我肩膀上，不住地蹭我。我前几次来他家的时候，就很喜欢这只狗。它扑腾了一阵之后，我才将目光转移到了勒格朗刚画的那只甲壳虫上。说实话，我对他描绘的东西很是摸不着头脑。

注视了片刻之后，我开口说道："这真是一只不寻常的甲虫。我不得不承认：我从没见过这样的东西。与其说这画里画的是一只甲虫，还不如说是个骷髅，或者说是一个死尸的头。在我见过的东西里，只有骷髅或死尸的头和这画里的东西最像。"

"一个死尸的头！"勒格朗附和道，"是的，这幅画的某些地方无疑与骷髅有些相像。这上方的两个黑点像是眼睛，下方更长一些的像一张嘴，而整体的形状呈椭圆形。"

"也许是吧。"我说，"但是勒格朗，恐怕你也没什么艺术天赋。要知道那只甲虫到底长什么样子的话，我想还是得亲眼看看才行。"

"我也不知道了，"勒格朗显得有点不耐烦地说道，"我画得应该还算过得去——至少是能画——因为过去老师教得好。我自我感觉还不错，至少觉得自己不算太笨。"

"那老兄，你是在开玩笑吧，"我说，"这明摆着就是个骷髅嘛——的确，基于一般人对人体构造的了解，我本想说这是一个画得特别棒的骷髅——但如果你的甲虫很像它的话，那一定是这个世界上长相最奇特的甲虫了。是呀，看过你这画的人应该对甲虫多了几分崇拜之情。我觉得你应该给这只甲壳虫取名叫作'人头甲虫'，或者类似这样的名字——在自然史的书里肯定能找到一大把。但是，你之前说的那个触角到哪儿去了？"

"触角！"听完我的话以后，勒格朗似乎来了兴致，他接着说道，"我敢保证你一定看到那甲虫的触角了。我已经把那触角画得跟真虫子的一样生动了，已经没什么可以附加的东西了。"

"好吧，"我说，"也许你画得真的很好……可我还是看不出来。"说着我就把画递给了他，没再说什么额外的话，我可不想把他激怒。可对事情的来龙去脉，我还是觉得很奇怪。而他的喜怒无常，更让我不知所措。——就说他画的这只甲虫吧，我真的是连个触角的影子都没看见。从整体看上去，它就像个骷髅。

他很不耐烦地接过画，正准备要把它揉成一团投进炉火时，随意地瞟了一眼，就在那一瞬间他好像又注意到了什么——勒格朗的脸唰地一下变红，又唰地一下变白，回到了老地方继续加工那幅画。最后，他站起身来，从桌子上拿起蜡烛，走到整个房间离我最远的一个角落里，坐在了一只水手用的箱子上。然后，他又开始焦虑地端详着画，颠来倒去地看。虽然他一言不发，可举止却让我愕然。那不正常的举止，我姑且将它当作认真吧，因为我不想把它理解成他变得越发喜怒无常的表现。不一会儿，他从大衣口袋里掏出一个钱包，小心翼翼地把那张纸放了进去，然后把钱包锁进了书桌里。虽然他现在越发地胸有成竹了，但最初的热情基本上也消失殆尽——与其说是变得阴郁，不如说是心不在焉。随着夜色渐深，他想得更出神了，不论我说什么有意思的话题，都提不起他的兴趣。我过去时常在小木屋过夜，但还是第一次看到勒格朗陷入这种情绪里，所以我决定还是告辞为好。他并没有挽留我。但是，当我要走的时候，他和我握手道别，表现得比平时还要热情。

这件事过去大约一个月之后（在此期间我都没有见过勒格朗），勒格朗的仆人丘辟特来查尔斯顿找我，邀请我去他家做客。我从没有见过这位和善的老人会如此意志消沉，就对勒格朗担心起来，怕他是否遭遇了什么巨大的不幸。

我问他："丘辟特，发生了什么事？……你的主人还好吗？"

"那我就实话实说吧，主人他不太好。"

"不太好?! 听到这个消息我很难过。他怎么了？"

"都是那甲壳虫惹的事儿! ——他什么也不愿意说——但他就是因为那件事才生的病。"

"是病得很厉害吗，丘辟特？你怎么没在当时就告诉我？他现在是不是已经卧床无法起身了？"

"是的，他连床都起不来了。他也没什么大事——他的鞋很挤脚——我很担心那可怜的主人。"

"丘辟特，我听不明白你到底在说些什么。你说你的主人生病了。他难道没告诉你自己生了什么病吗？"

"主人为那件事都急疯了，他其实什么事都不想干……但是他为什么要到处找呢，还找得天翻地覆。他还天天用细管……"

"用什么，丘辟特？"

"用细管不停地在石板上画图案……我从没见过那么奇怪的图案。告诉你吧，我也快疯了。我每天都得看着他。那天我总算睡到了天亮，不过他趁我不注意溜了出去，在外面逛了一天。我已经准备好了一个大木棒，要是他再那样，我就狠狠地揍他，可我还从没见过有谁生病会像他那样的……他看上去很可怜。"

"是吗？那，好吧。针对目前的这种情况，你最好还是别对一个可怜人这么严厉了！——丘辟特，你别揍他。他肯定会受不了的——难道你就不清楚究竟是什么原因让他变成这个样子的吗？或者说是什么让他的行为发生了如此巨大的改变？从我上次去过你们那里之后，有发生过什么不好的事情吗？"

"没有，没发生过什么不好的事……但恐怕是从你去的那天开始……情况就变得不太一样了。"

"你为什么这么说？你到底想说什么？"

"我想说的是那只甲壳虫——就是现在在那儿的那只。"

"什么？"

"那只甲壳虫——我敢打赌，主人就是因为那只甲壳虫才变成现在这副样子。"

"丘辟特，你这样说有什么根据吗？"

"它长有爪子，还有嘴。我从没见过这样的甲壳虫——不管见了什么东西都要踢、都要咬。主人被那甲壳虫弄得晕头转向，但很快又不得不把它扔掉。告诉你吧——主人肯定就是在那个时候被那只甲壳虫给咬伤了。我一点都不喜欢那只甲壳虫嘴巴的形状，所以我不会把它直接拿起来，而是找一张纸垫着拿才行。给它喂东西的时候我把它裹在纸里，再把食物送进它嘴里——就是这样。"

"所以你觉得你的主人是被那甲壳虫给咬了才生病的，对吗？"

"我没想过这事儿，只是凭感觉觉得是这样。他因为对那甲壳虫深度着迷，才被咬伤的。我听说过，甲壳虫会咬人。"

"但你是怎么知道他对甲壳虫着迷的？"

"我是怎么知道的？他连做梦都念叨着甲壳虫……我才有了这种感觉。"

"好吧，丘辟特，也许你想得没错。但你今天到这里来，我该怎么款待你呢？"

"那又有什么关系呢？"

"勒格朗有没有让你捎什么口信来？"

"没有。但我把这个东西捎来了，请看。"丘辟特说着便递给我一封短信，上面写道：

亲爱的：

　　你怎么这么长时间都不来看我呢？你不会是因为我小小的

失礼就对我怀恨在心吧，要是你真那么想可就太愚蠢了！但我想你肯定不会这样的，你不可能以此来报复我。

自从上次咱们见面以后，我就变得特别焦虑。我有些事情想和你说，但对从何说起又理不出头绪，或者说，我也不太清楚是否应该和你说。

这些天以来，我一直感觉都不太好，可怜的丘辟特也让我感觉很苦恼，他对我的关注简直超越了我能忍受的限度。你敢相信吗？前几天，我趁他不备悄悄溜走，一个人在大陆那边的山上待了一天，他居然为此而备了根大棍惩罚我。我知道他是看在我病得这么厉害的分儿上，才没动真格儿打我。

自从我们上次会面之后，我没给小屋添置任何东西。

如果你方便的话，就和丘辟特一起来吧。一定要来啊。我希望今天晚上就能见到你，给你讲一件非常重要的事儿。我向你保证，那绝对将是一件头等重要的事儿。

你永远的朋友

威廉·勒格朗

这封信里的语气让我感觉特别不安，字里行间透出的风格和勒格朗以往的写信风格明显不同。他写信时到底想到了什么？是什么新奇的想法攫住了他活跃的头脑？他非说不可的那件"非常重要的事儿"是什么？丘辟特那番关于他近况的描述不免让我有些担心。我担心朋友再也没法从这件事的阴影中走出来，再也没法恢复理智。所以我毫不犹豫地，跟着丘辟特一起上路了。

一到码头，我就看到一把长柄镰刀、三把铁铲，一看就知道全都是新的，横在我们要登的那艘船船头。

我问道："这是怎么回事儿，丘辟特？"

"先生，这是镰刀和铁铲。"

"我知道，但为什么把它们放在这儿呢？"

"是主人让我进城去买的。我自己还倒贴了钱呢。"

"但你的主人到底想要用这两样东西做什么？"

"我也不知道。但他应该没想到这些东西会有这么贵。这可全是为了那只甲壳虫啊。"

我发现没法再从丘辟特那里得到更多有价值的信息了，他似乎将自己全部的注意力都放在了"甲壳虫"上。我一上船，船就开了。阳光灿烂，微风习习，我们很快就驶进了莫尔特里堡北面的小海湾，然后又步行了大约两英里到达小木屋。那时，大约已是下午三点，勒格朗正急切地等着我们。

他激动地握住我的手，看他那副激动的样子，我不由自主地想起了自己先前产生的疑虑。他脸色苍白，白得可怕，双眼深陷，眼神非常古怪。在问过他身体情况如何，诸如此类的几句寒暄之后，我就不知道该说些什么好了。我就问起他，是否从中尉 G 那里要回了那只甲壳虫。

他神情夸张地回答说："当然要回来了，我第二天早晨就要回来了。那只甲壳虫是我的命根子。你知道吗？这真的让丘辟特给说中了。"

"说中什么了？"我问道，心里生起一种不祥的预感。

"那只甲壳虫是真金的。"他说这话的时候一脸的严肃，而我还是感到一股莫名的震惊。

"那只甲壳虫将会为我带来财富，"他接着说道，脸上带着成功的喜悦，"它让我再次拥有了我原本能在家族里支配的财产。它对我来说太重要了，这难道有什么奇怪的吗？既然好运早晚都会降临到我身上，我只需要合理地加以利用，那它就能作为指针，带我找到金子。丘辟特，把那只甲壳虫给我拿过来。"

"什么，主人？你说的是那只甲壳虫吗？我还是别去招惹它了……你要是非得要的话，就自己去拿好了。"听到这里，勒格朗站起身，带着一脸的凝重，然后，把放在玻璃杯里的那只甲壳虫拿了过来。那是一只美丽的甲壳虫，甚至还不为当时的博物学家所知晓——当然，从科学的角度来说，它肯定非常重要。在那只甲壳虫的背部靠近末端的地方，有两个圆形的黑点，在另一端有一个更长一些的黑点。它的甲壳异常坚硬而光滑，简直像被抛光了的黄金一样。除此之外，它重量也重得格外引人注目。对这些因素进行综合考虑之后，我也就不怪丘辟特对那甲壳虫所持的那般谨慎态度了。但是勒格朗到底对丘辟特的什么观点那么赞同呢？我想，我可能一辈子都无法弄清楚这个问题。

在我仔细地观察过那只甲壳虫之后，勒格朗语气夸张地说："我派人找你来，是想请你谈谈对命运以及这只圣甲虫的看法。"

"天呀，我亲爱的勒格朗，"我带着哭腔大叫了起来，打断了他的话，"你现在的状态真的非常不好，最好先采取一些预防措施。你得去床上休息，我会在这里多陪你一段日子，等你好了我再走。你正发着烧呢，而且……"

他说："你不如先摸摸我的脉搏。"

我摸了一下，说实话，真的没有一丝发烧的征兆。

"但你可能还是生病了，只是没有发烧而已。你这次还是听我的吧。首先，去上床睡觉。然后……"

"你搞错了，"他突然插嘴进来，"我现在的状态正如我所料，就是正处于亢奋的情绪下的样子。你要是真的为我着想，就应该帮我缓解它。"

"怎么做才能缓解你的情绪呢?"

"很简单。丘辟特和我准备到内陆的山里探险。而这次的探险，我们需要一个信得过的人来帮忙。你就是我们唯一可以信赖的人。不论我们这次探险成功或失败，你现在在我身上感觉到的那股激动的情绪都能得到缓解。"

"只要能帮到你，叫我做什么都行。"我答道，"但这只可恶的甲壳虫跟你这次的进山探险 —— 这两者之间有什么关系吗?"

"有关系。"

"那么，勒格朗，这恐怕是天底下最荒谬的事情了。"

"实在是对不起，真是对不住你啊，那就只能靠我们去办这件事。"

"你们自己去办？这个人肯定是疯了！但是，等等……你们打算去多长时间？"

"大概一个晚上。我们要马上出发，然后在天亮以前完成全部任务，再回来。"

"那你用自己的名誉向我保证，等这次疯狂的行动结束，甲壳虫的事如你所愿地完成，你就回家，然后像遵循医嘱一样听我的建议——你能用自己的名誉向我保证做到这些吗？"

"没问题，我答应你。那现在就出发吧，我们的时间不多了。"

带着沉重的心情，我陪伴在朋友勒格朗的左右。下午大约四点，我们一行人——勒格朗、丘辟特、狗和我——就出发了。丘辟特扛着镰刀和铁铲——这都是他执意要带上的——在我看来，与其说是他想以此展现自己的勤奋和能干，不如说他唯恐这些工具落入主人的手里。他很固执，"甲壳虫"这三个字被他念叨了一路。我的任务是提着两盏有遮光罩的提灯，勒格朗则负责照顾那只甲壳虫。他把甲壳虫挂在鞭绳的一端，边走边前后地甩动着绳子，简直像个变戏法的人一样。看到朋友脸上那已经司空见惯的怪异神情，我忍不住流下了泪水。我想最好还是和他一起奇思怪想吧，至少在他面前，我应该这样，除非我能想出更有把握、更有效的办法来帮他。同时，我尽力说着一些关于甲壳虫的事儿，试图让他保持愉悦的心情，但都没成功。他成功地说服我陪他一起去山里探险之后，似乎就不想和我谈其他话题了。不论什么话题，好像都没那么重要了。而对我提的所有问题，他只是用"我们再说吧"来搪塞我，别无其他。

我们乘小船穿过海岛前的小湾，登上了内陆的高地。然后继续朝西北方向前进，沿途经过一片荒芜之地，那里连个人的脚印都没有，像是废墟一般。勒格朗负责带路，他时不时地停下来核对路标，那都是他之前来的时候标记的。

我们就这样走了两个小时，等来到一片前所未见的荒芜地带时，太阳刚刚落下山来。那是一片高原，附近是高不可攀的山峰，郁郁葱葱的树木从山底长到了山顶。山上间或点缀着嶙峋的峭壁，看上去像是很松散地躺在泥土上一样。它们像有意识一般，倚靠在那些树木上，避免直冲掉进下面的山谷中去。深深的山谷向四面八方延伸开去，显得更加阴森可怖。

我们爬上了一块天然的平台，那上面长满了又浓又密的荆棘。而当我们试图从中穿过时才发现，必须得用镰刀劈出一条路，不然就没有其他办法过去了。在其主人的指导下，丘辟特为我们开辟出了一条路。那条路直通向一棵高大的百合树下，与周围八到十棵橡树齐生于一处，那棵百合树却长得远远比它们高大，甚至比我长这么大见到过的所有树都要高大。那美丽的树叶、动人的树形、开阔延展的枝条以及庄严大气的态势，将它塑造成了树界翘楚。当我们走到树的近旁，勒格朗转向丘辟特，问他能不能爬上这棵树。丘辟特好像被这个问题惊了一下，一时间说不出话来。最后，他走近大树，缓步绕树走了一圈，仔细地把树打量了一遍。看完之后，他只是简单地说道：

"我可以，主人。只要是我见过的树，我都能爬。"

"那你最好就快点儿爬吧，不然天马上就要黑了，到时我们就什么都看不见了。"

丘辟特问："我得爬多高，主人？"

"先爬上树的主干，然后我会告诉你该怎么走 —— 就到这儿 —— 停！拿上这只甲壳虫。"

"主人，这只甲壳虫是个好虫子。"丘辟特哭喊着说道，然后满脸沮丧地后退了几步 —— "为什么还要让这只甲壳虫上树呢？ —— 我上树，就不要让它也上了！"

"丘辟特，像你这样身材高大的黑人都不敢拿这无害之虫的话，那你用鞭绳带它上树吧 —— 你要是不想办法把它带到树上去，我就用这把铁铲让你脑袋开花！"

"主人，你这是怎么了？"丘辟特带着恭敬不如从命的口气问道，"你总爱在我这老东西身上大动肝火。这倒是件有意思的事儿。我害怕那只虫子！那我要怎么拿虫子呢？"说到这里，丘辟特小心翼翼地抓着绳子的另一端，让那甲壳虫能离他多远就离他多远。接着，他就准备上树了。

这种百合树，或者也可以叫木兰鹅掌楸，是美洲森林中最蔚为壮观的一种树。在幼树时期，它们的树干尤为光滑，可以不分枝杈地长到很高的高度。但是，它们一旦长到了成熟的年纪，树皮就变得凹凸不平，盘曲多节，树干上还会长出许多小枝杈。可想而知，在眼下这种情况里讨论爬树，观摩要比实际爬更难。丘辟特用胳膊和腿紧紧地抱住大树干，手紧握其他树杈，赤脚站在其他树枝上。有几次，丘辟特险些要掉下来，后来他终于扭动着身体爬到了第一个大树杈上。这时，整个任务看上去已经完成了大半。虽然他现在爬到了离地面六七十英尺的高度，但这次任务的风险阶段实际上已经过去了。

他问："主人，现在我要往哪边爬？"

"抓住那个最粗的树干——就是这边的那个。"勒格朗喊道。丘辟特马上照办，而且显然没费多大力气。他爬得越来越高，直到蹲坐在树上的身影完全被浓密的树叶遮住。这时，丘辟特的声音听上去像是喊出来的一样："还要爬多少呢？"

"现在你在多高的位置？"勒格朗问道。

丘辟特回答道："我能从现在的位置毫无遮拦地看到天空了。"

"先别去管什么天空了，现在你只管认真听我说。往下看，数一数你下面有多少树杈。你爬过了多少树杈？"

"一、二、三、四、五——我爬过了五个大树杈，主人。"

"那再往上爬一个树杈。"

几分钟过后，传来了丘辟特的声音，他说已经爬到了第七个树杈。

勒格朗听到之后更加兴奋地喊道："听着，丘辟特，你现在能爬多高就爬多高。要是看到什么奇怪的东西，马上告诉我。"

我一直怀疑勒格朗的精神有问题，现在这个想法终于被证实是真的了。不得不承认的是，他真的犯了精神病。我开始担心起来，到时该怎么才能把他弄回家。正当我寻思着该怎么办的时候，又传来了丘辟特的声音。

"这个树杈还很长，——这个枯树杈还很长。"

"你说的那是个枯树杈吗，丘辟特？"勒格朗的声音有些颤抖。

"是的，主人。它的确死掉了——这是肯定的——早就朽掉了。"

"我到底该怎么办才好呢？"勒格朗问道，声音听上去透着巨大的失望。

"嘿！"我说道，很高兴终于有机会插上嘴了，"你为什么现在不回家睡上一觉呢。走吧！——那才是我的朋友。天色不早了。再说，你别忘了兑现自己对我的承诺。"

但勒格朗丝毫没有在意我说的话，便朝着树上喊道："丘辟特，你能听见我说话吗？"

"能听到，主人。我听得很清楚。"

"那你用小刀试试木质，看看是否如你所想的那样已经朽掉了。"

"主人，它是朽掉了。"几分钟后，丘辟特答道，"不过没有完全朽透，我自己倒是还敢再往外爬一段。"

"你自己？——你这说的是什么意思？"

"我说的是那只甲壳虫。这只虫子太重了，如果我把它扔掉，那这树枝还不至于被一个黑人压断。"

"你这个恶魔！"勒格朗大叫着，但情绪明显比先前缓和了一些，"你和我说这些干什么？只要你敢把金甲虫扔下来，我就扭断你的脖子。听见了吗？丘辟特，你能听见吧？"

"我听见了，主人。但也没必要对一个像我这样的仆人这么喊吧。"

"反正就按我说的办！——只要还算安全，你就尽管往上爬，但不要丢了那甲壳虫。你只要能做到这些，那等你下来，我就赏你个银币。"

丘辟特立刻答道："主人，我马上就到顶了。"

勒格朗大叫着说："到顶了，你是说到树枝的顶端了吗？"

"马上就到了，主人——哦，天呀！这是什么呀？"

勒格朗很高兴地喊道："你看到了什么？"

"怎么什么都没有，只有一个骷髅头——可能是谁把自己的头颅留在了树上，乌鸦把肉都给叼走了吧。"

"你是说，有一个骷髅头！——太好了——那个骷髅头是怎样固定在树上的？——是用什么固定的？"

"我也不知道，主人，我得看一看。骷髅头上有一颗大钉子，就是大钉子把它固定在树上的？"

"好，丘辟特，现在你就按我说的做——你听见了吗？"

"我听见了，主人。"

"注意！——找到骷髅头的左眼。"

"好，很好！它为什么没有左眼呢？"

"你这个蠢东西！你能分清左右手吗？"

"这个我能分得清。——我砍木头用的是左手。"

"记住！你是左撇子。你的左眼和左手是在同一侧。现在你能找到骷髅的左眼了吧，也就是左眼应该在的位置。你找到了吗?"

隔了很长时间之后，丘辟特终于开口问了：

"你是说骷髅的左眼和左手在同一侧，对吧？但骷髅头是没有手的。没关系！我有左眼。这是我的左眼！那么接下来我要怎么办呢?"

"把那只甲壳虫放进左眼，直到绳子不能再被拉长了为止……但一定小心，别松手。"

"一切顺利，主人，把虫子放进去太容易了……你从下面找到它了吗?"

在整个喊话中，我根本都没看到过丘辟特的影子。不过，倒是看见了他费力往下降的那只甲壳虫——它被绑在绳子的一端，闪闪发光，像一个被擦得很亮的金球，在夕阳的余晖下闪耀着金光。那时候，白天剩余的最后一点光线还能照亮我们站着的那块高地。那只甲壳虫下降的时候，离树枝的距离较远，要是松手的话，它会落到我们身边。这时，勒格朗迅速拿起镰刀，清理出一块圆形的空地。那空地的直径有三四码，就位于那只甲壳虫的下方。清理完毕后，他命令丘辟特松开手里的绳子，然后从树上下来。

勒格朗仔细地在地上打了一个桩子，其所在位置正处于甲壳虫的着陆点。他从口袋里拿出一条卷尺，把卷尺的一端固定在离桩子最近的一棵树上，然后拉开卷尺，拉到桩子的位置。然后沿着树和桩子这两个点确定的方向，进一步拉开卷尺，拉了有五十英尺长，这一路上丘辟特用镰刀将荆棘清理干净。然后，勒格朗又打了第二个桩子，并以此为圆心，画了一个直径大约为四英尺的圆形。勒格朗自己拿了把铁铲，又给了丘辟特和我各一把，吩咐我们每个人都抓紧时间找一个地方挖坑。

说实话，我对这种把戏从来都没什么兴趣。尤其在那个时候，天色已晚，我实在是不想干了。已经做了那么多事情，我早就累了。但我发现自己已经插翅难逃。同时，我也担心说自己不干了，会打扰勒格朗刚刚恢复平静的情绪。要是有丘辟特帮忙，我会毫不犹豫地强行把这个疯子弄回家。但我还没摸清这黑人老仆的脾气，真希望他能随时帮我。要是他能主动和主人争辩就好了！我感觉勒格朗是受了什么迷信的蛊惑。南方的迷信，尤其是那些"有的地方埋着钱"的说法简直数不胜数。而那只甲壳虫让他的幻想变得不再虚无缥缈。丘辟特还添油加醋，坚持把那虫子看作"一只由真金打造的虫子"。有精神病倾向的人很容易接受这类的说法——尤其当这类说法和他过去的奇思怪想莫名合拍时更是如此。这时，我突然想起这可怜的家伙曾说过：金甲虫就是他的"财富指针"。总而言之，我既焦虑又迷茫。但最终，我决定既然这个坑非挖不可，那就装出一副很乐意的样子吧——心甘情愿地挖就好了。不过最好能快点，好让这个想入非非的人明白，同时也让他亲眼看看自己的想法有多荒谬。

两盏提灯已经点起来了，我们付于这项任务的热情，真的值得去做一份更加正常的事业。当灯光洒向我们和一旁的工具时，我不禁想到我们这样的组合到底构成了一幅怎样的画面呢。如果有人非常偶然地路过这里，那我们的行为在他眼里肯定显得古怪而又可疑。

我们很认真地挖了两个小时，几近沉默。只有勒格朗的狗在一旁狂叫着，让我们觉得很尴尬。而它对我们的进展越来越感兴趣了。最终，它发出的声音变得越来越响，这让我们怕了起来，担心会把附近的流浪者都招引过来——也许，勒格朗没想引来流浪者——但对我而言，不论如何，只要能让这疯子回家，我肯定高呼万岁。狗叫声终于被丘辟特镇住了——他从坑里爬出来，带着一副若有所思的样子，用裤子的背带把狗的嘴堵住，然后转身对着自己挖的坑咯咯地笑出声来。

等到了规定的时间，我们的坑已经挖了有五英尺深了，可还是没发现任何财宝。一阵沉默过后，我开始期盼这场闹剧能快点收尾。然而，勒格朗虽然也感到伤心失望，但还是心事重重地擦擦额头，又埋头干了起来。四英尺直径范围的土地被我们挖了个遍。现在我们又稍稍扩大了一点范围，还往深里多挖了两英尺。可还是什么都没有。那位可怜的掘金人着实让我感到可怜，他终于从坑里爬了出来，带着满脸哀苦的神情。他慢腾腾、不情愿地穿上了那件一开始往边上一扔的衣服。我还能说些什么呢？丘辟特按照他主人的指示，开始收拾工具。等全都收拾完，狗的嘴才被松开。我们沉默不语地，走上了回家的路。

我们朝这个方向走了十来步，突然，勒格朗厉声呵斥着大步走向丘辟特，一把抓住了他的领子。黑仆吓坏了，他睁着惊恐的双眼，愕然地张开嘴，铁铲从他的手里滑到地上，磕在了他的膝盖上。

"你这个无赖，"勒格朗骂道，每个字都像是从牙缝里挤出来的一般，"你这个可恶的黑鬼！说，你快说！——赶快告诉我，别支支吾吾的！哪一个是你的左眼？"

"我的天呀！主人。难道这不就是我的左眼吗？"丘辟特一边惊叫着，一边把手盖在右眼上——那只手紧紧地捂在眼睛上，好像是怕他主人要用圆凿给挖出来似的。

"我果然没有想错！——我就知道！——好啊！"勒格朗大叫着，松开了之前还紧紧地抓着丘辟特的那只手，然后不停地跳着、旋转着。这可把那仆人给吓坏了。丘辟特从原来的跪姿站起身来，默默无语地看了看勒格朗，又看了看我，然后又把目光从我身上移向了他的主人。

"快！我们该走了，"勒格朗说，"游戏还没结束呢。"于是他又带我们回到百合树那里。

当我们走到树下的时候，勒格朗问道："丘辟特，到这里来！我问你，骷髅头是怎么钉在树杈上的？是面朝树杈还是面朝外？"

"面朝外，主人。所以乌鸦没费劲就能把眼睛吃掉。"

"好，那么，你是让那只甲壳虫穿过这只还是那只眼睛再掉下来的？"——说到这里，勒格朗摸了摸丘辟特的两只眼睛。

"主人，是穿过这只眼睛——这只左眼——就像你告诉我的那样。"然而，丘辟特所指的其实是自己的右眼。

"如果是那样的话，我们得再重新试试。"

我见识过勒格朗有多疯狂，猜到了他可能还要做些什么。他把标志着甲壳虫着陆点的桩子拿走，向西移了三英寸。又把卷尺拿出来从树干离桩子最近的点量起，像之前一样，沿直线走了五十英尺，将那一点做个标记，从我们挖掘的地方又移开了几码。

勒格朗在新的位置又画了一个圆圈，比之前那个还要大，而我们又要开始拿起铁铲挖地了。我明明已经极度疲惫，在想法上却发生了变化，这连我自己都感到莫名其妙——我不再讨厌别人要我劳动这件事了，甚至对干活产生了浓厚的兴趣——不仅如此，我简直是激动不已。可能是勒格朗身上某些特别的东西——深谋远虑的气质和深思熟虑的精神感染了我。我卖力地挖着，时不时地注意到他用那种期待能找到宝物的眼神看着我，而那种眼神简直要让我发狂。有一段时间，奇思怪想也彻底攫住了我的心。当我们干了大概一个半小时的时候，又被勒格朗的狗的号叫声打断了。它明显是开始担心了，但由于顽皮和任性，表现出的却是一种痛苦和严肃的腔调。在丘辟特又准备要堵住它嘴的时候，它极力反抗，跳到坑里，用爪子疯狂地扒碎土块。不一会儿，它挖出了一堆人骨，刚好够组成两副完整的骷髅架。与它们混在一起的，还有几粒金属纽扣、一些像是腐烂了的羊毛织品。又一两铲下去，翻出了一把西班牙式大刀的刀刃。继续往下挖，几个散落的金币和银币便进入了我们的视线。

看到这些东西，丘辟特喜出望外。但他的主人显得极为失望。勒格朗催促我们继续挖下去。后来，我的脚被一个只露出地表一半的大铁环钩住了，直疼得我跌跌撞撞地往前走，都说不出话来。

我们干得很认真，我从来没有经历过如此令人激动的十分钟。在这期间，我们挖到了一个长方形的木箱子。它保存得非常完好，质地坚硬，想必经过了某种矿化处理 —— 可能是氯化汞作用的结果。这只箱子长三点五英尺、宽三英尺、高二点五英尺，箱子外面由锻造铁条固定，节点用铆钉结实地铆起来。整体看上去成了格栅栏的模样。在箱子侧面靠近顶部的地方，有三个铁环 —— 全部加起来共六个。如果有六个人一起拉着这六个铁环，就可以稳稳当当地把箱子提起来。而我们三个人加起来的力量只能把箱子在坑里稍稍挪动一点位置。我们很快就发现，要搬动这么重的东西简直比登天还难。幸好，箱子盖上唯一能打开的地方是两个滑动闩。我们将这两个闩往后拉 —— 在往后拉的时候，我们激动得发抖，紧张到无法顺畅地呼吸。突然，无价之宝出现在我们面前，熠熠发光。当时提灯的光线落进坑里，一堆黄金、钻石上的光则从坑里冒出来。那耀眼的光芒都快把我们的眼睛照花了。

我无法形容那些宝物映入眼帘时的心情，只知道当时自己已经蒙了，除了诧异之外，脑子里只剩一片空白。勒格朗看上去兴奋极了，甚至连话都快说不出来了。而丘辟特的脸色惨白了几分钟，这是黑人惯有的面色。他变得麻木了 —— 像是被雷击中了似的。

突然间，他就跪倒在了坑里，把胳膊直伸进金子堆里，金子将他的双臂淹没到了胳膊肘的位置，他都没打算要把胳膊伸出来，仿佛要洗个奢华的黄金浴。最终，他深深地叹了口气，然后大叫了一声，像是在和自己说话。

"所有这一切都要归功于那只甲壳虫——那只幸运的虫子，那只可怜的虫子——而它是我找回来的！你难道不觉得羞耻吗？说话呀，你这个家伙！"

看来这时非常有必要提醒一下主仆两人，最好赶快把宝物搬走。时间不早了，我们得赶紧在天亮之前把所有的宝物都搬进屋里。其实很难说清楚都需要做些什么，我们把很多时间都花在了商议上——可即便如此，却依旧感到迷茫、困惑。最后，在把箱子里的宝物搬出来三分之二之后，我们才好不容易把箱子从坑里抬出来。而那些从箱子里取出来的宝物都放在荆棘丛里，让勒格朗的狗看着。丘辟特一条一款地规定它该怎么做。在我们回来之前，既不能让它弄乱我们的地盘，又不能给它松开嘴巴。后来，我们抬着箱子匆匆忙忙地往家赶，顺利把它抬进了小木屋。当时已是凌晨一点钟，我们已经筋疲力尽，实在没有余力再干其他活儿了。所以我们休息到两点，吃了饭，才重向山那边出发。木屋里正好有三个结实的麻袋，这下都被我们带上了。快到四点的时候，我们又回到挖坑的地方，把那些战利品尽可能平均地分成三份，每人一份。坑都没填，我们就又回到了小木屋。我们第二次把金子带回来的时候，看到东边的树顶上出现了几缕曙光。

我们已经筋疲力尽。但是，由于极度兴奋，仍旧没有睡意。辗转反侧着，只睡了三四个小时。睡醒之后，我们不约而同地开始端详自己的宝物。

箱子里装满宝物，满得简直快要溢出来了。我们花了整整一天以及第二天晚上的大部分时间，仔细地欣赏它们。原本那些宝物堆得杂乱无章，但经过仔细的分门别类之后，我们才发现它们比想象中的还要多。钱币折合成现金超过四十五万美元——这只是我们按照当时的钱币兑换比率尽量精确地估算出来的。宝物里没有一件银币，全是年代久远而且五花八门的金币——比如法国、西班牙以及德国的古币，几块英国基尼，还有一些我们从来没见过的金币。还有一些又大又沉的金币，被磨损得很厉害，我们已经认不出上面的文字了。宝物里面没有美国铸币。与钱币相比，想要估算宝石的价值可就难多了。在那些宝石当中，共有钻石一百一十颗——其中有几颗尤为璀璨、硕大无比——每一颗都很大。除此之外，还有十八颗光彩照人的红宝石、三百一十颗耀眼动人的绿宝石、二十一颗蓝宝石、一颗猫眼石。这些宝石都是从原本被镶嵌着的底座上摘下来，胡乱扔在箱子里的。我们从黄金堆里将那些底座拣出来，但它们像是被铁锤砸碎了似的，根本没法辨认。除此之外，还有很多由黄金打造的饰品。大约有两百只大戒指和耳环，要是我没记错的话，应该有三十条金链、八十三个大而重的金十字架、五个价值不菲的金香炉、一只外表装饰着镂空藤蔓和饮酒作乐的人物的大金碗、两把装饰着精致浮雕的剑柄。还有很多其他小件宝物，又多又杂，我都记不大清楚了。这些宝物有一百五十公斤重，还不包括一百九十七只华丽的金表。其中有三只金表，每只都价值五百美元。大多数金表都有些年头了，零件多少有些生锈，如果作为计时工具可能已经没什么价值了——但每一只都饰有华丽的钻石，而之前提到的那三只金表放在贵重的表盒里。那天晚上，我们大致估算了一下，那只箱子里装的宝物值一百五十万美元。再加上后来看到的小饰物和宝石（有几件我们留着自戴了），一百五十万美元已经是很保守的估算结果了。

欣赏了宝物之后，我们三个极度兴奋的心情才渐渐平静下来。勒格朗明白我迫不及待地想知道这件事究竟是怎么一回事。现在，他终于要开始讲述事情的来龙去脉了。

勒格朗说："你还记得那晚我给你看的那张草图吧——我画的那只金甲虫。还有，你说我画得像个骷髅时我还很生气。第一次你说那像个骷髅的时候，我还以为你是在开玩笑呢。但后来，我又想起了那只金甲虫背上有两个很奇怪的点，就觉得你说的有一定道理。不过，你冲画作露出的那冷冷一笑还是惹怒了我，毕竟在其他人心中我是个画家。所以，当你把那块羊皮纸还给我的时候，我正想把它给揉了，再狠狠地扔进炉火里。"

"你指的是那个小纸片吗？"我问。

"它看上去像普通的纸，但其实并不是，虽然一开始我也这么认为。但当我在那纸上画画的时候，突然发现那是一张薄薄的羊皮纸。你应该记得它很脏。我正准备要揉了它的时候，又看了一眼之前给你看过的草图。你可能很难想象当我看到那幅骷髅画时有多惊讶！原本我画的可是一只甲壳虫呀。那一刻，我太激动了，脑子里一片混乱。我很清楚，自己画的草图在细节上与骷髅一点也不相同——虽然从整体上来看的确有相似之处。我赶紧拿上一根蜡烛，在房间的另一个角落坐下，开始近距离认真地琢磨那张羊皮纸。我把它翻来覆去地看，如果倒过来看，那和我原来画的一样。两幅画能如此相像，对于这种纯粹的巧合，我感到非常惊讶。我不明白，为什么羊皮纸的背面会有一个骷髅头的图案，而且恰好就在我画的那只甲壳虫的背面。那个骷髅头和我画的甲壳虫，不仅轮廓一样，大小也一样。这种巧合让我一时说不出话来——巧合常让人一时语塞。于是，我开始琢磨这两个事物之间的因果联系，但又一时没法找到因果关系，我的脑子就僵了。但等又清醒过来的时候，我渐渐有了一个想法，它比那个巧合还要让我吃惊。我记得很清楚，在画那只金甲虫的时候，羊皮纸的确是空白的。对此，我非常有把握，因为我记得当时为了在纸上找个干净的地方，先看了羊皮纸的一面，然后是另一面。如果纸上面早就有个骷髅图案的话，我肯定会看到。这就是我的不解之谜。但从最初的那一刻起，真相就在我的脑海最深处像只萤火虫一样隐隐约约地闪着光，指引着我向前走。昨晚的探险就有力地证实了我的感觉。后来，我赶紧站起身来，把羊皮纸小心翼翼地拿走了，直到我独自一人的时候，才又开始进行更加深入的思考。

　　"那晚等你走了、丘辟特睡熟了之后，我开始更加用心地研究这件蹊跷的事。首先我回想的是，那张羊皮纸到底是怎么到我手里的。我们是在距沙利文岛大约--英里的内陆海岸发现那只甲壳虫的，那里的海拔只比涨潮水位线高出一点。我刚拿起那只金甲虫，它就狠狠地咬了我一口，直疼得我把它丢在了地上。丘辟特一贯办事谨慎，在捉那甲壳虫之前，虫子已经朝他飞去。丘辟特找了叶子之类的东西，手隔着它去捉甲壳虫。也就是在那个时候，我们两个人都看到一小块羊皮纸，当时我还以为那不过是一张普通的纸呢。那张羊皮纸有一半埋在沙地里，只露出一个角。在找到羊皮纸的地点周围我还发现了船体的残骸，那应该是大船上的一条救生艇。它们好像已经被搁在那里很长一段时间了，因为现在早就不再用那种木材造船了。

"然后，丘辟特捡起那张羊皮纸，用它包好甲壳虫后，交给了我。然后，我们就回家了。在回去的路上，我们遇到了中尉 G。我把那只甲壳虫拿给他看，他就求我把那虫子给他，让他带回城堡去。我还没答应他呢，他就麻利地把那只甲壳虫揣进了自己的马甲口袋里。但并没有拿走裹着那虫子的羊皮纸，在他端详甲壳虫的时候，那张羊皮纸一直被我捏在手里。他可能是怕我变卦，还想尽快把那只甲壳虫看清楚。但凡和自然史相关的事情，他都怀有浓厚的兴趣。同时，我也并没有在意，就顺手把羊皮纸装进了自己的口袋。

"你一定还记得，当晚我走向桌子的时候，原本是想画甲壳虫的草图。纸通常都放在那里，那天我却没找到。我翻了翻抽屉，也什么都没找到。我就翻衣服口袋，想着能找到一封看过的信，结果摸到了那张羊皮纸。这样我就一步一步地回忆起了羊皮纸是怎么跑到我手里来的过程。因为当时的环境很特殊，我记得很清楚。

"你要是觉得我是想入非非了，那也没什么稀奇的。但我已经在脑子里建立起了一种联系，将两条复杂的线索连接在一起。在海边停有一艘船，而离船不远的地方有一张羊皮纸。那还不是一张普通的纸 —— 因为纸上还画着骷髅头。你一定会问，这些东西之间的联系在哪里呢？我的回答是：骷髅头是海盗的标志，这一点是众所周知的。海盗们在各种仪式上，都要升起这种带骷髅头的旗帜。

"我说过，那是张羊皮纸，并不是普通的纸。羊皮纸经久耐磨，几乎不会腐烂。人们不会把小事都记到羊皮纸上，因为要是平时的写写画画，羊皮纸还不如普通纸好用。以上的分析提示了一个问题：某种关联，也就是说 —— 骷髅头究竟代表了什么。我还注意到那张羊皮纸的形状。虽然它的一个角出于某种偶然的原因被毁掉了，但依然能看出来它原本应该是长方形的。那块羊皮纸非常小，可能原本的用途是写备忘录 —— 记下某些必须被长久记住的事情，所以需要被妥善地保存。"

"但是，"我插了一句，"你之前说过，画甲壳虫的时候羊皮纸上并没有骷髅头的图案。那你是怎么把船和骷髅头联系起来的呢？你说骷髅头是你画了甲壳虫之后才被画上去的（鬼知道是谁画的、怎么画的）。"

"虽然谁都不知道，但其中所有的玄妙都围绕着船和骷髅头之间的联系展开。我解开了这个谜团，而且相对来说还比较轻松。我的思路清晰，所有这一切只有唯一一种解释能说得通。我的分析过程如下：在我画那只甲壳虫的时候，羊皮纸上并没有明显的骷髅头图案。画完之后，我把草图给了你，并一直仔细地观察着你，然后你把草图还给我。所以，你也没有往那上面画骷髅头，在场的人谁都没有。谁也没有画，可它还是出现在了羊皮纸上。

"回想当时情景的时候，我尽力让自己记起当天发生的每一件事。我还真想起来了，而且记得非常清楚。那天的天气寒冷（现在看来，这倒成了件难得的好事！），壁炉里的火烧得很旺。我坐在桌旁，搓着手取暖。而你拉了一把椅子，坐在了炉火旁。就在我把羊皮纸递给你、你开始仔细地看那画面的时候，那条叫沃尔夫的纽芬兰狗跑了进来，还扑到你的肩膀上。你用左手拍拍它，让它走开。而你的右手——就是拿着羊皮纸的那只手——则随意地放在双膝之间，离炉火很近。某个时刻，我还担心炉火可能会把羊皮纸给烧了。我正要提醒你，但还没等我开口，你就已经把羊皮纸抽回来，又仔细地看了起来。在把所有这些细节都回顾了一遍之后，我敢肯定羊皮纸上的骷髅头图案是被火烤出来的。你也很清楚，化学反应的条件其实都已经具备。利用化学反应，人们完全可以事先在普通的纸张或羊皮纸上写好画好，只等纸上的字或图案被火烤到，这样字或图案就会显现出来。需要写字的时候，先用王水溶解钴蓝釉，然后用水稀释，所加水的重量应为钴蓝釉的四倍。蘸着这种溶液写字，纸上就会留下绿色的字迹。钴类颜料来自熔矿中的一种金属渣，它与硝石产生化学反应并溶解，呈现为红色。蘸着这种溶液在温度低的羊皮纸上写字，纸上的颜色过一会儿就会消失，然而再遇热时，字就又会显现出来。

"我仔细地看过那个骷髅头图案，它外侧边缘的图案 —— 靠近羊皮纸边缘的图案轮廓 —— 比其他地方的清晰多了，说明这幅图受热受得不够均匀。我赶紧点了一把火，均匀地烘烤了整块羊皮纸。一开始，那骷髅头图案的边缘逐渐变得清晰起来。但是，在继续烘烤之后，我发现那羊皮纸上骷髅头图案的对角呈现出了一个山羊的图形，我再仔细一看，原来画的是一个小山羊。"

"哈，哈！"我说，"其实我真不该笑话你的……一百五十万美元对我们来说简直像是发生了天上掉馅饼的事……但你也不要继续在自己的分析中建立新的联系了……你是不可能在海盗和山羊之间找到什么特别的联系的。你知道，海盗和山羊没什么相关性，和山羊相关的是农业。"

"可我刚说了，那不是一个山羊的图案。"

"好吧，就当那是个小山羊的图案 —— 不过都大同小异。"

勒格朗说："虽然是挺像的，但还是不太一样。你可能听说过一个叫基德的船长①。我开始把这个山羊图形看成是一个签名了，它要么是画里藏着字，要么就是什么象形文字。我说它是签名，是

———————————
① "基德"英文为"Kidd"，"小山羊"英文为"Kid"。——编者注

由它在羊皮纸上的位置表明的。而与此处于对角线位置的骷髅头图案，同样具有某种邮票或者封印的气质。但这些也只是我的猜测而已。"

"我还以为你想在邮票和签名当中发现一封信呢。"

"其实和你以为的差不多。实际上，我有一种强烈的预感——要发大财了。我也没法说清这种预感从何而来。或许，与其说这是一种真实的想法，倒不如说是一种强烈的愿望。但你知道吗？也许是丘辟特说的纯金甲虫的那些傻话激发了我的想象。接下来还发生了一连串蹊跷的事，那些事都发生得太凑巧了。你注意到这个巧合了吗？这些事情发生的时刻像是命中注定的一样，每件事原本都有可能在任何一天发生，但它们在同一天发生了。而且事情发生的那一天，天很冷，必须要生火取暖。要是没有炉火，要是没狗在那一刻跑出来捣乱，我可能就永远不会发现羊皮纸上的骷髅头图案了，我们就和那些财宝擦身而过，再也无缘获得了。"

"你接着说，虽然我听得已经没什么耐心了。"

"好吧，想必你听过不少这样的故事——说基德船长和他的助手们在大西洋沿岸的某个地方埋了财宝。这些传言肯定是有事实依据的。而且，它们持续传播了那么长时间，并仍在流传，说明人们还不知道宝物究竟被埋在什么地方。要是基德船长一开始隐瞒那些宝物，后来才说的话，那么流言传到我们耳朵里的时候，早就已经变得更加面目全非了。不知你是否注意到，在人们口中流传的那些故事都与淘金者有关，却毫无寻获宝物者的痕迹。要是海盗早已找到这笔钱，就不会再有人讲这些故事了。我觉得可能是因为发生了什么意外——比如记着埋藏宝物地点的备忘录被搞丢了——船长就没法再找到宝物了。他的跟随者们听说了那个意外事件之后，才知道有埋起来的宝藏这回事。在没有指引和任何思路的前提下，他们试图寻找那些宝物，却最终无果。然而，他们却是第一批成功的杜撰者，编造出了那些与被埋藏的宝物相关的故事。之后，故事就满世界地传播开来。你有听说过，有什么重要的宝物是被人在海边发掘到的吗？"

"我从未听说过。"

"但很多人都听说过——基德船长藏了很多财宝。我把那些传言当真了，感觉他有不少财宝还埋在地下呢。当我对你说，我几乎肯定那张被奇怪地发现的羊皮纸其实是一张地图，上面指示了宝物被藏的位置时，我想你几乎不会感到意外。"

"但你是怎么将分析继续下去的呢？"

"有一次我又把羊皮纸拿到炉火边上烤了一会儿，但什么反应都没有发生。我想大概是羊皮纸上的一层灰在作怪。于是，我就小心翼翼地用温水冲洗了一下。冲洗干净之后，我把它放在一个锡盘上，带骷髅头图案的那面朝下。然后，我把那锡盘放在正烧着木炭的炉子上。过了几分钟，盘子被彻底地加热之后，我又把羊皮纸拿起来。当时的发现简直让我兴奋至极，那种喜悦之情无以言表。我发现，羊皮纸上出现了几处斑点，好像是用笔画出来的图形一样。我又把羊皮纸重新放在锡盘上，再让它多受热了一分钟。等我再把羊皮纸拿起来的时候，那上面的图案就和你现在看到的一样了。"

勒格朗把受热了两次之后的羊皮纸拿给我看。那纸上的骷髅头图案和山羊图形之间，杂乱地呈现了一些红色的符号，如下所示：

53++!305))6*;4826)4+.)4+);806*;48!8`60))85;]8*:+*8!83(88)5*!;
46(;88*96*?;8)*+(;485);5*!2:*+(;4956*2(5*−4)8`8*; 4069285);)6
!8)4++;1(+9;48081;8:8+1;48!85;4)485!528806*81(+9;48;(88;4(+?
34;48)4+;161;:188;+?;

"但是，"把那张纸还给勒格朗的时候，我说，"我仍然是一头雾水。如果得解开这个谜，宝石金子才能变成我的，那我肯定是得不到这些宝物了。"

勒格朗说："如果你想要解开这个谜，不能一开始就慌慌张张地盯着那些符号拼命想。毫无疑问，大家一眼就能看出来这些符号其实是密码——也就是说，基德船长用这些密码传达某些意思。但凭他的本事，应该不可能创造出太过深奥的密码。于是，我猜想密文一定很简单——只够唬住一些才疏学浅的水手，以至于让他们看到之后觉得无从下手。"

"这么说，你已经成功破译它了？"

"比这个复杂千万倍的密文我都破译过，破译这个简直不在话下。我的生活环境，再加上个人热爱思考的秉性，让我对解开类似的谜团抱有浓厚的兴趣。人能否凭借智力设计一套连他自己都无法破译的密码，我对此深表怀疑。事实上，只要辨认出符号，同时在符号之间建立联系，破译密码对我来说并不是一件困难的事。

"在破译这个密码——甚至包括所有类型的密码——的过程中，首先需要解决的问题是弄懂它的语言。就拿破译简单一些的密码来说，其规则主要由密码创造者的语言习惯所决定。总之，他不大会采用一种解密人熟悉的语言。但在很多情况下，直到解密人知晓真相之后，才算真正掌握了那套语言。不然，那套语言对解密人来说简直就是天书。现在要破译我们面前的这套密码，最大的考验其实来自它的签名。'基德'这个词是双关语，而且它的意义只有在英语里才讲得通。虽然考虑语言问题的时候，我本先考虑的是西班牙语和法语。因为类似的密码最有可能是由西班牙海盗所写，他们是讲西班牙语和法语的。不过还是被我猜中了，密码指向的语言是英语，后来证实我的确没猜错。

"你看词与词之间是没有间隔的。如果有间隔的话，反而更容易破译了。在词与词之间有间隔的情况下，我本该从分析更短的词的排序规则入手，找到一个由单个字母构成的词，也就是使用频率最高的词（比如"a"或"I"这样的词）。我已经将这种方法运用得十分自如了。但是，这个密码里的词与词之间没有间隔，所以我首先要做的是确定其中使用频率最高的字母和使用频率最低的字母。数过了全部的词之后，我排出了以下这张表：

字符	个数
8	33
;	26
4	19
+ 和)	各 16
*	13
5	12
6	11
! 和 1	各 8
0	6
9 和 2	各 5
: 和 3	各 4
?	3
`	2
– 和 .	各 1

"在英语里，使用频率最高的一个字母是 e。其后按使用频率依次递减的顺序排列，字母依次为：a、o、i、d、n、r、s、t、u、y、c、f、g、l、m、w、b、k、p、q、x、z。随便找一句英语，不管是长句还是短句，e 肯定是出现频率最高的字母。要想找出一个英语句子，其中有出现频率高于 e 的字母，还真不是件容易的事。

"这样一来，我们对密码继续进行破译就有了牢靠的基础，而不再是凭空瞎猜了。我们一眼就能看出这张表的用途。但是，为了破译现在手上的密码，我们是非得借助这张表格的帮助不可了。这段密码中使用频率最高的字符是 8，我们就按之前的推论姑且认为 8 对应的是字母 e。为了证实这种猜想是对的，我们来看看 8 是否成对出现——因为字母 e 在英语中常常以成对的形式出现，比如

'meet' 'fleet' 'speed' 'seen' 'been' 'agree' 等。而在这段篇幅简短的密码里，我们看到该字母以成对的形式出现了五次。

　　"既然我们认定 8 对应的是字母 e，那么，在所有的英语词汇中，定冠词 'the' 的使用频率最高。那我们来看看是否有三个符号按固定的顺序排列在一起反复使用，同时这个固定组合中的最后一个符号是 8。要是我们找到了按这种顺序排列的符号组合，那这三个符号对应的就是定冠词 'the' 了。细心观察那段密码之后，我们发现 ';48' 这个组合出现了不下七次，它对应的应该就是定冠词 'the' 了。我们由此可以推测 ';' '4' '8' 分别对应的是字母 't' 'h' 'e'，这样一来，破译工作就向前迈出了一大步。

　　"虽然只弄清了一个词，但我们建立了一个重要的原则：可以凭此推出其他词的词头和词尾。比如，我们可以参考那段密码靠近结尾的地方出现的符号组合 ';48'，它对应的是定冠词 'the'——这已为我们所知。定冠词后面是六个符号，而它们应该对应的是一个词，而且这个词不会少于五个字母。把这些符号切分开，把我们已经知道的字母换上去，空出未知符号的位置，就得到 't eeth' 这个词。

　　"我们可以先放下 'th' 这个组合不管，因为用字母表的所有字母轮番试一次填这个空，都没法得到一个以 't' 开头，以 'th' 结尾的单词。因此，我们暂且把这个词认为是一个由四个字母组成的单词 't ee'，然后再像之前一样，用所有的字母试一遍，便得到 'tree'（树）这个单词。而这也是唯一一个能在密码里讲得通的词。

由此，我们又知道了在'tree'这个词里的字母'r'是用'('来代替的。

"跳过这些字符，隔一段距离，我们又能看到';48'这个组合。以';48'为线索，把它对应的字母换上去，我们就看这样的组合'the tree ;4(+?34 the'。

"然后再把已知的单个字符用对应的字母替换掉，这个组合就变成了这样：'the tree thr+?3h the'。

"如果用空白或圆点暂时代替还没有破译的字母，我们就能得出'the tree thr...h the'，这时'through'这个单词就被自动破译了。而这个突破又告诉了我们三个字母'o''u''g'，分别由符号'+''?''3'代替。

"现在把密码里已破译的字符都换成相对应的字母，我们就会在一开头看到这样的组合：'83(88'即'egree'，很容易就能联想到它对应的是'degree'（程度）这个词。这样我们又获知了一个字母'd'，它由'！'符号表示。

"除了'degree'这个单词，我们还能认识一个组合';46(;88*'。

"把之前已经破译的字母替换上去，还未破译的字母用圆点表示，我们得到的就是'th.rtee.'。

"参照这段密码的开头，我们发现有个组合是'53++！'。

"依照之前的分析方法，我们得到的是'.good'，由此让我们确信首个字母应该是'A'，所以这两个单词应为'A good'。

"为了避免混淆，我们需要把目前所掌握的符号及其相对应的、被我们破译出来的字母排列成表。这张表应该是这样的：

密码中的符号	对应的字母
5	a
!	d
8	e
3	g
4	h
6	i
*	n
+	o
(	r
;	t
?	u

"就这样，我们已经破译出了十几个常用字母，其他字母的破译细节也是类似的，我就不再一一阐述了。而这类算是非常容易破译的密码。现在我要给你看的是，对羊皮纸上那段密码进行破译的完整结果，它的内容是这样的：

'在魔鬼的宝座的主教住所里有一面好镜子，东北偏北 21 度 13 分，在北边主干上东侧第七根树枝，从骷髅头的左眼径直下落，落到地面，离着落点五十英尺。'"

"可是，"我说道，"这个谜似乎仍悬而未决。我们怎么知道'魔鬼的宝座''骷髅头''主教住所'这样的暗语到底想说什么呢？"

勒格朗答道："我承认，乍一眼看上去这些暗语的确显得很棘手。而为了能理解它，我着力先把这些句子按照编写者的意图，分割成顺畅的语句。"

"你是说，给句子加标点吗？"

"差不多。"

"但你是怎么做到的呢？"

"我想编写密码的人是有意把那些字符连着写，而不留任何间隔的。因为这样做，可以增加破译的难度。智商一般的人为了加大密码的破译难度，都会想到用调整字符间隔这一招。在编写密码的过程中，编写者肯定是写写停停。他把字符间隔问题考虑透彻了之后，就能将其运用得十分自如了，而这时密码里的符号却会写得更密。你看看这份密码的手稿，就会很容易发现有五个地方的字符写得特别密。我们从这五处写得密的地方得到线索，将密码分隔成了下面的样子：

'在魔鬼的宝座的主教住所里有一面好镜子 —— 21度13分 —— 东北偏北 —— 主干东侧第七根树枝 —— 从骷髅头的左眼扔下 —— 径直从树上落下，离着地点五十英尺。'"

我说："就算是隔开了文字，我还是看不懂。"

勒格朗答道："它也把我给搞蒙了。后来我用了几天的时间，在沙利文岛附近仔细研究'主教住所'到底说的是什么地方，查遍了和这个名字相关的所有建筑。但我忽视了那个过时的词"客栈"（hostel）。查了许多和地名相关的资料仍然无果之后，我决定进一步扩大研究范围，并将其系统化。然而一天早晨，我突然想到'主教住所'可能指的是一个姓氏为毕肖普（Bessop，发音与'主教'这个词相似）的古老的家族。很久以前他家的庄园里有个老宅子，位于离沙利文岛北边四英里的地方。于是我就到那个庄园去了，向那里年纪较长的黑仆请教这个问题。后来，有一位年纪最长的老妇人说，她听说过毕肖普家的城堡，的确是有这么一个地方。她还说可以带我去那个城堡。但其实，那根本就不是什么城堡或客栈，只是一堆垒得很高的岩石。

"出发之前，我提出给她丰厚的报酬，以此作为她带我一同前往毕肖普家的城堡的回报，但最终她还是没要报酬。即使没费多少力气我们就找到了那个地方，但我还是先让她走，决定自己留下来仔细地考察一番。那座'城堡'现在已经变成了一堆凌乱的岩石——其中有一块岩石的体积大得显眼，人工刻凿的痕迹也很重。我爬到那岩堆的最顶端，思考着下一步该怎么办，心里不禁感到一些迷茫。

"正当冥思苦想之际，我无意中看到岩堆的东边有个窄架子，位于比我当时站的位置大概低一码的地方。那个架子向外突出大约十八英寸，宽不到一英尺，岩石上有个壁龛正好位于那个架子的上方，看上去有点像我们的先辈用的那种没有靠背的椅子。毫无疑问，这个地方就是羊皮纸的密码文字中说的'魔鬼的宝座'，现在我好像能解开全部的谜团了。

"我想'好镜子'指的可能是一台望远镜，因为海边的人很少用'glass'（玻璃、眼镜）这个词表达其他的意思。我马上就明白了，这里曾是用望远镜瞭望的地方。而且，用望远镜从这里瞭望，视野是永远不发生变化的。所以，'21度13分''东北偏北'这些说法——我现在毫不怀疑——指的是持望远镜的角度和对准的方向。我被自己的这些发现弄得兴奋不已，赶紧跑回去，搞了一台望远镜，又返回岩石堆上。

"我站到那个架子上，发现除了一个特定的位置之外，根本不可能有其他能让人坐下的地方了。这个事实印证了我的猜想。然后，我开始用望远镜观看。当然，'21度13分'所指的只能是望远镜与水平面的夹角，而'东北偏北'很明显又把水平方向的指向给交代清楚了。而我很快就用袖珍式罗盘确定了'东北偏北'的方位，接着将望远镜指向我估量的21度，然后小心翼翼地上下移动，直到我的视线被一棵大树上的圆形裂缝吸引。那棵大树枝叶繁茂，远高于它周围的其他树木。在那个裂缝的中心，我看到了一个白色的点，但一开始没分辨出那个白点到底是什么。我调了调望远镜的焦距，再仔细往那里看去，原来那是一个骷髅头。

"有了这个发现之后，我对彻底解开这个谜变得更有信心了。像'主干''东侧第七个树枝'这样的说法指的应该都是骷髅头在树上的位置。而对'从骷髅头的左眼往下扔'这句话只能有一种解释，即告知宝物具体被埋在什么位置。我想要找到宝物就得从骷

髅的左眼丢下一颗'子弹'。那么'最短距离'即指从'着地点'
（或者说'子弹'落地的点）到树干之间的最短距离，沿着最短距
离的这条线再往外延伸五十英尺，就又找到了一个确定的点——
顺着这个点往下挖，我想总能发现一些有价值的东西。"

我说："这个猜想虽然很有创意，一切看上去都被解释得清晰
明了，但还是比较简单的。那么你离开'主教住所'之后，又发生
了什么？"

"我认真地记下那棵树的方位之后就回家了。然而，等我一离
开那个'魔鬼的宝座'之后，原先看到的那个树顶上的圆形裂缝也
消失了。不论我再怎么回头张望寻找，都没法再看到它。所以，我
觉得整个设计的最精妙之处在于一个事实（经过反复的实验，让我
对这个发现确信不疑）——从其他任何方位看那个白色的裂缝都
是看不到的，除非站在岩石堆上的那个窄架子上。

"这次去'主教住所'是丘辟特陪我一起去的。数周以来，他
注意到我的举止已经有些不太正常。所以出于对我的担心，他尽量
不让我一个人待着。但是有一天，我起了个大早，没叫醒他就径直
独自前往山里去找那棵树了。而我费了好大的劲儿才找到那棵树。
晚上回到家里，丘辟特都气到要揍我一顿的地步了。其余的探险经
历我也就不必多说了，我想你已经很清楚了。"

我说："所以当丘辟特把右眼错当左眼，从骷髅的右眼投下甲
壳虫的时候，你找错挖掘点了。"

"没错。丘辟特的错误让挖掘点出现了二点五英寸的偏差——

也就是说，离树最近的那个桩子的位置出现了偏差。如果宝物真的就在那个挖掘点下面，那么小的错误也可以忽略不计。但是挖掘点及其与树最近距离连成的线是确定宝物方向的重点。在我们画线的时候，即便开始时只有一点点偏差，但随着推进过程的继续，它也会酿成大错。等我们走到五十英尺远的地方，偏差已经变得非常巨大了。但我深信宝物一定还埋在什么地方，最终我们的辛苦总算没有白费。"

"对骷髅头还有从骷髅头的眼睛里扔'子弹'的想法——可能都是基德船长受海盗旗的启发而产生的。他一定觉得，能在看似不吉利的标志与财运之间建立一种联系，具有耐人寻味的诗意与和谐之美。"

"也许是吧。我总觉得，常识与诗意之间往往有着千丝万缕的联系。从'魔鬼的宝座'上才能看到的东西，要是体积小，就应该呈醒目的白色。只有人的骷髅头才能在各种天气条件下还能保持白色，甚至随着岁月流逝而变得越来越白。"

"但你说出的那些豪言壮语和你掷甲壳虫的奇怪举动——实在是让人觉得太怪异了！我当时真的以为你疯了呢。还有，你为什么非要坚持从骷髅里丢甲壳虫不可呢？丢的怎么不是'子弹'呢？"

"说真的，你居然怀疑我的脑子出了问题，这真让我觉得自己受到了冒犯。我真想趁你不备的时候，悄悄地惩罚一下你。我想到要用那只甲壳虫，是因为你们觉得那虫子的分量很足，重量很重。"

"好，这我了解了。现在只剩下最后一个让我感到困惑的点。

从洞里找出来的那些骷髅 —— 我们该如何解释呢?"

"对于这个问题,我其实也和你一样感到十分困惑。然而,好像只有一种解释才说得通。但如果事实要真的像我接下来讲的那样残暴严酷,那就太可怕了。要是这些宝物真的是基德船长藏起来的,那么毋庸置疑的是,他肯定需要人帮他干活。而那些帮他埋宝藏的人得到的最坏结果就是,在他办完这件事之后,把除了自己以外的所有参与者都除掉。有可能在助手还在忙着挖坑的时候,他只要挥动两下鹤嘴锄就能达到目的。又或许,需要挥动很多下。但究竟当时是怎么回事,谁又能说得清呢?"

瓶子中的手稿

死亡将至之际，没有秘密隐瞒。

——基诺《阿蒂斯》

对于故国和家人，我几乎没什么要说的。岁月漫漫，一切已面目全非。我离开了故土，疏远了亲人。世袭的家产使我受到了非同一般的教育，善于冥想的癖性使我能把早年辛勤积累的知识整理得条理清晰。在所有知识中，德国伦理学家的著作给了我莫大的喜悦。这并非因为我对他们疯狂的雄辩盲目崇拜，而是因为我能凭着严谨的思维习惯，不费力气就能识破他们的谬误。人们常常责备我天赋匮乏，想象力不足也是我永远的罪，观念中的怀疑论则一直使我臭名昭著。事实上，我担心的是，我对物理学的浓厚兴趣，使我的脑子中弥漫着这个时代的错误思想——我是说，现在的人习惯把偶发事件归结为与某一门科学原理有关，甚至对与之毫无瓜葛的事，也要这么看。总的说来，没有一个人比我更不容易脱离真实的世界，迷信胡诌瞎扯的空想。我想，我得先写下这么一段引子，以免下文要说的令人难以置信的故事，被人看作语无伦次的拙劣想象，而不是当成一次并非空想的真实经历。

我在异乡游荡了多年。18××年，我登上了从巴塔维亚港 ① 驶往巽他群岛 ② 的航船。巴塔维亚位于物产富饶、人口众多的爪哇岛。我是这艘船上的一名乘客——没有别的原因，只因我有如鬼神缠身般心神不定。

船很漂亮，大约是四百吨位，镶着黄铜，它是在孟买制造的，用的是马拉巴 ③ 的柚木。船上装着产自拉克代夫 ④ 的棉织品和油料，还有椰子壳纤维、椰子糖、酥油、可可豆以及几箱鸦片。货草草装就，所以船老是摇来晃去。我们出发时，阵阵微风吹送。接下来的好多天，船沿着爪哇岛的东海岸行驶，一路上除了偶遇几只从目的地巽他群岛开来的小船之外，没发生任何诱人的事。行程很是枯寂单调。

一天傍晚，我斜靠在船尾的栏杆上，望着西北方一朵独特的

① 今天的雅加达。
② 印度尼西亚沿海的主要岛屿。
③ 印度西南海岸地区。
④ 在印度西海岸的阿拉伯海中。

云孤零零地飘着。离开巴塔维亚以来，我还是第一次看到云。它颜色特别，引人注目。我凝望着它，直到夕阳西下。突然，云朵向东西两方蔓延开去，在天水相连处形成一道狭窄的烟霞，形状宛如一条长长的浅滩。不久，我的注意力又被暗红色的月亮和罕见的海景所吸引。大海瞬息万变，海水却似乎比平常更透明了。尽管我能清晰地看到海底，但抛下铅锤一量，方知船下水深居然有十五英寻[①]还多。空气酷热难耐，热气袅袅上升，犹如从灼热的铁块上升腾而起。夜晚来临了，一丝风都没有，周遭是想象不出的寂静。船的尾楼甲板上，烛火一下都不跳荡。用手指捏一根长发，它也不可能飘动。然而船长却说看不出任何危险。船刚漂向海岸，他就下令收起风帆、抛下铁锚，没有安排值班人员。水手大多是马来人，他们都在甲板上肆意地摊开身子睡下了。我回到船舱——大有不幸将至的预感。说真的，所有的迹象都表明，西蒙风——一种沙漠热风暴即将到来。我把这种担心告诉了船长。但他对此无动于衷，甚至没有屈尊回答我一句就走开了。我很不安，根本无法入眠。大约午夜时分，我爬上了甲板。我刚踏上后甲板扶梯的最上面一级就吓呆了，一阵巨大的嗡嗡声响起，就像水车轮子飞速转动的声音。我还没弄清楚是怎么回事，就感觉到船身震动起来。紧接着，一个巨浪朝船梁末端打来，海浪一波接一波地从船头扫向船尾，掠过了整个甲板。

　　从很大程度上说，正是那排来势汹汹的巨浪拯救了船只。虽然

---

① 测量水深单位。1 英寻约为 1.8 米。——编者注

整条船都灌进了水，不过由于桅杆已被巨浪折断，坠入海中，船不久就吃力地浮出海面，在暴风雨中摇晃了一阵子后，最终恢复平稳。

究竟是何种神迹使我幸免于难，真是难以说清。我被那个巨浪打晕了，醒来发现自己卡在船尾柱和方向舵之间了。我费了很大的劲才站起来。我头晕眼花，环顾四周，顿时明白船只遇到了滚滚浪涛，想不到的是，它还被卷入了一个排山倒海的漩涡——那漩涡真可怕，把我们都吞噬掉了。过了一会儿，我听到了一个瑞典老头的声音。他是在船将要离港时上来的。我拼尽全力朝他高呼，他马上蹒跚着来到船尾。我们很快发现，只有我们俩是这次事故的幸存者。甲板上的所有人都被扫落海中。船长和他的副手们肯定是在睡梦中死去了，因为船舱里灌满了水。没有人援助，我们无法使船脱险。想着船随时都可能下沉，我们起先并没采取任何措施。当然，我们的锚索早在第一阵飓风的淫威下，像包裹上的细线一样断成一截一截了，否则船当即就被掀翻了。船以可怕的速度随波前行，海浪哗哗地拍打着船板。船尾的骨架已经支离破碎，实际上，早已千疮百孔。让我们狂喜的是，水泵倒没有坏掉，压舱物也没怎么移动。风暴最狂怒的时刻已经过去，我们几乎感觉不到风的危险了，但是，我们仍然心情郁闷，盼望着风暴彻底平息。船破烂不堪，我们完全相信，继之而起的巨浪肯定会置我们于死地。不过，如此合理的推断似乎不会马上变成现实。因为整整五天五夜，这条废船都在狂风推动下以难以估量的速度飞速漂行。狂风虽然不及第一阵热风暴猛烈，但仍然比我以前见过的任何一次都可怕。五天五夜里，我们仅凭少量的椰子糖为生，那是我们历尽艰辛从前甲板下面的水手舱里弄到的。当然，前面的四天里，我们的航向基本没变，只在东南和正南方向游移。我们准是在沿着新荷兰①海岸漂游。第五天风向逐渐转变，更加偏向北方，也冷得更厉害了。太阳从地平线稍稍升起，呈现出病歪歪的昏黄，没有光芒放射出来。天上没有云彩，风却变化无常，一阵一阵越刮越猛。大约中午的时候——时间只是出于猜测，太阳再次吸引了我们的注意力。它发出的不是通常意义上的光，而是一种没有热辐射的朦胧昏沉的光晕，仿佛所有的光线都被偏振过了。在沉入喧嚣的大海之前，那团光晕的中间部位突然消失了，似乎由于无从解释的力量匆匆熄灭，只剩下一个银色的边框，一头扎进深不可测的大海。

我们徒劳地等着第六天的到来。对我而言，那一天还没有到来；对瑞典老头而言，第六天压根就没有来过。我们后来一直陷入沉沉黑暗，看不到离船二十步开外的任何东西。黑夜密密实实地包围着我们，没有尽头，我们在热带熟悉的海面磷光也不曾划破黑暗。我们发现，尽管暴风继续势头不减地肆虐，一直侵袭着我们的狂涛巨浪却消失了。周围是黑暗的荒漠，恐怖而阴森。迷信生发的恐惧悄然潜入瑞典老头心间，我也暗自诧异。我们不再关心这条几乎报废了的船，而是尽可能地抱紧残余的后桅杆自救，痛苦地望着茫茫大海。我们无法计算时间，也猜测不出自己的位置，但我们非常清楚，我们已经向南漂了太远，漂到了任何航海家都不曾到过的

①澳大利亚旧称。

地方。不过，令我们感到惊奇的是，我们并没有撞上十分常见的冰山。但是我们随时面临着威胁，每一个山峰一样的浪头都可能把我们吞没，每时每刻都可能是生命的尽头。海浪汹涌起伏，超乎一切可能的想象。我们没有立刻葬身海底简直是奇迹。我的同伴说船上的货物很轻，他还提醒我说这船质量上乘。但我觉得希望已彻底泯灭，死亡不久就要降临。我忍不住这么想。我已经心灰意冷，做好了去死的准备，因为船每漂行一海里，黑漆漆的大海就翻腾得更骇人几分。有时，我们被抛向高高的浪尖，比信天翁飞得还高，气都透不过来；有时，我们又晕头转向地被急流甩入地狱般的深水。那里空气凝滞，没有一丝声音惊扰海妖的酣梦。

　　掉下深渊的那一刻，瑞典老头的惊呼打破了夜的静寂。"看！看！"他喊道，尖叫声直灌耳膜，"全能的上帝啊，看！看！"在他惊呼之际，我看到沿着我们坠落的那个巨大的深坑边缘，洒落下来一线朦胧阴沉的红光，并时断时续地反射到甲板上。我抬起眼睛一看，一个奇观赫然在望，我的血液都凝固了。在我们的正上方不远处，在一个下劈浪头的陡峭边缘，有个大约有四千吨的巨轮正在打转。它昂然屹立在一个比船身高出一百多倍的浪尖上，看上去比任何一艘战舰或现有的东印度公司的大商船都大得多。船体是暗沉沉的黑色，即便刻上任何常见的图案，也不能减轻它的黑暗色调。从敞开的炮门探出一排黄铜大炮，金光闪闪的表面洒满战灯的亮光。灯绳下的战灯东摇西摆。在超自然的巨浪和难以驾驭的飓风中，那艘船照旧张开风帆，驶向下风处，真是让人惊恐万状。我们开始只看到船头，因为浪头正把它从阴森可怖的漩涡里慢慢托起。更可怕的是，它还在令人眩晕的浪尖逗留了片刻，仿佛沉浸在无上的庄严之中，然后，晃荡着跌落下来。

不知道为什么，我的心灵突然获得了宁静。我跌跌撞撞尽可能走到船的最后面，无谓地等待着毁灭的那一刻。我们的船终于停止了挣扎，船头沉入大海。接着，震荡着下降的巨轮撞上了已然坠入水中的船头。结果无可避免：一股不可阻遏的力量，蓦地把我抛掷到那条陌生巨轮的索具上。

我跌落下来时，大船已转向上风，离开了那个深渊。一派混乱中，水手们没发现我。我毫不费劲、神不知鬼不觉地溜到了中部舱口。舱口半开半闭，我马上趁机躲了进去。我不知道为什么要这样。我躲起来的主要原因，也许是第一眼看到这艘船上的水手时，心中生出了难言的敬畏。我不愿意轻信这伙人，一瞥之下，他们就让我感到隐隐的新奇、怀疑和忧惧。我想还是在船舱里找个藏身之地比较好。我挪开了一小块活动甲板，在庞大的船骨间给自己找了个随时藏身的所在。

我刚勉强弄好我藏身的地方，就听到了船舱里响起了脚步声，我只好马上躲进去。有个人从我藏身的地方走过。他步态不稳，有气无力。我看不到他的脸，却有机会打量他的外貌。我大致看得出，他已经年老力衰。岁月沧桑催人老，他的膝盖开始打晃，全身也哆哆嗦嗦的。他断断续续地低声咕哝着几个词句，我听不懂他说的是哪国语言。他在角落里那堆样子怪异的仪器和烂掉的航海图中摸索着。神情中既有古稀老人孩子般的暴躁，又有神明的威严。最后，他上了甲板。此后，我再也没有看见过他。

我的心底涌上一股不可名状的感觉——这感觉不容分析，过往岁月中接受的教训还不足以分析它，恐怕将来也分析不出个子丑寅卯来。像我这样的脑子，去考虑将来真是不幸。我再也不相信自己那套观念了，我知道我再也不会了。这些观念含糊不定，这不足为奇，因为其根源本来就新奇绝顶。新的感觉又开始在我心里萌动。

我在这艘可怕的船上待很久了，我想，我的命运指向已经有了眉目。他们真是不可思议的人！走过我身边时都一副沉思状，谁都没有注意我，我猜不出他们在想什么。我这么躲藏起来可真愚蠢，因为他们根本看不见。刚才我还在大副眼皮子底下穿过呢，不久前我还闯进船长室里，拿了笔墨纸张记录所见所感。我要把航海日记一直记下去。也许找不到机会公之于世，但我会尽力想办法。到最后关头，我会把手稿密封在瓶子里，投入大海。

又出现了新状况，给了我新的想象空间。难道天意如此？我早先壮起胆子走上甲板，神不知鬼不觉地在快艇底部那堆绳梯和旧帆布间躺下，陷入对自己奇特命运的沉思。无意中摸起柏油刷，往身边大桶上那折叠得整整齐齐的辅助帆的边上涂抹起来。现在，那辅助帆就在船上张开着，那把刷子无意间竟涂出了"发现"这个词。

最近，我对大船的构造进行了一番仔细的观察。尽管武装齐全，但我想它并不是一艘战舰。船上的索具、构造和大体配置，都能推翻这一猜测。我一看就知道它不是战舰，可它到底是什么船，

恐怕就难说清了。我仔细打量着它奇怪的造型、特异的桅杆、硕大的体积、大得离谱的帆、朴实无华的船头、古色古香的船尾，心头有电光石火、似曾相识的念头闪现，夹杂着对往事模模糊糊的回忆，不知怎的，记忆里的一些外国史略和年代久远的事迢迢而至……

我一直在看船骨，这木材我从未见过。这种木材的特征让我不由得想，它并不适宜造船。它质地极其松软，撇开虫蛀不谈——在海洋航行，势必遭到虫蛀。也不说随着岁月流逝，木头会腐烂，或许说这个会显得吹毛求疵。我想说的是，西班牙橡木使用什么不自然的方法膨胀起来的话，就是这种样子。

我正读着船上的字，突然想起一个久经风霜的荷兰老航海家的奇怪箴言。每当有人怀疑他不诚实，拿他取乐时，他常说的话就是："千真万确，船在海水里会像水手的身体一样，越泡越大。"

大约在一个钟头前，我斗胆挤进了一群船员当中。虽然我就站在他们正中间，但他们对我不理不睬，似乎完全意识不到我的存在。就像我当初在船舱里看到的那个人一样，他们一个个都头发灰白，老态龙钟。他们衰弱得膝盖颤抖，老朽到弓腰曲背，枯皱的皮肤在风中簌簌作响。他们的声音很低，还颤抖不已、断断续续，因为上了年纪，他们的眼睛里泪花闪闪，灰白的头发在暴风中猎猎飘扬，煞是可怕。在他们周围的甲板上，到处散落着稀奇古怪、式样过时的制图仪器。

我不久前提到辅助帆张开了。从那时起，大船就一直顺风飞驶，向南方继续着它可怕的行程。从桅杆顶端的木冠到帆的下桁，都绷得紧紧的，整张帆无处不饱满，桁端时刻都会卷进骇人的滔天海水中。我刚刚离开甲板，船员们依然我行我素，看不出丝毫不便，我却站不稳脚步了。这艘巨轮没有倾覆海底，真是天下第一大奇迹。我们注定不会葬身深渊，而是要继续在死亡的边缘徘徊。船在我从未见过的惊涛骇浪中滑行，就像海鸥那样，箭一般轻巧地掠过。滔天巨浪像莫测的水妖，头颅高昂，但不过是吓唬吓唬人，并不会真的摧毁一切。我不由得把一次次逃脱灾难归因于自然因素，只有这样才能解释所发生的事——应该猜测船受到何等强大的水流或海底逆流。

我终于在船长室和船长面对面了。不出所料，他没注意到我。偶然一见，并不觉得他的外表异于常人，可我看着他，却仍然有种不可抑制的敬畏感，同时混杂着惊奇。他身高和我差不多，也就是五英尺八英寸。他体格结实紧凑，既不粗壮，也不纤细。他脸上的表情怪异——极度衰老的痕迹如此明显，简直触目惊心，令人毛骨悚然。一种说不出的情感在我的心头油然泛起。虽然他前额上皱纹很少，却像是刻上了千年万年的印记。灰白的头发记录过去，浑浊的眼睛预示未来。舱房的地板上，摊满厚厚一层奇怪的铁扣装订的对开本书籍、生锈的科学仪器以及被遗忘很久的过时航海图。船长双手捧着低垂的头颅，凝视着一张纸，眼神炽热，还流露出不安，那张纸在我看来是份军职委任状，总之上面有君主签名。就像我在船舱里见到的第一个船员一样，船长也是一个人嘀嘀咕咕着，

他怒冲冲地低声说出几句外国话，尽管他就在我的身畔，声音却像从一英里开外的地方传来的。

船和船上的一切都散发着古气。船员悄然走来走去，就像埋葬千百年的幽灵，他们的眼睛里透出渴望，也流露了不安。在炫目的战灯光亮下，他们的身影只消横在我所经之处，我都会生出前所未有的感觉，尽管我一生都在与年代久远的人与物打交道，心里也刻着巴勒贝克、泰德穆尔、波斯波利斯那些断壁残垣的影子，甚至我的灵魂也已变废墟。

我朝四周望了望，不觉为刚才的忧惧惭愧起来。假如我看到狂风袭来就瑟瑟发抖，那么看到狂风与海洋斗法，我不是要吓得呆若木鸡了？要知道，想传达出狂风与海洋斗法，拿龙卷风与西蒙风来形容，都嫌太过平淡无力。大船附近的世界一片黑暗，像是漫漫长夜，还有看不见浪花的喧嚣的海水，但是，在船两侧三海里开外的地方，庞大的冰墙不时隐约可见，它们高耸在荒凉的天空中，看上去似乎是宇宙的围墙。

正如我猜想的一样，这船确实是被水流裹挟着滑行的，如果这水流可以称为潮流，那么这潮流正在白色冰墙旁尖声怒号，雷霆万钧地疾速向南方奔腾而去，宛如飞流直下的大瀑布，汪洋恣肆。

我无从说出我心底的恐惧。不过，即便绝望至极，我的好奇也没有消失，我一定要看穿这个可怕区域的秘密，而且，我还要安于这可怕的死亡。很显然，这艘船匆匆奔往前方，就是为了揭开某个激动人心的秘密——某个一直无人知晓的秘密，而结局分明就是毁灭。也许这股水流是带我们去南极。毋庸置疑，这个猜测看似荒诞不经，其实完全有可能是真的。

船员们在甲板上踱来踱去，步子颤抖不安，他们脸上的表情更多的是热望，而不是绝望的漠然。

此时，风依然吹向船尾，由于风帆高扬，船时不时会被带出海面！哦，险象环生，真是恐怖！忽而右边的冰墙裂开了，忽而左边的冰墙裂开了。我们头晕目眩，围着巨大的同心圆打旋，像是绕着一个巨大的圆形剧场转个不休，而剧场的围墙却隐没在黑暗中，而且高高在上，目力难及。我没顾上想一想自己的命运，同心圆就迅速缩小了，我们骤然坠入涡流，挣扎不得。大海和狂风以雷霆之势怒号着，轰鸣着。船颤抖着，哦，上帝！它沉了下去。

作者原注：《瓶子中的手稿》最初发表于 1831 年，直到多年以后，我才熟悉麦卡托 [1] 画的地图。地图上说明了海洋从四个入口流进北极湾，并都被吸进地球腹部。北极的标志是耸入云天的黑色石柱。

---

[1] 1512—1594，佛兰德斯地理学家。

邦 邦

当好酒装填我的胃，我比巴尔扎克更博学，

比皮布拉克更睿智；

我的手臂独自发起攻击，

哥萨克民族，

我将他们洗劫一空；

我睡在卡戎的船里渡过冥河，

去找骄傲的埃阿科斯，

等我的心脏不再滴答作响，

我会呈上烟草。

——法国杂耍歌舞剧

要说皮埃尔·邦邦是一位资质不凡的餐馆老板，我想这一点只要是在那个年代经常去鲁昂勒菲弗尔街那家小餐馆的人都不会提出质疑。要说皮埃尔·邦邦在同等程度上精通当时的哲学，我想这一点更是不可否认。他的肝酱饼无疑是完美无瑕的，但哪支笔能正确评价他关于自然的文章、他关于灵魂的想法、他对于精神的观察呢？如果他的煎蛋卷、他的炖牛肉是不可估量的，那在当时，哪个文人不会为一篇"邦邦的看法"而出两倍于所有其他学者垃圾"看法"的价格呢？邦邦寻遍了所有人未曾寻遍的图书馆，他对阅读比任何人都更有兴致，理解的比任何人可能领会的都要多。尽管在他当红时，鲁昂不乏一些作者断言"他的论述既没有显示出柏拉图学派的纯度，也没有显示出亚里士多德学派的深度"——尽管，请注意，尽管他的学说无法获得普遍的理解，但其本身并非难以理解。我想，正因为他的学说不辩自明，许多人才会认为其深奥难懂。康德的形而上学——但我们就说到这里为止吧——也要归功于邦邦。邦邦的确不是柏拉图主义者，严格说来也不是亚里士多德主义者——他也不像近代的莱布尼茨那样，把那些本可以用来发明浓汁肉块或用来分析一种感觉的宝贵时间，浪费在试图使油水交融那种琐碎无聊的道德讨论上。邦邦根本不是这样。邦邦是爱奥尼亚式的邦邦，也同样是古意大利式的邦邦。他的逻辑思考是先验的，也是后验的。他的想法是与生俱来的，或者也并非如此。他信奉特拉布宗的乔治——他信奉贝萨里昂。邦邦绝对是一个邦邦主义者。

我刚才提到这位哲学家也是餐馆老板。然而，我不会让任何朋友认为，我们的主角在履行这一行业的世袭职责时，想要对其尊严和重要性获得合理的尊重。情况远非如此。我们无法说出他对自己的哪一份职业更感到自豪。在他看来，智力与胃动力有着密切的联系。当然我不知道，他是否同意中国人认为灵魂位于腹部的看法。他认为希腊人无论如何都是对的，他们用同样的词语来表示心灵和横膈膜。我这样说并不是为了影射和指责贪食者，或是对形而上学者的偏见而提出的严厉批评。如果说皮埃尔·邦邦有他的缺点——毕竟哪个伟大的人没有一千个缺点呢？我想说的是，如果皮埃尔·邦邦有他的缺点，那也是微不足道的缺点——其实按其他性情来说，这些缺点常被看作美德。至于其中的一个小缺点，如果不是因为如此醒目——宛如立体浮雕从他平面的整体性格中凸显出来——我甚至不会提及。那就是，他从不放过任何讨价还价的机会。

不是说他本性贪婪——不是的。对于这位哲学家来说，讨价还价并非一定得对自己有利。只要能达成交易——以任何条件，在任何情况下，达成任何类型的交易，此后很多天，人们都能看到他脸上洋溢的胜利微笑，那会意的眼神证明着他的远见。

在任何时代，像我刚才所提到的奇特幽默，如果引起了人们的注意和评论，也算不上奇怪。在我们所描述的这个时代，如果这般特质都没有引起人们的注意，那才奇怪。很快便有传闻称，邦邦在此类场合中的笑容，与他笑自己所讲的笑话或在迎接熟人时所展露的那种直率的笑容大为不同。人们抛出撩动人心的暗示，讲述匆忙达成又事后懊悔的危险交易，万恶的作者为了自己的高明目的，添油加醋地举了些例子，体现不负责任的能力、模糊的渴望和非自然的兴趣。

这位哲学家还有其他缺点，但这些缺点几乎不值得我们认真研究。例如，在极有深度的人当中，鲜少有人会缺乏对酒精的偏爱。无论这种偏爱是令人激动的起因，还是对其深度的有效证明，总之都是好的。据我所知，邦邦认为这个问题不适合展开细致的调查，我也这么觉得。然而在这种经久不衰的习性中肆意放纵时，我们不能假设这位餐馆老板会失去其直觉上的鉴别力，而这种鉴别力正是他的论文，同时也是他的煎蛋的特点。在他的隐居之地，勃艮第葡萄酒有它指定的饮用时间，而罗纳河谷葡萄酒也有合适的饮用时间。在他看来，苏玳甜白之于梅多克干红就像卡图卢斯之于荷马。他在啜饮圣佩雷时会用三段论开玩笑，在喝伏旧园酒时会阐明一个论点，在豪饮香贝丹酒时又会颠覆一个理论。如果他在我之前所提到讨价还价的嗜好中也有同样敏锐的分寸感就好了——但情况绝非如此。其实说实话，哲学家邦邦的这种思维特征，确实在很长一段时间内，呈现出一种奇怪的强度和神秘主义的特点，而且似乎深深染上了他最喜欢的日耳曼学的邪魔色彩。

在我们的故事发生之时，走入勒菲弗尔街的小餐馆，就是走入了一座天才圣殿。邦邦是天才。在鲁昂的每一个帮厨都会告诉你，邦邦是天才。他的猫也知道这一点，在天才面前，它也不敢摇尾乞怜。他的大水犬也熟知这一事实，在主人走近时，它那端庄的举止、低垂的耳朵，还有和狗完全不相称的低沉的下颌，流露出它的自卑。然而这种习惯性的尊重可能确实归因于这位形而上学者的外表。我不得不说，即使在面对野兽时，杰出的外表也能独行其是；我觉得这位餐馆老板的外表，有很多方面都足以打破四足动物的想象。这位小巨人带有一种非同寻常的威严感 —— 如果允许我这样含糊其词的话 —— 光是身形魁梧，是不足以产生这种威严感的。然而，虽然邦邦的身高不到三英尺，虽然他的头也很小，但只要看到他那丰满的肚子，就不得不感受到超凡入圣的雄伟壮观。就它的尺寸而言，无论是狗还是人，都一定能看出他的"成就"——如此巨大，好让他不朽的灵魂在此得以栖息。

我可以在这里 —— 如果乐意的话 —— 细说服饰的问题，以及这位形而上学者外表上的其他细枝末节。我可以暗示说，这位主人公的短发平整地梳理在前额上，头戴圆锥形配了缨的白色法兰绒帽。他的豆绿色短上衣并未顺应当时普通餐馆老板的时尚，袖子比被允许流行的服装更宽大，袖口上翻，但并不像在野蛮年代常用的那种与衣服相同质地和颜色的布料，而是很奇特地用了热那亚时髦多色的天鹅绒布料；他的拖鞋是亮紫色的，饰有新奇的金银细线，要不是有精致的鞋头、色彩绚丽的镶边和刺绣，不然可能是日本制造的；他的马裤用的是一种讨人喜欢的黄色仿缎布料；他的天蓝色斗篷，样式类似于晨衣，各处都缀有大量的猩红色装饰，像清晨的薄雾一样轻柔飘在他肩头；这身打扮，根据佛罗伦萨即兴诗人贝内韦努塔所说："很难判断皮埃尔·邦邦究竟是天堂之鸟，还是完美的天堂本身。"如果乐意的话，我可以细说以上所有细节，但我并不愿意，就让历史小说家来详述这些个人信息吧——因为这些缺乏实事求是的道德尊严。

我曾说："走入勒菲弗尔街的小餐馆，就是走入了一座天才圣殿。"——但只有天才，才能恰如其分地评价这座圣殿的优点。一个巨大的对开纸大小的招牌在入口处摇晃。招牌的一面画着酒瓶，另一面则是肉馅饼，背面的大字是"邦邦之作"。这样一来巧妙描绘出了老板的双重职业。

踏过门槛，整座建筑的内部结构便映入眼帘。一个狭长、带有缓坡屋顶的房间，配有古色古香的构造，就是餐馆的整体空间。房间一角摆放着这位形而上学者的床。层层叠叠的幔帐，加上希腊式顶篷，给人一种古典又舒适的氛围。对角角落里，摆放着融合了厨房与书房的用具。碗柜上安置着一盘辩论法。这里放着一炉最新的伦理学，那里放着一锅十二开的文学杂集。一卷卷日耳曼道德观与烤架相随相伴——在尤西比乌斯旁出现的是烤肉叉——柏拉图悠闲地躺在煎锅里——当代手稿归档在烤肉扦上。

而在其他方面，邦邦餐馆可以说与当时常见的餐馆没有什么区别。门对面坐落着壁炉，壁炉右边敞开的柜子里摆放着大量贴有标签的酒瓶。

就在这里，一个严冬之夜的十二点左右，邻居们对他奇特的习性提了意见——而皮埃尔·邦邦把他们赶出了他的房子，将他们锁在门外并咒骂了一通,然后带着不太平静的心情,回到皮底扶手椅和火炉中木柴燃烧的舒适环境中。

这是一个世纪难遇的可怕夜晚。雪下得很猛,房子被狂风吹得摇摇欲坠,风从墙的裂缝中冲涌而出,迅疾地灌入烟囱,猛烈地翻腾起哲学家床架上的幔帐,把他的酱汁锅和文件弄得乱七八糟。巨大的对开招牌在暴雪的狂怒中摇摆不停,不祥地吱嘎作响,从坚固的橡木支架上传来凄厉的声响。

这位形而上学者心烦意乱地把椅子搬到壁炉边的固定位置。白天出现了许多令人困惑的情况,扰乱了他平静的思绪。他本来要烹饪公主蛋卷,却不幸做成了王后蛋卷。发现伦理学某一条原则时,被一锅打翻的炖肉打断了。最后同样重要的是,他在任何时候都能在讨价还价达成交易中获得乐趣,却在这一次交易中受了挫。但他对这些莫名其妙的变化感到不安的同时,也不免掺杂了某种程度的紧张焦虑,在这疾风骤雪之夜,此类焦虑很容易出现。他向身边的大黑水犬吹了声口哨,不安地坐在椅子里,忍不住向房间幽深的角落投去警惕不安的目光,即便红色的火光也不能完全阻挡这些避之不及的暗影。完成了连自己也不明白为何的检查后,他把一张铺满书籍和文件的小桌子拉到座位旁,很快沉浸于计划在明日发表的大量手稿的润色工作中。

他就这样忙了几分钟,公寓里突然传来一声抱怨:"我不着急,邦邦先生。"

"是魔鬼!"我们的主人公喊道,他站起身来,打翻了身旁的桌子，惊骇地盯着周围。

"没错。"那声音平静回答道。

"没错！什么没错？你怎么会在这儿？"形而上学者大声说道，目光落在床上躺着的某样事物。

"我是说，"这位不速之客说，并未留意提问的内容，"我是说，我一点也不急，我冒昧前来拜访的目的，算不上有多迫切和重要——总而言之，我可以等你完成你的论述。"

"我的论述！你看看！你怎么知道？你怎么知道我在写论述？天哪！"

"嘘！"那个身影用刺耳的声音回答。他迅速从床上起身，向我们的主人公迈近一步，头顶的铁灯因他的步伐而颤颤巍巍摇晃起来。

哲学家的惊诧并不妨碍他仔细观察陌生人的衣着和外表。对方身材非常瘦弱，但比普通人要高很多，身形清晰可见，他穿着一套褪色的黑布套装，非常紧身，但剪裁式样很符合一个世纪前的风格。这套衣服显然是为一位比现主人矮很多的人准备的。他的脚踝和手腕有几英寸裸露在外，但鞋子上有一对非常漂亮的搭扣，揭穿了其余服饰所暗示的他极度贫困的谎言。他光着头，全秃，只有后脑勺有一条长长的辫子。一副绿色的眼镜侧面带有镜片，保护他的眼睛不受光线影响，也使我们的主人公无法确定这双眼睛的颜色或形态。他整个人看不出穿了衬衫，但有一条看起来很脏的白色围巾，极其细致地系在颈部，两端按传统方式并排垂下（尽管我敢说这并非刻意为之），给人以教士的印象。的确，在他的外表和举止中，有许多迹象都印证了这一设想。在他左耳上，按照现代文员时兴的方式，夹着一支像是古人之笔的工具。在外套的胸前口袋里，一本用钢扣扣紧的黑色小书十分显眼。不知道是否出于偶然，这本书是向外翻开的，可以看到背面的白字"天主教礼仪"。他的整体面相阴沉得如此有趣——甚至像尸体一样苍白。他额头很高，且刻有沉思所导致的深深皱纹。嘴角下垂，表现出无比的温顺谦恭。当他走向我们的主人公时，双手紧握，深深叹了一口气，总之是一副全然神圣的模样，让人不由折服。愤怒的影子从形而上学者的脸上消失了，在心满意足地观察完访客后，他与他亲切握手，并把他领到座位上。

然而，如果把这位哲学家瞬间转变的情绪，归因于任何可能受影响的理由，那就大错特错了。的确，据我对皮埃尔·邦邦性格的了解，他是所有人中最不可能被任何外在举止所影响的。这位能精准观察人与事物的观察家，在那一刻不可能没有察觉，这个闯入他家滥用他热情好客品质的人的真实性情。别的不说，访客的双脚就足够引人注目了，他的头上轻搭着一顶高得离谱的帽子，马裤后半部分有什么东西鼓鼓囊囊的还在颤抖——振动的衣尾就是显而易见的事实。那就请判断一下，我们的主人公是怀着怎样满足的心情，发现自己就这样一下子和一个自己对其无条件尊重的人共处一室。然而他太具外交家的特质，不会放过他对事情真实状况的任何怀疑的暗示。他完全没有意识到自己因此所意外拥有的崇高荣誉，而是通过引导客人谈话，获得重要的道德思想，这些思想在他计划发行的出版物中将占据一席之地，可能会启迪人类，也使他本人永垂不朽——我应该补充一下，这位客人年纪很大，众所周知他精通道德科学，因此很可能提供这些伟大的思想。

被这些有见识的想法鼓舞，我们的主人公请这位先生坐下，自己则趁机在火上添了些木柴，重新摆好桌子，放好几瓶起泡酒。迅速完成这些动作后，他把椅子拉到同伴面前，等着对方开始谈话。但即使是最巧妙成熟的计划，往往也会在刚开始实施时就遭遇挫折——这位客人说的第一句话就让餐馆老板不知所措。

"看来你认识我，邦邦。"他说，"哈！哈！哈！呵！呵！呵！嘿！嘿！嘿！吼！吼！吼！呼！呼！呼！"——魔鬼立刻放下神圣的举止，嘴巴咧开至最大，从一侧耳朵咧至另一侧的耳朵，露出一副锯齿状和尖利的牙齿，把头向后一甩，邪恶地高声大笑了起来。黑狗蹲伏下身，兴致勃勃加入其中，一起合声高笑，虎斑猫则迅速跑开，直立起身，在房间最远的角落里尖叫。

哲学家则不然。他精通世故，没法像狗那样讪笑，也没法像猫那样用尖叫来表现出难堪的惊恐。不得不承认，他看到客人口袋里书上的白色字母"天主教礼仪"时有些惊讶，这些字母的颜色和意思在不断变化，几秒钟后，原来的标题便被鲜红色的"惩戒册"字样所替代。当邦邦回答访客的评论时，这一非同寻常的情形，让他的举止带有一丝尴尬感，虽然可能很难被察觉。

"哎呀，先生，"哲学家说，"怎么了，先生，说句真心话——我想——我有一些模糊的——非常模糊的想法——多么荣幸——"

"哦！啊！是的！很好！"魔鬼打断了他的话，"不用多说——我明白了。"说到这里，他摘下绿色眼镜，用外套袖口仔细地擦了擦眼镜，然后把它放进口袋。

如果说邦邦之前因那本书的变化而惊诧的话，那现在他又因眼前的景象而大吃一惊。他怀着强烈的好奇心抬起眼，想弄清这位客人眼睛的颜色，却发现那双眼睛并非如他所预料的呈黑色，也不是想象中的灰色，不是淡褐色或蓝色，更不是黄色或红色，不是紫色，不是白色，不是绿色，也不是空中、地上或水下的任何颜色。简而言之，皮埃尔·邦邦不仅清晰地看见访客没有眼睛，也没发现任何曾经长有眼睛的迹象——我不得不说，本该长眼睛的地方只是一片死肉。

形而上学者的天性让他不会克制自己不去询问这一奇特现象发生的原因，而访客的答复及时、庄严且令人满意。

"眼睛！我亲爱的邦邦！你是说眼睛吗？哦！啊！我明白了！那些可笑的图片，呃，市面上的印刷品，让你对我的个人形象有错误的认识吗？眼睛！没错。眼睛，皮埃尔·邦邦，就在它们该在的位置上——你说，那是头吗？没错，是虫子的头。对你来说也一样，视觉是至关重要的——但我会让你相信，我的视野比你的视野更透彻。我看到角落里有一只猫，一只漂亮的猫，看看它，好好观察它。现在，邦邦，你看到它的思想了吗——我是说，在它脑袋里形成的想法、观点？没错，你看不到！它在想，我们在欣赏它的长尾巴和深刻的思想。它刚得出结论，我是最杰出的神职人员，而你是最肤浅的形而上学者。所以看到没，我并不完全是瞎子。但对我这一职业的人来说，你所说的眼睛不过是一种累赘，随时可能被烤叉或干草叉戳瞎。我承认，对你来说，这样的视觉是至关重要的。努力吧，邦邦，好好利用它们。而我的眼睛就是灵魂。"

此时，这位客人自己拿起了桌上的葡萄酒，给邦邦倒了一大杯，请他无须顾忌地喝下去，行为举止就像在自己家一样舒适。

"你有本书写得很聪明，皮埃尔，"访客继续说道，特意拍了拍我们这位朋友的肩膀，因为邦邦在完全听从了访客劝诱后，喝干那杯酒，又放下了杯子。"在我看来，你有本书写得很聪明。那部作品我很满意。不过，我认为你对主题的排序还有待改进，你的许多理念让我想到亚里士多德。那位哲学家是我最亲近的熟人之一。我喜欢他，喜欢他可怕的坏脾气，也喜欢他失误时快乐的本事。他所有观点中，只有一条牢不可破的真理，我纯粹是出于同情他的荒谬歪理，才给了他提示。我想，皮埃尔·邦邦，你应该很清楚我暗指的是什么神圣的道德真理？"

"我说不上来——"

"没错！——是我告诉亚里士多德，人通过打喷嚏，从鼻子排出多余的想法。"

"那是——嗝！——毫无疑问的。"形而上学说，同时又给自己倒了一大杯起泡酒，并把自己的鼻烟盒递至访客手边。

"还有柏拉图，"访客继续说，谦虚地谢绝了鼻烟壶及其暗示的恭维，"还有柏拉图，我曾一度对他怀有朋友般的感情。你认识柏拉图吗，邦邦？啊，不，请你务必原谅。有一天，他在雅典的帕特农神庙遇到我，告诉我他正为一个想法而苦恼。我让他写下 'ο νους εστιν αυλός（思想是无形的）'。他说他会的，就回家了，而我则前往金字塔。但我的良心责备我说出了事实，即便是为了帮助朋友也不行，于是我匆匆赶回雅典，他正在写 'αυλός' 的时候，我来到哲学家的椅后。"

"我用手指轻轻一拨，就把字母 'λ' 倒过来了。因此这句话现在变成了 'ο νους εστιν αυγος（思想是一道光）'，你会发现，这就是他形而上学的基本教义。"

"你去过罗马吗？"餐馆老板问，他喝完了第二瓶起泡酒，又从柜子里拿出了更多的香贝丹酒。

"只去过一次，邦邦先生，只去过一次。那一次，"魔鬼说，仿佛在背诵书中的段落——"那一次，无政府状态持续了五年，共和国在此期间没有任何官员，除了人民的保民官之外，没有任何行政机构，而他们在法律上没有任何行政权——在那时，邦邦先生，我只在那时去过罗马，因此我不熟悉那里的哲学①。"

"你对——你对——嗝！伊壁鸠鲁有什么看法？"

"我对谁有什么看法？"魔鬼惊讶地问，"你肯定不是要挑伊壁鸠鲁的毛病吧？我对伊壁鸠鲁有什么看法？你说的是我吗，先生？

---

① 他们写了关于哲学（西塞罗、卢克莱修、塞涅卡）的文章，但那是希腊哲学。——孔多塞。（原注）

我就是伊壁鸠鲁！我就是那个为了论述和纪念第欧根尼·拉尔修写了三百篇论文的哲学家。"

"胡说！"形而上学者说，酒已经开始上头了。

"非常好！非常好，先生！的确很不错，先生！"访客颇为得意地说。

"胡说！"餐馆老板武断地重复道，"那是 —— 嗝！—— 胡说！"

"好吧，好吧，你想怎么说都行！"魔鬼平和地说道，邦邦在争论中赢了访客，认为他有责任喝完第二瓶香贝丹酒。

"正如我说的，"访客继续说，"正如我不久前观察到的，你那本书里有一些非常荒唐的观点，邦邦先生。比如说，你说的那些有关灵魂的胡话是什么意思？先生，请问什么是灵魂？"

"灵 —— 嗝！—— 魂，"形而上学者回答道，查阅着自己的手稿，"毋庸置疑是 ——"

"不是的，先生！"

"不容置疑是 ——"

"不是的，先生！"

"无可争议是 ——"

"不是的，先生！"

"显而易见是 ——"

"不是的，先生！"

"无可辩驳是 ——"

"不是的，先生！"

"嗝！——"

"不是的，先生！"

"毫无疑问是——"

"不，先生，灵魂是不存在的！"（此时哲学家怒目而视，趁机干完了他第三瓶香贝丹酒。）

"那么——嗝！请讲，先生——那它是什么？"

"那无关紧要，邦邦先生，"访客沉吟着答道，"我尝过，我是说，我认识一些非常糟糕的灵魂，也认识一些非常好的灵魂。"说到这里，他咂了咂嘴，不自觉地把手放在口袋里的书上，猛地打了一个喷嚏。

他继续道。

"克拉提努斯的灵魂——还行；阿里斯托芬——有趣；柏拉图——精致——不是你那个柏拉图，是喜剧诗人柏拉图；你的那个柏拉图会让地狱三头犬刻耳柏洛斯的胃翻江倒海——呕！再让我看看！还有奈维乌斯、安德罗尼库斯、普劳图斯和泰伦提乌斯。还有卢齐利乌斯、卡图卢斯、纳索和昆图斯·弗拉库斯——亲爱的昆蒂！我叫他昆蒂，因为他为我唱了一首世俗小曲供我消遣，而我则愉快地用叉子把他用火烤了。但是这些罗马人需要调味。一个胖乎乎的希腊人抵得上一打罗马人，而且还能放得久，这对罗马市民来说是不可能的——我们来尝尝你的苏玳。"

邦邦这时已经下定决心不再惊讶，努力把对方要的酒瓶递过去。然而他意识到房间里有一种奇怪的像是摇尾巴的声音。尽管这在访客看来极为不雅，但哲学家并未注意——他只是踢了踢狗，要它安静下来。访客继续道：

"我发现贺拉斯的味道很像亚里士多德，你知道我很喜欢变化。我无法分辨泰伦提乌斯和米南德的区别。让我惊讶的是，纳索是伪装过的尼坎德。维吉尔有强烈的忒奥克里托斯的影子。马提亚尔让我想起了阿尔基洛科斯，而提图斯·李维绝对就是波利比乌斯，毫无疑问。"

"嗝！"邦邦回答道，访客继续道：

"但如果说我有什么偏好的话，邦邦先生，如果说我有什么偏好，那就是哲学家了。但我要告诉你，先生，并不是每一个魔——我是说并不是每一位绅士都知道如何选择哲学家。长得高的不太好，如果不仔细剥，最好的高个子在稍有擦伤后也会发臭！"

"剥！"

"我是说从尸体中提取出来。"

"你觉得——嗝！医生怎么样？"

"可别提他们了！呕！呕！呕！"（访客此时开始剧烈呕吐起来。）"我只尝过一个——就是那个无赖希波克拉底！——有一股阿魏胶的味道——呕！呕！呕！在冥河中清洗他时我不幸得了感冒——最终他让我得了霍乱。"

"那个——嗝——可怜的人！"邦邦喊道，"嗝！——就是一个药箱里的怪胎！"哲学家掉了一滴眼泪。

"毕竟，"访客继续说道，"毕竟，如果一个魔——如果一位绅士想活下去，他必须拥有多种才能。而在我们这里，一张胖脸就是外交手段的证据。"

"怎么说呢？"

"哎呀，我们有时会极其缺乏供给。你必须知道，在我这儿闷热的气候下，让一个灵魂活着超过两三个小时，基本是不可能的事。而且死后，除非立刻腌制（腌制的灵魂并不好吃），否则它们会发臭，——你明白吗？灵魂以常规方式被交到我们手上时，总会有种腐烂感。"

"嗝！嗝！老天爷！那你该怎么办呢？"

这时铁灯开始加倍摆动，魔鬼从座位上半站起身。然而，随着一声轻叹，他又恢复了平静，只是用低沉的语气对我们的主角说："这么说吧，皮埃尔·邦邦，我们不能再咒骂了。"

主人又咽下一杯酒，表示完全理解和默许，访客继续道：

"哎呀，有几种方法可以解决。我们中的大多数都在挨饿，有些人不得不忍受腌泡过的灵魂。就我而言，我买的是鲜活肉体中的灵魂，我发现在这种情况下能保存得很好。"

"但是肉体！嗝！肉体！"

"肉体，肉体——嗯，肉体又怎么了？我明白了。哎呀，先生，肉体根本不受交易的影响。在我所属的时代，我做过无数次类似的交易，当事人从未有任何不便。有该隐、宁录、尼禄、卡利古拉、狄奥尼修斯、庞西特拉图，还有其他一千多人，他们在生命后期从不知道拥有灵魂是什么感觉。然而，先生，这些人装点着社会。那为什么不能有你我都知道的 A 先生呢？他的精神和肉体的机能不是依然可控吗？不是能写出更一针见血的讽刺诗吗？推理不是更机智吗？他——但是且慢！我的口袋里有他的协议。"

说着，他拿出一个红色的皮夹，从里面拿出一些文件。其中一些纸上，邦邦瞥见了马基、马扎、罗伯斯庇尔这些字母，上面还有卡利古拉、乔治、伊丽莎白这些名字。魔鬼选择了一张窄小的羊皮纸，并大声读出以下文字：

"作为对某些无须具体说明的精神捐助的酬劳，并作为一千路易币的报偿，我现已年满一岁零一个月，特此将我在名为灵魂的影子中的所有权利、称号和附属物交给本协议的持有者。（签署人）A……" [①]（在此，魔鬼重复了一个名字，我觉得没有必要挑明是谁。）

"一个聪明的家伙，"他继续道，"但和你一样，邦邦先生，他对灵魂的看法是错误的。灵魂是个影子，真的！灵魂是个影子。哈！哈！哈！呵！呵！呵！呼！呼！呼！想想看，什么叫白烩影子！"

"光想想——嗝！——白烩影子！"我们的主角感叹道，他的才能逐渐被访客的深刻论述启发。

"光想想，嗝！——白烩影子！现在，该死！——嗝！——哼！如果我是这样一个——嗝！——蠢人！我的灵魂，先生——哼！"

---

① 奎尔-阿鲁埃？——原注

"你的灵魂，邦邦先生？"

"是的，先生 —— 嗝！我的灵魂是 ——"

"什么，先生？"

"不是影子，该死的！"

"你是不是想说 ——"

"是的，先生，我的灵魂是 —— 嗝！哼！是的，先生。"

"你是不是打算表达 ——"

"我的灵魂是 —— 嗝！非常适合 —— 嗝！—— 适合做 ——"

"什么，先生？"

"炖菜。"

"哈！"

"舒芙蕾。"

"呃！"

"炖肉丁。"

"的确！"

"蔬菜炖肉和油焖小牛肉 —— 看这里，我的好朋友！我让你吃 —— 嗝！—— 给你打折。"哲学家拍了拍魔鬼的后背。

"想不到有这样的事。"后者平静地说道，同时从座位上站了起来。形而上学者瞪大了眼睛。

"现在吃饱了。"魔鬼说道。

"嗝 —— 呃？"哲学家说道。

"手头也没有钱。"

"什么?"

"除此之外，我这样也是不光彩的——"

"先生!"

"这样占人便宜——"

"嗝!"

"而你现在又令人恶心，毫无绅士风度。"

此时，这位访客鞠躬后退——具体是用什么方式，我们无法确定——但在协调一致的努力下，为了朝"那位恶棍"扔瓶子，天花板上垂下的细链被割断，灯砸了下来，形而上学者扑倒在地。

寂 静

——寓言一则

山峰沉睡；山谷、峭壁和洞穴寂静无声。

——阿尔克曼

"听我讲，"恶魔一边说着，一边把手放在我头上，"我要讲的这个地区，位于利比亚的扎伊尔河畔，是个枯燥无聊的地区。那里没有安宁，也没有寂静。"

"河水的色调是橘红的，令人恶心，它们不涌向大海，而是在火红的太阳下不断跃动，永远热闹地翻滚着。湿软河床一侧好几英里处，是一片巨大而苍白的睡莲花海。花朵在孤独中彼此叹息，向着天空伸展长长的、惨白的花脖，来回接连不断地点着花头。模糊的潺潺声从它们之间传出，像奔流的地下水。它们彼此叹息着。

"但它们的疆域是有界限的——黑暗、恐怖、高耸的森林之界。那里就像赫布里底群岛周围的海浪一样，低矮的灌木丛不断被搅动。但整片天空都没有风。高大的原始树木不停地摇来晃去，发出有力碰撞的巨响。从它们高高的树顶上，滴下一颗又一颗永远不断的露水。而在树的根部，奇特的毒花在不安的沉睡中蠕动着。头顶灰色的云层沙沙作响，永远向西飞驰，直到它们像洪水一样，滚过地平线的火红之墙。但整片天空都没有风。在扎伊尔河岸，既没有安宁，也没有寂静。

"夜晚到了，雨落了下来。落下时是雨，但落到地上就成了血。我和高大的树木一起站立在这沼泽地里，雨水落在我的头上——睡莲在孤寂的凝重气氛中，对着彼此叹息。

"突然间，月亮从阴森的薄雾中升起，发出绯红色的光。我的目光落在一块巨大的灰色岩石上，它矗立在河岸边，被月光照亮。这块岩石是灰色的，恐怖而又高大——嗯，岩石是灰色的。它的正面还刻着字。我穿过睡莲泥沼靠近岸边，试着去看清石头上的字。但我无法解读。我正准备走回沼泽地，此时月亮的红光更明亮了，我转过身来，再次看向那块石头，看向那些字——那些字写的是'荒芜'。

"我向上看，看到有一个人站在岩石顶上。我藏在睡莲间，观察那人的行动。那人身材高大，体态端庄，从肩到脚都严严实实地裹着古罗马人穿的宽袍。他的轮廓模糊不清，但他的容貌却是神的外貌。因为夜色、雾气、月光、露珠的笼罩，都没有遮住他的脸。他的眉毛因思绪而高耸，他的眼睛因忧虑而睁大。在他脸颊的几道皱纹中，我读到了悲伤的寓言、疲倦、对人类的厌恶以及对孤独的渴望。

"那人坐在岩石上，头靠在手上，看向四周的荒芜。他低头看向低矮起伏的灌木丛，抬头看向高大的原始树木，再往上看向沙沙作响的天空，最后看向绯红色的月亮。我静静躺在睡莲的遮蔽之下，观察那人的行动。那人在孤独中颤抖——夜色阑珊，但他坐在岩石上。

"那人把目光从天上转回来，看向沉闷的扎伊尔河，看向可怕的黄色河水，看向苍白的睡莲花海。那人听着睡莲的叹息，听着从睡莲之中传出的潺潺声。我悄悄地躺在隐蔽之处，观察那人的行动。那人在孤独中颤抖——夜色阑珊，但他坐在岩石上。

"于是我下到沼泽地的隐蔽处，长途跋涉至睡莲的旷野中，呼唤停留在沼池里的河马。河马听到我的呼唤，和巨兽一起来到岩石脚下，在月下发出可怕的大声咆哮。我悄悄地躺在隐蔽之处，观察那人的行动。那人在孤独中颤抖——夜色阑珊，但他坐在岩石上。

"我用骚动之咒诅咒万物，天上起了可怕的风暴，而在此之前，空中没有一丝风。天空因暴风雨而变得铁青，雨点打在那人的头上，河水泛滥，翻滚成泡沫，睡莲在河床上尖叫，森林在风中挣扎，雷声滚滚，闪电劈下，岩石翻来覆去。我悄悄地躺在隐蔽之处，观察那人的行动。那人在孤独中颤抖——夜色阑珊，但他坐在岩石上。

"于是我发怒了，用静默之咒来诅咒河流、睡莲、风，诅咒森林、天空、雷电，诅咒睡莲的叹息。它们受到诅咒，全都静止了。月亮不再徘徊在通往天空的道路上，雷声消失了，闪电也不再闪现，云朵一动不动地悬挂着，水面下沉至原来的水位不动了，树木停止摇晃，睡莲不再叹息，它们之间不再传出潺潺之声，广袤无垠的荒野也没有任何声音的响动。我看着岩石上的字，它们也变了——那些字写的是'寂静'。

"我的目光落在那人的脸上，他的脸色因恐惧而变得苍白。他急忙把头从手上抬起来，站在岩石上聆听着。但在广袤无垠的荒野中，没有任何声音，岩石上的字也成了'寂静'。那人颤抖着，转过脸去，匆匆忙忙地逃至远处，从我的视线里消失了。"

在东方三博士的卷册中的确有一些很不错的故事——在东方三博士那用铁皮装订的忧郁之册中。其中有关于天空、土地和澎湃海洋的光辉历史——有关于统治着大海、土地和高耸天空的神灵的故事。古代女预言家西比尔们的语录中也有很多传说。从多多那①附近影影绰绰颤动的树叶之间，我也听到了古时候神圣又令人难以置信的故事——但是，真主在世，恶魔坐在坟墓阴影中，在我身边所说的那个寓言是所有寓言中最妙的！恶魔讲完他的故事，便倒在墓穴里大笑。我不能和恶魔一同大笑，他便咒骂我，因我不能大笑。那只永远居住在坟墓里的猞猁从中现身，躺在恶魔的脚下，安定地看着他的脸。

---

① 传说宙斯在多多那一棵橡树下聆听信徒的问题，并通过树叶窸窣作响来传达神谕。

沉入大漩涡

上帝在自然中、在天命中所体现的方式，和我们的不同；我们所创造的模型也无法与其作品的广袤、深刻和不可测性相提并论，其深邃远胜德谟克利特之井①。

——约瑟夫·格兰维尔

我们现在已经抵达了高耸峭壁的顶点。有好几分钟，老人似乎都累得说不出话来。

---

① 拉丁语为 Mare Tenebrarum，是中世纪时期人们对大西洋的称呼，因当时的水手尚且难以接近这一海洋。德谟克利特，古希腊哲学家，曾说"我们对真相一无所知，因为真相在一口井里"。

"不久前,"他终于开口道,"我还能像我最小的儿子一样,为你指引这条路。但大概三年前,我遭遇了一件凡人从未经历过的事——或者至少没人能活下来讲述这类事——当时我忍受了六个小时致命的恐怖,它压垮了我的身体和灵魂。你现在觉得我是一个年迈的人——但我并不老。不到一天,我的头发就从黑变白,四肢变得疲软,神经变得衰弱,以至于稍一用力我就会发抖,一看到阴影就会害怕。你知道吗?我从这小悬崖向外望上一眼,就会头昏眼花。"

他如此随意地靠在这所谓的"小悬崖"边上休息,身体重心就悬在上方,而他只是用肘部撑在尽头湿滑的边缘以防自己摔落——这座"小悬崖"拔地而起,一览无余,是由黑色光亮岩石组成的绝壁,离我们脚下的峭壁世界大约有一千五百英尺或一千六百英尺高。没有任何事物能引诱我走到离它边缘五六码的地方去。说实话,我被同伴的危险处境深深刺激到了,整个人都趴在地上,紧紧抓住周围的灌木,甚至不敢抬头望天——同时我徒劳地挣扎着,想让自己摆脱山崖会被狂风连根吹倒的想法。过了很久,我才恢复理智,鼓起足够的勇气,坐起身来向远处眺望。

"你必须克服这些幻象,"这位向导说,"带你来这里,是为了让你尽可能以最佳视角看我即将提到的事件现场——等你将现场尽收眼底,我再告诉你事件的全貌。"

"我们现在,"他以其独一无二的详尽说明的方式,继续说道,"我们现在靠近挪威海岸,北纬六十八度,位于诺尔兰郡萧索的罗弗敦地区。我们所处的山顶属于被称为多云之山的赫尔辛根。你得再站高一些——如果感到晕眩，就抓住草地——然后越过脚下的云雾带，望向大海。"

我头昏眼花地望出去，看到了一片广阔的海洋，海水色调犹如墨水，让我立刻想到努比亚地理学家对"阴影之海"的描述。这是一幅超乎人类想象、糟糕至极的荒凉全景。左右两侧目光所及之处，都是犹如世界壁垒一般无限延伸的一排排令人生畏、高悬的黑色峭壁，腾起的海浪永远号叫着、嘶吼着，用惨白的浪尖拍打着峭壁，显得它更为阴沉。就在我们身处海角最高点的对面，距离海岸大约五六英里的地方，可以望见一个看似荒凉的小岛。或者更确切一点说，因被汹涌的浪涛包围，它只能在无数波涛之间被依稀地辨认出来。在距陆地大约两英里的地方，有另一个面积更小一些的岛屿，那上面全是崎岖峭壁和荒地，相隔一段距离就被一簇黑色礁石包围。

较远的岛屿和海岸之间的海面，有一些看上去非同寻常的地方。尽管当时吹向内陆的狂风大作，远处海面上一艘双桅横帆船在双斜桁帆的作用下，不断冲刺直至消失在视线之外，但这里仍然没有任何常规的海浪涌动，只有短促快速、愤怒交错的海水向逆风或顺风的各个方向奔涌而去——在风口上也是如此。除了在岩石周围，其他地方几乎没有泡沫。

"远处那座岛，"老人继续说，"挪威人称之为沃尔格岛。中途那座岛是莫斯肯岛。北面一英里处的岛是安姆巴伦岛。那边的是伊伏莱森岛、霍维霍尔姆岛、基尔霍尔姆岛、苏尔阿文岛和白克霍尔姆岛。更远的地方 —— 在莫斯肯岛和沃尔格岛之间 —— 是奥塔霍尔姆岛、弗里曼岛、桑伏雷森岛和斯卡霍尔姆岛。这些就是岛屿的真实名称 ——但人们为什么觉得有必要为它们一一命名，这点你我都无法理解。你听见什么了吗？你看到海水有什么变化吗？"

我们已在赫尔辛根山顶上待了约十分钟，因为是从罗弗敦内陆一侧登上山的，所以不曾瞥见大海的影子。直到登上山顶后，大海突然映入眼帘。老人说话时，我逐渐意识到一种渐强的响声，如同美国大草原上大群水牛发出的呻吟声。同时又察觉到，脚下是海员口中变化无常的海水，它们正在迅速地转变为东向的海流。仅凭我的肉眼，也能看出这水流提速惊人。每时每刻它都在增速，莽撞而又猛烈。五分钟后，远至沃尔格岛，整片海都化为无法控制的怒浪，但骚动主要聚集在莫斯肯岛和海岸之间。在这里，巨大的海床被割开又缝合，形成一千条互相排斥的沟渠，猛然爆发出疯狂的抽搐 ——起伏、沸腾、嘶嘶作响 ——水流在无数巨大的漩涡中回旋，并向东流去，其速度之快，只有遭遇急剧的落差时才会出现。

过了几分钟，场面又出现了急剧的变化。海面大致上变得平静了一些，漩涡一个接一个地消失了，而在之前泡沫不曾出现的地方，巨大的泡沫带也变得越发明显。最后这些泡沫带扩散到远处，成了一个整体，和回落的涡流一起旋转，似乎组成了一个更庞大的漩涡。突然 ——猛地一下 ——一个显眼又清晰可见的大漩涡显形了，直径超过半英里。漩涡的边缘是一条宽阔的闪烁浪花带，但没有一粒水花滑入那可怕的漏斗中，其内部就我目力所及，是一堵光滑、闪亮、漆黑的水墙，以大约四十五度角倾斜于地平线，不断加速摇晃，令人头晕目眩，闷热难耐。它在风中发出骇人的声响，其中一半是尖叫，一半是咆哮，连尼亚加拉大瀑布的仰天痛号都无法与之比拟。

整座山体都在颤抖，岩石摇晃。我扑向地面，抓住仅剩的植被，紧张得要命。

"这，"最终我向老人说，"这肯定就是大漩涡的涡流了。"

"有时它是叫这个名字。"他说，"但我们挪威人管它叫莫斯肯漩涡，以中途的莫斯肯岛命名。"

关于这处漩涡的常见描述，让我对眼前见到的场景毫无准备。约纳斯·拉姆斯的记述或许是最为详尽的，却丝毫无法传达这一场景的宏伟或恐怖之处，也无法让人想象当观者面对它时所感受到的那种新奇和惊异。我无法确定这位作家是从何角度，又是在何时观察的，反正不可能是从赫尔辛根山顶，也不可能是在暴风雨中。尽管他的描述难以传达这一景象之壮观程度，不过有一些段落因细节翔实，倒是值得引用一下。

"从罗弗敦到莫斯肯岛，"他写道，"水深在三十六至四十英寻之间。但在另一侧往沃尔格岛的方向，水深不足以让船只顺利通过，即便是在最风平浪静的天气，船只都会面临触礁的危险。涨潮时，海流在罗弗敦和莫斯肯岛之间急速流淌。而它极速退潮时的呼啸声，就连最震耳欲聋、最可怕的奔流都难以相提并论。这声响在几里格①以外都能听到，而这漩涡或深坑的范围和深度，如果一艘船驶入其引力范围，会不可避免地被吸入其中，拖至海底，拍打在礁石上化为碎片。等水流放缓时，这些碎片又会被抛回海面。但是这些平静的间歇只出现在退潮涨潮和无风的天气里，而且只会持续一刻钟，随后又将恢复其暴烈的面目。当海流最为汹涌，并因暴风雨而变得更加狂暴时，即便处在它一挪威里②的范围内都很危险。船只、游艇和舰船未加提防，刚靠近这一范围就被卷走了。鲸鱼因过于靠近涡流而惨遭毒手，这种情况也经常发生。而它们挣扎无果时发出的号叫和怒吼，难以用言语描述。有一次，一头熊试图从罗弗敦游向莫斯肯岛，被洋流牵绊卷入海底时，发出的那可怕吼声，在岸上都能听见。枞树和松树的树干被水流吞下后浮起来时，已遭折断和撕裂，表面就像长了刚毛一样。这清楚地表明，水底岩石锋利，而它们已在其中来回打转。水流是受海水涨潮和退潮的控制——每隔六个小时就有一次海水涨退。1645年四旬斋前的第二个星期日清晨，它的噪音和影响如此剧烈，将岸边房屋的砖石都震落在地。

至于水的深度，我不知道他如何查明漩涡附近的水深。"四十英寻"肯定仅指靠近莫斯肯岛或罗弗敦岸边某段航道的深度。莫斯肯漩涡中间的深度一定难以估量，甚至仅从赫尔辛根峭壁之巅瞥一眼漩涡深渊，也能证明这一事实。从这座山峰俯瞰下方咆哮的地狱

---

① 古代测量单位。在海洋中，1里格约合5千米。——编者注
② 挪威里约等于6.2137英里。

之河，我不禁要笑诚实的约纳斯·拉姆斯，怎么就能单纯地把鲸鱼和熊的遭遇写成难以置信的轶事。因为在我看来，这是不言而喻的：现存最大的船只，在这种致命引力的影响下，都会像飓风中的羽毛一样难以抵御，只会立刻消失。

人们试图解释这一现象——我记得其中一些说法读起来看似言之有理——现在想来却完全不一样，难以令人满意。人们的普遍观点是，这个漩涡和法罗群岛三个较小的漩涡一样，"原因无非是海浪在涨潮和退潮时，与岩石暗礁构成的山脊相撞，海流受限制后，便像洪流一样冲涌沉底。因此，洪水涨得越高，落得也就越深，结果最终自然形成一个漩涡或涡流，其吸力之巨大，通过模拟实验便足以了解。"——这是《大英百科全书》的说法。基歇尔和其他人则认为，大漩涡的涡流中心，有一个穿透地球的深渊，水流在某个非常遥远的地方流出——比如有人认为出口是波的尼亚湾。这一观点本身并无依据，可当我凝视漩涡时，我的想象力却最倾向于赞成这一观点。当我对向导提到这点时，我惊讶地听到他说，尽管挪威人对这一问题几乎普遍持同样的观点，但他自己的看法并非如此。至于前一种观点，他承认他自己也无法理解。我对此也表示同意——因为无论书上的结论如何不容置疑，当你置身于深渊发出的雷鸣声中时，这一理论就变得难以理解，甚至荒唐可笑。

"现在你已看清了漩涡，"老人说，"如果你爬至这座悬崖的背风处，避开水流的咆哮，我就给你讲一个故事，你便会相信，我对莫斯肯漩涡多少还是了解一点的。"

我来到他所说的位置，他继续说道：

"我和我的两个兄弟曾拥有一艘重约七十吨的双桅纵帆式渔船，我们习惯驶过莫斯肯岛，在靠近沃尔格岛附近的岛屿上捕鱼。遇到海上的漩涡，只要机会合适，又有胆量尝试，总会有好收获。但可以这么说，整个罗弗敦海岸的人，只有我们三个经常去那些岛屿捕鱼。人们常去的渔场在南边很远的地方。因为在那里任何时候都能捕到鱼，也没什么风险，自然成为他们的首选。然而我们去的那些岛屿岩礁间的某些地点，不仅鱼的品种好，数量也更多，我们常在一天之内收获胆小渔民一周都无法得到的鱼。这其实就是一个铤而走险的投机 —— 冒生命危险来代替劳动，凭胆量取代资本。

"我们把船停在比此处更靠近北方海岸的一个海湾里。我们的做法是，天气好的时候，利用十五分钟水速平缓的时间，穿过莫斯肯漩涡的主流道，远远越过深潭，然后掉头在奥塔霍尔姆岛或桑德弗雷森岛附近某处抛锚，那里的涡流不像其他地方那么湍急。我们在这里一直等到平潮后再起锚返程。只有来回程的侧风稳定时，确信侧风在返程前不会停歇时，我们才会决定出航 —— 也很少计算失误。六年中，我们只有两次因无风而被迫整夜抛锚，而风平浪静在这里实属罕见。有一次，在我们到达后不久就刮起了大风，航道上波涛汹涌，我们不得不在渔场里待了近一周，饿得要死。那次我们差点被冲入大洋（因为漩涡把我们激烈地甩来甩去，最后锚被缠住，走锚了），还好我们漂进了稍纵即逝的一支暗流，这道洋流把我们送到了弗里曼岛的背风处，我们有幸在那里停了船。

"我无法一一道尽我们在'渔场'遇到的困难——即便在天气好的情况下，那里也挺糟糕的，但我们总在设法迎战莫斯肯漩涡的攻击。尽管有时我们碰巧落后或领先潮水一分钟左右，我的心都会跳到嗓子眼。有时风并不如我们出发时想象的大，行驶的里程比我们预期的要少，而洋流又加大了操控渔船的难度。大哥的儿子十八岁，我自己也有两个健壮的男孩。他们本来可以在这种时候帮上很多忙，无论是操纵船桨还是后续捕鱼，但不知为何，尽管我们自己甘愿冒生命风险，却不想让这些年轻人陷入危险，不管怎么说，那里的确危险又可怕，事实就是如此。

"我要告诉你的事情，再过几天就离它发生整三年了。那是在18××年7月10日，这一地区的人们永远都不会忘记那一天——因为那一天，刮起了前所未有的可怕飓风。然而整个上午，甚至直到下午晚些时候，温和持续的微风从西南方向吹来，阳光明媚，所以我们之中最年长的海员都没预料到接下来会发生什么。

"我们三个人——我和我的两个兄弟——下午两点左右越过岛屿，很快就把好鱼装满了船，我们注意到那天的鱼比以往的任何时候都要多。装好鱼准备回家时，我的手表显示才刚到七点，这样就能预留充分的时间，趁着八点的平潮穿越漩涡的主涡流。

"我们乘着右舷的劲风出发了，一段时间内船只飞速前进，我们从未想过会遇到什么危险，因为确实没有丝毫迹象表明会发生什么值得担心的事情。忽然，我们被一股从赫尔辛根方向吹来的风吓了一跳。这情况非同寻常，我们之前从没遇见过，不知为何我开始感到有些不安。我们让船顺着风，但因为遭遇大量漩涡，船根本无法前进，我刚准备提议返回之前的锚地，我们就已经在身后看到整条地平线被一片奇异的铜色云彩覆盖，并以极其惊人的速度翻涌而起。

"与此同时，阻挠我们前行的那阵风消失了，我们被困在原地，只能随波逐流。然而这种状况并未持续很久，我们甚至都还没来得及思考这一情形。不到一分钟，风暴就向我们袭来——不到两分钟，天空就完全被遮蔽——再加上不断涌现的浪沫，周围变得十分昏暗，以至于我们在船上都无法看清对方。

"试图描述当时那场飓风是愚蠢的。连挪威最年长的海员都没有经历过那种情况。趁着还未被飓风刮走，我们已经解下风帆。但第一阵风后，两根桅杆都落了水，就像被锯掉一般——主桅杆把我的弟弟也带走了，他出于安全起见把自己绑在了上面。

"我们的船是水上航行船只中最轻巧的一种。它有完整的平甲板，靠近船头有一个小舱口，我们出于习惯，在驶越大漩涡前会封住舱口，以防汹涌的海水灌入。要不是这样，在那种情况下，我们立刻就会沉没——有一阵子我们被完全淹没了。我说不清哥哥是如何逃过一劫的，因为完全没机会弄清。至于我自己，刚松开前桅帆我就趴在了甲板上，双脚踩在船头狭窄的船舷上缘，双手紧紧抓住前桅底部的一个环形螺栓。我这样做仅仅出于本能，但这无疑是我做过的最英明的决定——因为我当时过于慌乱，无法思考。

"正如我所说的，有一段时间我们被完全淹没了，而在此期间，我一直屏住呼吸，紧紧抓住螺栓。当我再也无法忍受时，才跪起身来，双手仍紧抓螺栓不放，让头脑清醒一下。这时我们的小船摇晃了一下，就像出水的狗，从海面下脱身而出。我正试图摆脱笼罩全身的恍惚感，恢复理智，考虑接下来该怎么做，这时我感到有人抓住了我的胳膊。那是我哥哥，我的心因此雀跃，因为此前我确信他已落水——但下一刻所有的喜悦都变成了惊恐——他把嘴凑到我耳边，喊出了'莫斯肯漩涡'一词。

"无人知晓我在那一刻是什么感觉。我从头到脚都在颤抖，仿佛经受着最剧烈的寒战。我知道他说的那个词是什么意思——我知道他想让我明白什么。在这阵风的驱使下，我们注定要被卷入莫斯肯漩涡，没什么能拯救我们！

"你知道，在穿越莫斯肯漩涡时，即使遇上最平静的天气，我们也总是在北面远远地避开涡流，小心翼翼地等待和观察平潮——但现在我们正驶向深潭，而且是在这样一场飓风中！'当然，'我想，'我们应该在平潮时到达漩涡——这样或许还有点希望'——但下一刻，我诅咒自己是个大傻瓜，竟然还胆敢心怀希望。我非常清楚地知道，就算我们开的是一艘比九十门大炮的舰艇还要大十倍的船，都将注定失败。

"此时暴风雨的第一股怒气已经耗尽，或者说，也许因为我们顺风疾驰，没怎么感受到它的存在，但无论如何，起初被风压制住、翻涌着泡沫的海面，现在已经起伏成了一座座高山。天空中也出现了奇怪的变化。四周仍然黑如柏油，但在天空正中央，突然出现了一个圆形的裂口，那是我见过的最晴朗的天空，深蓝明亮 —— 透过它，满月熠熠生辉，这种光彩我从未见过。月光照亮了我们周围的世界，一切都变得清晰可见 —— 但上帝啊，她所照亮的，是怎样一番场景啊！

"我试着和哥哥说了一两次话 —— 但不知为何，嘈杂声不断增强，尽管我在他耳边大声叫喊，也没能让他听清一个字。不久后，他摇了摇头，脸苍白得像死人一样，举起一个手指，似乎在说'听！'。

"起初我不明白他的意思 —— 但很快，一个可怕的念头便在我心里闪现。我顺着表链把怀表掏出来。指针没有走动。我借着月光瞥了一眼表面，突然放声大哭了起来，把怀表远远地扔进海里。表在七点钟的时候就停了！我们已经落后于平潮期，而大漩涡正汹涌澎湃。

"一艘建造结实、风帆调整妥当的船，在载重不大的情况下顺风航行，强劲的风浪似乎会从它的下方滑过，这种情况在不懂航海的人看来很奇怪，而用航海术语来说，这就是所谓的乘风破浪。

"是的，目前为止，我们都在巧妙地乘风破浪。但不久一个巨大的海浪碰巧捎带上我们，随着它的上涨，我们被托起来，不断上升，似乎要直奔天空而去。我不敢相信海浪竟能上涨到这么高。然后随之横扫、滑行、俯冲，我们又跌落下来，我感到恶心眩晕，仿佛在梦中从高耸的山顶摔落。但当我们处于浪顶时，我快速地扫了一眼周围 —— 只要一眼就够了。我在那一瞬间看到了我们所处的

确切位置。莫斯肯漩涡就在前方四分之一英里处，但它并不像莫斯肯漩涡往日的常态，而是像你现在所看到的漩涡，水车水流一般。要是我不知道我们身处何方，不知道迎接我们的是什么，就完全不会认出这个地方。事实上，我因为惊恐，不由自主地闭上了眼睛，眼皮像痉挛一样紧紧合上。

"不到两分钟，我们突然感到海浪在消退，整条船被泡沫包围。船向左舷急转了半圈，然后转向疾驰，宛如一道闪电。同时，水的咆哮声被一种刺耳尖锐的声响完全淹没 —— 你可以想象成千上万艘蒸汽船的排气管一同放气时发出的声音。我们当时正处于一直围绕着漩涡的激浪带中，我理所当然地认为，很快我们就会坠入深渊 —— 由于我们以惊人的速度前进，只能模糊地看到深渊的情况。可是船似乎根本没有沉入水中，而是像气泡一样在激流的表面滑行。船的右舷紧挨着漩涡，左舷则是我们所离开的海洋世界。它像一堵巨大的扭动着的墙，夹在我们和地平线之间。

"看似奇怪，但在那一刻，当我们身处漩涡边缘时，我感到比刚接近它时更镇定。下定决心不再抱有任何希望之后，我摆脱了刚开始时的那种无所适从的极度恐惧感。我想，是绝望安抚了我的神经。

"这看起来可能像是在自夸，但我说的都是真的，我开始思考如果能以这种方式死去该是多么壮美，神的力量如此不可思议地显现，而我担心的只是自己微不足道的生命，这又多么愚蠢。当这个想法在脑海中闪过时，我因羞愧而脸红。过了一会儿，我开始对漩涡本身产生了强烈的好奇心。我的确想要探索它的深度，甚至不惜牺牲自己的性命，但我担心的是，自己可能永远无法向岸上的老伙伴们讲述即将看到的奥秘。毫无疑问，这是在极端环境下占据人们头脑的奇异幻想——而且后来我经常想到，正因为船在深潭里不停旋转，我才会有些神志不清。

"另一个情形的出现也使我恢复了镇定，那就是风停了，在我们目前所处的位置，风是吹不到的——因为正如你所看到的，海浪带比一般的海面要低得多，而后者正高高在上，像一座高耸的黑色山脊。如果从未在大风中出过海，那就无法想象风协同海浪对人的心理造成的混乱，它能使你失明、失聪、窒息，并夺走了你所有的行动能力和思考能力。但我们现在在很大程度上摆脱了这些烦恼——就像监狱里的死刑犯被获准小规模的放纵一番一样，在他们命运未定之时，这么做却是被禁止的。

"我们已经数不清绕海浪带转了多少圈了。我们一圈圈地绕了大概有一个小时，不是漂浮，而是在飞，越来越偏往浪带中间，越来越接近那可怕的内部边缘。在这期间，我一直没有松开环形螺栓。哥哥在船尾抓着一个空的大水桶，水桶被牢牢地绑在悬伸船尾的下方，那是甲板上唯一没有被大风卷走的东西。当我们接近深渊边缘时，他松开了手，扑向环形螺栓，出于恐惧和痛苦，努力迫使我的手松开螺栓，因为环不够大，无法同时让我们两人牢牢抓住。我看着他这样尝试，极度悲伤，尽管我知道他这么做已经丧失了理智，是因为惊吓过度而发了疯。但我并不想和他争。不管谁拉着那个环都不会有什么区别。所以我让他握着螺栓，自己向船尾的水桶走去。这么做并不难，因为船在稳定地绕行，船身平稳，只是随着巨大漩涡的洋流来回摇晃。我刚在新位置上站稳脚跟，右舷猛地一冲，一头冲进了深渊。我急忙向上帝祈祷，觉得一切都要结束了。

"当感到令人作呕的坠落时，我本能地抓紧了水桶，闭上了眼睛。有好几秒，我都不敢睁开眼 —— 我以为自己马上会被毁灭，奇怪怎么还没在水中开始濒死挣扎。但时间一秒一秒地过去。我还活着。坠落的感觉已经消失了，船的状态似乎与之前在泡沫带中的差不多，只是现在倾斜得更厉害。我鼓起勇气，再次看了看周围。

"我永远都不会忘记当时凝视周围感受到的敬畏、惊恐和钦佩。这艘船就像被施了魔法一样，贴在周长辽阔、深度惊人的漏斗内面中，其光滑无瑕的表面可能会被误认为是乌木，但旋转的速度却令人眼花，闪耀而可怕的光芒犹如满月，从我之前所描述的云层圆形裂口中射出，沿着黑色内壁流淌出金色的光辉，并遥遥落入深渊之底。

"起初我觉得很混乱，无法准确观察周围的任何事物，看到的只有可怕而壮观的奇景。而当我稍稍恢复过来之后，本能地朝下看去。往这个方向看，我获得了无阻碍的视野，因为船挂在深渊的斜面上。船的龙骨基本保持水平，也就是说，甲板与水面平行，但水面的倾斜角度超过四十五度，所以我们似乎是躺在船梁末端。然而我不禁注意到，在这种情况下保持重心站稳脚跟，几乎不比平地上困难，我想这是因为我们同时也在高速旋转。

"月亮的光芒似乎能探照到深渊底部，但我还是什么都看不清，因为一切都笼罩在厚厚的雾气中，而雾气之上挂着一道壮丽的彩虹，就像伊斯兰教徒说的那座狭窄而摇晃的桥，是时间和永恒之间的唯一通道。这雾气，或者说水花，无疑是由于漏斗状的水墙在底部相遇时碰撞而成的，而水雾因碰撞而朝天发出的巨响，我却不敢妄加描述。

"我们先从上层的泡沫带滑入深渊，在斜坡上滑行了很远，但下降的速度却与刚才不成比例。我们转了一圈又一圈，不是匀速运动，而是在摆动和抽搐，令人眩晕。我们有时前进了几百英尺，有时几乎转了一整圈。我们向下的进程，在每次旋转中是缓慢的，但绝对可以察觉。

"我环顾所处的这座辽阔的乌黑水潭，发现我们的船并不是漩涡里唯一的事物。在我们的上方和下方，都可以看到船只的碎片、大量的建筑木材和树干，还有许多较小的物品，比如房屋家具的碎片、破碎的箱子、木桶和木条。我已经描述过，取代我的恐惧情绪的是非自然的好奇心。越接近那可怕的宿命，我身上的这股好奇心似乎也变得越来越强。我现在开始怀着一种奇怪的兴趣，观察着漂浮在我们周围的大量物品。我一定是精神错乱了，因为我甚至在推测它们多次沉到下层泡沫的相对速度，并以此为乐。'这棵冷杉树，'我发现自己有一次说出声来，'下一次沉降并消失的肯定就是它。'然后我失望地发现，一艘荷兰商船的残骸取代了它的位置，沉没在它之前。最后我进行了几次此类猜测，而且每次都猜输，这一事实——我总是猜错的事实，使我不断反思，我的四肢再次颤抖，我的心脏再次沉重地跳动。

"让我震撼的不是新的恐惧感，而是更激动人心的希望曙光。这希望一部分来自记忆，一部分来自现有的观察。我想起了散落在罗弗敦海岸上的漂流物，它们被莫斯肯漩涡吸入后又被抛出。大部分物品以非同寻常的方式变得支离破碎，磨损得十分严重，以至于表面到处都是破碎的痕迹，但我清楚地记得，其中有一些东西却完好无损。我无法解释差异产生的原因，只能假设那些粗糙的碎片是被完全吸入的，而其他碎片则是在浪潮后期进入漩涡，或者由于某种原因，在进入漩涡后下降得太慢，或者根据情况，在洪水来临或退潮时没有到达底部。我认为无论在哪种情况下，它们都有可能因此被再次卷至海水表面，而不用经历被更早或更快吸入的物体曾遭遇的命运。我还有三点重要观察：第一，一般来说，物体越大，下沉的速度就越快；第二，两个大小相同的物体，一个是球体，另一个是其他任何形状，球体的下沉速度更快；第三，两个大小相同的物体，一个是圆柱体，另一个是其他任何形状，圆柱体被吸入的速度更慢。

"自从逃出来以后，我就这个问题和这个地区的一位老校长交谈了几次，'圆柱体'和'球体'这两个词正是从他那里知道的。他向我解释说——尽管我已经忘记他是如何解释的——我所观察到的实际上是不同的碎片漂浮的自然结果，并向我展示了圆柱体在漩涡中游动时，如何对吸力产生更大的阻力，并且和同样重量的其他形状物体相比，更难被吸入。①

"有一幕情形十分令人吃惊，它不仅从很大程度上证明了我的观察，也使我急于学以致用，那就是，我们每转一圈都会经过一些东西，比如木桶、破木头或桅杆等这类物品，在我第一次睁开眼睛看到漩涡奇观时，那些东西还和我们处于同一水平线上，如今却高高在上，似乎都没从原先的位置移动多少。

"我不再犹豫该怎么做了。我决定把自己牢牢地绑在抱着的水桶上，把它从船尾割下来，和它一起纵身跳入水中。我打手势试图引起哥哥的注意，指着靠近我们的木桶，尽我所能让他明白我要做什么。我以为他终于明白了我的意图——但也不知他是否理解了我的意思，只见他绝望地摇了摇头，拒绝离开环形螺栓的位置。想要逼迫他是不可能的，情况紧急，不容拖延。于是在痛苦的挣扎中，我任由他向命运屈服，我则用那条本来固定在船尾的绳索，把自己系在木桶上，然后毫不犹豫地连着桶一起跳进了海里。

"结果正是我所希望的那样。现在向你讲述故事的是我本人，可见我的确有幸逃生，而你已经知道我成功逃生，肯定也预见到接下来我要讲的一切，那我就长话短说了。可能是在我跳船一小时左右之后，船在我下方沉降了很远，接连做了三四个不受控制的回旋，然后带着我亲爱的哥哥，一头扎进了下方混沌的泡沫中，一去不复返。在漩涡的形态发生巨大变化之前，我和木桶下沉的距离，

---

① 见阿基米德《论浮体》第 2 卷。——原注

还不到漩涡底部距离我跳船之处的一半。大漏斗两侧的坡度变得越来越平缓。漩涡的旋转势头也逐渐变得和缓。泡沫和彩虹渐渐消失了，漩涡的底部似乎在慢慢回升。天晴了，风也小了，满月熠熠生辉，从西边落下，这时我发现自己已经回到了海面上，在莫斯肯漩涡曾经的位置可以看到罗弗敦海岸的全景。这正是平潮期，但大海仍受飓风影响，巨浪如山峦般起伏。我被猛烈地推入漩涡的水流中，几分钟后被冲到海岸边，进入了渔民们的'渔场'。一条船把我捞了起来，而我已筋疲力尽，（现在危险已经解除）对恐怖的记忆让我说不出话来。把我拉上船的是我的老伙伴和玩伴，但他们只把我当作一名濒死挣扎的旅客。我的头发前一天还是乌黑的，那时就变成了如你现在所见的这么白。他们还说，我的面容和表情完全变了。我把这个故事讲给他们听了，但他们不信。我现在把它讲给你听，也几乎不指望你会比罗弗敦的快乐渔民更相信这个故事。"

活　埋

　　有些话题非常吸引眼球，不过要正儿八经写成小说，那可就太恐怖了。若不想犯众怒或招人嫌，纯粹的浪漫主义作家都要对此规避一番。只有以严肃而权威的事实真相作支撑，才能适当下手。我们读到某些文字时经常瑟瑟发抖，感到有种"愉悦的痛苦"，比如强渡别列茨那河、里斯本大地震、伦敦黑死病、圣巴托罗缪大屠杀、加尔各答黑牢里一百二十三名囚犯窒息而死，都有这样的效果。这样的叙述之所以激动人心，在于它揭露了真相、呈现出真实、打通了历史。纯虚构的恐怖表述，却只会让我们心生厌憎。

　　我提过的有史记载的几场大灾难都很特殊，令人敬畏。在这些事例中，灾难的规模比灾难的性质更让人印象深刻。不用我提醒读者，在人类连绵不绝的灾难目录中，我可以找出很多比这些大规模的灾难更为苦痛的个体灾难。痛到极致的悲惨独一无二，但并不具有普遍性。最可怕的痛苦总是由个体来承担，而不是由群体来承受——让我们为此感谢仁慈的上帝吧！

毫无疑问，芸芸众生所遭遇的终极灾难中，被活埋当数最恐怖的一种。有脑子的人几乎都不会否认活埋的事一直频频发生。生与死的边界含混而模糊。谁能说出生命在哪里终结、死亡在哪里开始？我们知道有的疾病可以使患者表面的生命机能终止，但确切地讲，这一终止不过是生命的休止，是我们尚未了解的生命机制的暂时停歇。一段时间过后，某种看不见的神秘法则会再次开启神奇的小齿轮，开动具有魔力的大飞轮。银链并非永久性松弛，金碗也并非破得无可修复。可是在此期间，灵魂寄于何处？

然而，撇开这不可避免的推论，撇开这由因及果的推想，生命的暂停是会导致众所周知的活埋事件发生的，医学上和日常生活中的活生生的事例，都可以证明大量活埋事件确实存在。如果有必要，我可以马上举出上百个真实的例子。前不久刚刚发生一个性质不同寻常的案例，就在附近的巴尔的摩市，它引发了一场痛苦、激烈、大范围的骚动。某些读者可能对此仍然记忆犹新。一位非常受人尊敬的市民、杰出律师、国会议员的妻子，突然患上了不可名状的病症。这病让她的医生一筹莫展。历尽折磨后，她死了，或者说人们认为她死了。的确，没有一个人怀疑，或者说，没有一个人有理由怀疑她实际上并不是真的死了。从表面上看，她呈现出的全部特征就是正常死亡：她的脸部轮廓是收缩的、凹陷的，她的嘴唇如大理石般苍白，她的眼睛光泽尽失，她一丝体温都没有了，连脉搏也停止了跳动。尸体停放了三天，变得像石头一样僵硬。总之，考虑到尸体很快就会腐烂，葬礼举行得很仓促。

那位女士的尸体存放进家族的墓窖，此后三年，墓窖没有再次开启。三年期满，因为要放一口石棺进去，墓窖才最终被打开。天哪，当丈夫突然亲自把墓门打开时，可想而知等待他的是怎样可怕的震惊场面！墓门旋转着朝外敞开，一个白花花的物件"喀嚓"作响，倒进他的怀抱。那是他妻子的骷髅。她的白色尸衣尚未霉烂。

经过仔细调查，她显然是在被放入墓穴两天之后复活了。她在棺材内挣扎，棺材从架子上翻到地上摔坏了，她才得以从棺材里钻出来。一盏无意间留在墓穴中的灯，本来满满的灯油也已经干涸，但也可能是蒸发掉的。在通往墓穴的台阶的最高层，有一大块棺材碎片，好像是她想拼命引起人们的注意，在铁门上敲打过。也许就在她敲打之际，极度的恐惧导致她陷入昏厥或者死亡，而在她倒下的瞬间，尸衣缠在了铁门向内突出的地方。所以，她虽然肉身腐烂了，骨骼却依然直立。

1810 年，法国也发生过一起活埋事件。人们无不理所当然地认为，现实真的比小说还要离奇。故事的主人公是位年轻小姐，名叫维克托希娜·拉福加德，她出身名门，容颜美丽，极其富有。在众多追求者中，有一个巴黎的穷文人 —— 或者说穷记者 —— 朱利安·博叙埃。他的才华与友善吸引了那位女继承人。他似乎已经赢得了她的芳心，但她天性中的傲慢最终促使她下定决心拒绝他。她嫁给了赫奈莱先生——一位出众的银行家和外交家。婚后，这位绅士却不在意她，甚至不惜虐待她。跟他不幸地生活在一起几年后，维克托希娜·拉福加德就死掉了——至少，她的状态酷似死亡，看到她的每一个人都被死亡的表象蒙蔽了。她入葬了——但不是埋在墓窖里，而是葬在她出生的村子里的一个普通的坟墓中。那位记者悲痛欲绝。在他的心里，深切的爱情之火一直在燃烧。痴情的人儿从巴黎出发，跋山涉水到了那个偏僻的外省村子。他的心里怀有一个浪漫的想法，要把心上人的尸体从坟墓中掘出，剪一束美丽的秀发珍藏起来。他到达墓地，于午夜时分把棺木挖出。等他打开棺材盖，正要动手解开她的头发时，他看到心上人睁开了眼睛。事实是那位女士被活埋了。生命并没完全弃她而去。她只是昏迷不醒，她的昏迷却被人误会成死亡。情人的抚摸把她从昏迷中唤醒了。他疯了一般把她抱回自己在村里的住处，凭着丰富的医学知识，给她吃了些补药。她最终苏醒了。她认出了救自己命的人。他们继续待在一起。慢慢地，她彻底恢复了健康。她那颗女人的心肠并非铁石铸造，这件事给她上了爱情的最后一堂课，足以软化她的心。她没有再回到丈夫身边，没有走漏复活的消息。她最终把心许给了博叙埃，和情人一道远走美国。二十年后，确信时光彻底改变了容颜，不会再有朋友认出她来，两个人这才重返法国。然而，他们错了，赫奈莱先生一眼就认出了妻子，并要求她回到身边。她拒绝了。法庭的判决结果是对她予以支持，说他们情况特殊，那么多年都过去了，于情于法，做丈夫的权利都已经结束。

莱比锡的《外科杂志》是一份权威性和价值性都很高的期刊，最好有美国的一些书商将其翻译出版。在该刊物最新一期上，记录了一起我们正在谈论的这种非常悲惨的事件。

一位身材伟岸、体格健壮的炮兵军官从一匹难以驾驭的烈马身上摔下来，头部伤势严重，当场失去知觉。这位军官的颅骨轻度骨折，但没有致命危险，开颅手术顺利完成。他被抽了血，同时用了常规的辅助治疗措施。他渐渐陷入昏迷状态，看样子已经无可救药。最后，人们都认为他死了。

因为天气暖和，大家赶紧把他草草下葬了，地点是一个公墓，时间是星期四。可是，就在那个星期日，公墓那里像往日一样聚集了大批游人，大约到了正午时分，一个农民说，当他坐在军官的坟头时，他清晰地感到了地面在颤动，好像地下有人在苦苦挣扎。他的话引起了一阵骚动。当然，起初人们对此并不在意，但那位农民很是惊恐，固执地坚持自己的说法。最终，他的话自然对众人产生了影响。有人马上匆匆拿来铁锹。坟墓浅得不像话，一点都不体面，只花几分钟就被挖开了。墓中人的头部暴露在光天化日之下。当时，棺材中的他虽然看上去像是个死人，但几乎是坐直身子的样子。由于他拼命挣扎，棺材盖都被顶开了一些。

人们立刻把他送往最近的医院。医生宣称他还活着，只不过是窒息了。几小时后，炮兵军官苏醒了。他认出了熟人的面孔，断断续续说出了自己在墓中遭遇的苦楚。

根据他的讲述，埋身坟墓后，他显然在一个多小时内都是有意识的，之后才陷入昏迷。坟墓是草草堆上的，泥土中有许多透气的小孔，很疏松。他能呼吸到必需的空气。听到头顶的脚步声，他拼命乱扭，想让人们听到从坟墓里发出的声音。他说，喧嚣的人潮把他从沉睡中唤醒，刚一苏醒，他就彻底意识到了自己深陷何等恐怖的境地。

据记载，这位遭到活埋的病人情况好转之后，本来似乎有望彻底恢复健康，却成为庸医进行医学实验的牺牲品。他们给他用了电池电流疗法。在偶发的意外中，"死而复生"的人突然昏迷，真的断了气。

不过，提到电池电流疗法，我倒是想起了一个著名的例子。这种疗法相当不同凡响，它让伦敦一位被埋两天的年轻律师重回了人间。这事发生在1831年。当时，有谁一谈到这件事，准会引起一阵极大的骚动。

这位律师名叫爱德华·斯特普尔顿，他显然是死于斑疹伤寒引起的发烧，伴着令医生都觉得奇怪的异常症状。在他表面呈现死亡状态时，医生曾经请求他的朋友准许验尸，但遭到了拒绝。根据惯常经验，被拒绝后，医务人员决定将尸体偷偷挖掘出来，从容地进行秘密解剖。伦敦的盗尸团伙数不胜数，他们轻易就跟其中一个团伙一拍即合。在葬礼之后的第三天，这具假想中的尸体被人从八英尺深的坟墓中挖出，摆上了一家私人医院的手术台。

在死者腹部切开一道长长的口子之后，未见皮肉腐烂现象，医生想到了使用电流。一次又一次击打，尸体还是老样子，怎么看都没有复活的可能。只出现一两次比一般程度剧烈的痉挛，显出此人还有生命迹象。

拂晓将至时分，医生才最终决定立刻进行解剖。可是，有位学生想检验自己的理论，坚持要给死者的一块胸肌过电。粗粗划了一刀后，电线就被急急接上了。病人动的频率很明显，但绝非痉挛——他从桌子上一跃而起，走到房子中间。他不安地朝四周打量了一会儿，竟然开口说话了。他说的话含糊难解，但他确实吐出了字句，而且音节清晰。说完，他轰然倒地。

一时间，在场的人无不目瞪口呆，吓得几乎瘫倒——但是情况紧急，大家很快恢复正常。显然，斯特普尔顿先生仍然活着，只是再次陷入昏迷状态。一翻抢救之后，他悠然醒来，并且迅速恢复了健康。他再次回到了朋友身边。在确认病情不会复发之后，他才透露自己起死回生的经历。可以想象朋友们是何其惊诧，又是多么狂喜。

这个事件最耸人听闻的地方，还在于斯特普尔顿先生的自述。他说他的意识从来没有一刻彻底丧失掉——他一直恍恍惚惚，但在那种恍惚中，他明白自己遭遇的一切，从医生宣布他死亡到最后摔倒在地，他都一清二楚。辨明自己身处解剖室中，他拼尽全力说出的无人会意的话是：我还活着。

类似的故事毫不费劲就能讲出许多，但我不准备再讲了。活埋时常发生——可是没必要为了证明真有此事，就一遍遍反复举例。一想到活埋很难被人发现，我们就不得不承认，可能在不为人知的情况下，活埋已频频发生了。事实上，不管目的何在、占多大地盘，当一块墓地被人占用时，几乎不难发现，坟墓中的骷髅都保持着极其可疑的吓人姿势。

这确实可怕——但更可怕的，则是厄运。毫无疑问，没有任何一种经历能够像活埋那样使灵与肉的不幸达到极点。肺部的压迫不堪忍受，泥土的潮湿令人窒息，裹尸布层层缠绕着身体，棺材里的逼仄空间压迫过来。夜晚是绝对黑暗。深海般的寂静总是兜头盖下。征服一切的虫豸看不见却摸得着。想着头顶的空气和青草，回忆起好友知交，想着他们一旦得知自己的厄运便会飞身相救，可又明白他们永远无法获悉自己已经遭到活埋。令我们对命运绝望的，唯有真正的死亡。种种思绪和屈身坟墓的感觉混杂在一起，给尚且跳动的心脏带来莫大的恐惧，骇人听闻，无法忍受，无论如何大胆想象，都很难体会遭活埋者的感受。人间哪里有比这更痛苦的事？我们做梦也想不出地狱到底有多恐怖，想不出有什么可怖的事能及活埋一半。因而，凡是关乎这一话题的叙述，都能勾起人们的浓厚兴趣，奇怪的是，由于人们对这一话题敬畏有加，兴趣的浓度恰好又取决于你是否信服活埋的真实性。我下面要讲的是我本人的真实感受，也是我的亲身经历。

几年来，我一直抱病在身。由于我的病没有更为确切的命名，医生们只好一致称之为强直性昏厥。这种病的直接诱因尚不明晰，确切症状尚不明朗，但人们对它鲜明的表征已经非常熟悉，只是程度深浅而已。有时，患者会在某一天或者某段时间陷入不同寻常的昏睡，期间毫无知觉、一动不动，依稀有微弱的心跳。身上存留些许暖意，脸上挂着淡淡的红晕。把镜子凑到患者唇边，察觉得到迟缓、犹疑、不规则的肺部活动。患者会持续昏睡几个星期乃至几个月，无论如何仔细观察，怎么进行严格的医疗测试，都无法确定这状态与彻底死亡有什么实质差异。靠得住的往往是朋友的知情 —— 知道此人以前犯过强直性昏厥，怀疑这次并非死亡，关键是身体不腐烂，才能免遭活埋。好在这种疾病是渐进式的，第一次发病虽然症状也算明显，但不会被人稀里糊涂误会成猝死。接下来会一次比一次症状可怕，持续时间也一次比一次长。正是因为这种渐进，患者才得以躲开遭活埋的危险。如果有人不幸第一次就发作得特别严重，那么，活着被埋进坟墓这种事情，几乎不可幸免。

　　我的病情与医学书上讲的并无太大差别。有时，没有任何明显的缘由，我就渐渐陷入半昏迷状态。在这种状况下，我感觉不到痛苦，一动也不能动，严格说来也不能思考，但在那迟钝的昏睡中，可以意识到生命的存在，意识到有人围在我的床边。我就那么半昏迷着，直到危象突然消失，完全恢复知觉。有时，我又会被病魔迅猛击中，恶心、麻木、冷战、眩晕，我会瞬间倒下。接着，是一连几个星期的空白、黑暗和寂静。整个世界一片虚无。那是一种极度孤绝的感觉。我从这种昏迷中苏醒得很慢、很慢，与骤然被击中恰成反比。正如黎明慢慢降临到荒寒而漫长的冬夜中无依无靠、无家可归的流浪的乞丐身上一样 —— 灵魂之光就那么缓慢地、让人欣悦地回转过来。

除了这种昏睡症状，我的健康状况还算可以。我看不出这时常发作的疾病对身体的影响——除非把我平日的睡眠也看成它的并发症。当我从睡眠中醒来时，我往往不能马上彻底恢复意识，而是要恍惚个好几分钟。思维能力大体还在，而记忆彻底空白。

经历这一切，肉体并不痛苦，精神却很悲凄。我想象的都是停放尸骨的场所。我总是谈论"虫豸、坟墓和墓志铭"。我沉沦于死亡的幻象中不能自拔，被活埋的念头攻占了我的大脑。我所面临的危险令人毛骨悚然，日夜不息纠缠着我。过度思虑的痛苦，白天难以承受，晚上变本加厉。严酷的黑暗笼罩大地，可怕的意念不期而至，我忍不住浑身发抖，宛如灵车上颤动的羽毛。我无法忍受醒时的折磨，我也总是挣扎着不肯入睡——因为每当想到醒来时发现自己有可能埋身坟底，我就战栗不止。当我终能入睡，却是立刻投身幻觉森森的世界。担心被活埋，凌驾于一切之上，好像张开的遮天蔽日的巨大黑翅，久久盘旋不去。

重重意象在梦里压迫我。我且挑选个独一无二的场景记录下来吧。我以为自己正陷于比平日更持久、更沉实的强直性昏厥时，突然，一只冰冷的手摸上我的额头，一个不耐烦的声音急促地对我耳语道："起来！"

我坐直身子。四周暗沉沉的。我看不到那人。我记不起是何时昏睡过去的，也想不出是置身何处。在我一动不动地苦思冥想时，一只冰冷的手猛地抓住我的手腕，粗鲁地摇晃着，急促的声音再次响起：

"起来！难道我没命令你起来？"

"那，你是谁？"我问道。

"在我的居住地，我没有姓名，"那声音悲哀，"我曾经有生命，但我现在是鬼。我曾经冷酷无情，但我现在是仁慈的。你能感觉到我在颤抖。在我说话时，我的牙齿在嗒嗒作响，这不是因为黑夜漫长，寒冷刺骨，而是因为难以承受恐怖的气息。你怎么能平静地入睡呢？极度痛苦的哀号让我无法入眠。这里的景象超出我忍耐的极限。起来，跟我来，去看看外面的黑夜。让我为你揭开那些坟墓。看！这景象不令人悲哀吗？"

我抬眼望去。那抓住我手腕的看不见的鬼影，把全人类的坟墓都撬开了。每一座坟墓都放射出微弱而腐败的磷光。我看到了墓穴深处那些裹着寿衣的尸体，一具具尸体都悲哀而肃穆地与虫豸同眠。但是，唉！与不眠之人相比，真正的安息者要少百万千万。微弱的挣扎，悲惨的骚动，无数墓穴深处，被埋者的寿衣沙沙响，真是令人忧伤。我发现，那些看上去似乎安息的尸体，也多多少少改变了被埋时僵硬不安的姿势。在我凝望之际，那个声音又对我说：

"哦！这样子不可怜吗？"我还没找到合适的词回答，鬼影就放开了我的手腕，磷火熄灭了，坟墓纷纷闭合。同时，从里面传出一阵骚动，有个声音绝望地喊着："哦，上帝！这个样子难道不是非常可怜吗？"

这样的幻觉夜夜出现，那恐怖的感觉侵吞了我醒着的时光。

我的神经变得十分衰弱。我被恐惧击倒，久久不能翻身，我不敢去骑马、散步，任何户外运动都使我犹豫。说真的，我寸步不敢离开那些知情的亲友，唯恐一旦犯病，被不明真相的人活埋。即便是最亲密的朋友，对于他们的关心和忠诚，我也持怀疑态度。我害怕在某次发作更为持久的昏睡中，他们可能会听信别人的话，也认为我会不再醒来。由于我是个大麻烦，我怕在某次特别持久的发作中，他们兴许会满心欢喜，觉得终于有充足的理由摆脱我了。他们郑重地向我承诺，极力保证不会这样做，但根本消除不了我的疑虑。我求他们发出最神圣的誓言：除非我的肉体腐烂不堪，不能再留着，否则绝不能把我埋掉。即便如此，我仍然恐惧得要命，任何道理都听不进去，一切安慰都无济于事。我开始着手采取精心的预防措施。我重新改造了家族墓窖。从里面打开墓窖大门不费吹灰之力，因为我把一根长长的杆子伸进了坟墓，只需轻轻一按，铁门就会轰然敞开。对透气和采光设施，我也做了安排。在紧邻棺材的地方，我放了便利的容器，里面备有食物和水，伸手就能拿到。棺材的衬垫柔软暖和，棺材盖子与墓门的设计原理一样，也装上了弹簧，身体只消稍稍一动，就足以将它弹开。此外，我在墓顶挂了一个巨大的铃铛，特地在棺材上打了一个洞，绳子穿洞而入，紧紧握在死人手里。可是啊，人的命运自有定数，就算武装到牙齿又有何用？即便是煞费苦心发明的这些安全措施，也不能免除遭活埋的极端痛苦。这种痛苦是命中注定的不幸。

生命里的另一个时刻到来了——正如以前经常发生的那

样——我发现自己从完全的无意识中浮出，进入最初的微弱而模糊的存在意识。慢慢地，像蜗行般接近精神上暗淡灰白的破晓时分。迟缓的不安。漠然忍受钝痛。无所挂碍，无所希求，无所作为。一段很长的间歇过后，出现一阵耳鸣；更长一段时间之后，四肢有了刺痛感；接下来，进入宛如永恒的静止状态，心情愉悦。在此期间，清醒的感觉挣扎着进入意识，随后再次坠入虚无。时间很短暂。然后，蓦地清醒。当我的眼睑微微颤动的时候，血液也迅速从太阳穴涌到心脏，同时，莫名的恐惧立刻电击般袭来。至此，我才真切地努力思考、努力回忆；至此，我才算赢得了那转瞬即逝的成功，当然，这只是部分的胜利；至此，记忆才重新生动起来。在某种程度上，我意识到了自己所处的情形。我觉得，我不是从普通的睡眠中醒来的。我回忆起自己犯了强直性昏厥。最后，似乎是遇上狂涛巨浪一般，我颤抖的灵魂被可怕的危险所覆没——被那幽灵般时常造访的念头所覆没。

这种想象攫住了我。我几分钟都不能动弹。这是为什么？因为我鼓不起动弹的勇气。我不敢试着去证实自己的命运，我的内心深处，有个声音在低语：正是如此。绝望，没有任何不幸可以制造出这样的绝望。在长长的迟疑之后，在深深的绝望之中，我张开了沉重的眼皮。黑暗，到处是一片黑暗。我知道，这阵发作结束了。我知道，疾病的临界点早已过去。我知道，我的视力完全恢复了正常。但是，眼前一片黑暗。到处是一片黑暗，始终如一的长夜般的黑，黑得浓烈，黑得彻底。

我拼命尖叫。我焦干的嘴唇和舌头一起痉挛，努力喊叫，空荡荡的肺部却发不出一丝声音，好像有一座大山死死压在身上。随着心脏的跳荡，我喘息、悸动，拼命挣扎才能呼吸。

在我拼命大喊时，下颌一动，我才知道，它们被固定住了，就像人们通常对死者所做的那样。我感觉得到自己睡在坚硬的东西上。身体两侧也是硬物，齐齐压迫着我。至此，我还没敢动一下四肢。我猛地举起了胳膊 —— 它们原本手腕交叉平放，撞到了坚硬的木质物体上面。这木质的东西在我的上方伸展开来，距我的脸至多六英寸。我不再怀疑了，我到底还是睡在了棺材里。

正当我陷入无尽悲哀之际，希望的天使款步走来 —— 我想到了那些预防措施。我扭动着，痉挛着，想努力推开棺材盖，棺材盖却一动不动。我在手腕上摸索，想找到系在铃铛上的绳子，却根本找不到它。此刻，希望离去了，永不再眷顾我。绝望变本加厉，统领一切。棺材里根本没有我悉心准备的软垫子，而且一股湿土特有的强烈气味突然扑进鼻孔。结论难以推翻：我不在家族的墓窖里。我昏迷的时候不在家中，而是置身于陌生的人群中。到底是什么时候发生的事？怎样发生的？我却想不起来了。他们像埋一条狗一样把我埋掉了。他们把我钉进一口普通的棺材里，然后永远地深深地埋进一座普通的无名坟墓。

当这个可怕的事实钻进灵魂最深处时，我再次挣扎着大声叫喊。第二次努力终于成功了。一阵持久而疯狂的痛苦尖叫，或者说是哀号，划破了地下的长夜。

"喂！喂！怎么了?!"一个粗哑的声音回应道。

"到底出了什么事?"第二个说。

"别那么吵吵!"第三个说。

"你刚才像猫叫一样，到底怎么回事?"第四个说。

我被一伙看上去很粗野的人抓住，狠狠地摇晃了几分钟。他们并没有把我从昏睡中唤醒——因为我在尖叫时已彻底清醒——但他们使我彻底恢复了记忆。

这桩奇遇发生在弗吉尼亚州的里士满附近。我在一位朋友的陪伴下去打猎。我们沿着詹姆斯河走了几英里。夜幕降临时分，我们遭遇了暴风雨。一条装满花泥的单桅小帆船泊在河边，船舱成了我们遮风挡雨的唯一藏身处。我们充分利用它，在船上过了夜。船上仅有两个床铺，我睡在上面，一艘仅六七十吨重的单桅帆船，卧舱当然乏善可陈。我的铺位上没有被褥，宽度至多十八英寸。床铺到头顶甲板的距离刚好也是十八英寸。把自己塞进床铺，可没少费劲。不过我睡得很香，因为没有做梦，自然也没有噩梦，所有的幻影都来自我所处的环境，来自我一向偏执的思绪，来自我前面提及的细节——一觉醒来，我总是长时间不能集中神志，恢复记忆更是困难。那些摇晃我的人是船上的船员和几个负责卸货的工人。泥土的气味是船上装的花泥散发出来的。绑住下颌的布带是条丝绸手帕，戴惯了的睡帽不在身边，我拿它包了头。

然而，我所遭受的痛苦与真正的活埋毫无二致，非常可怕，可怕得超乎一切想象。不过，祸兮福所倚。极端的痛苦反而使我的心灵彻底觉醒了。灵魂奏响和谐的旋律，有了一定的韧性。我出了国。我活力四射地锻炼。我呼吸天堂的自由空气。我思考死亡以外的其他问题。我丢弃了医学书籍。我把"巴肯"[1]烧了。我不再读《夜思》[2]，不再读有关墓地的夸夸其谈，不再读像本篇文章这样的鬼怪故事。

我焕然一新，过着一个人的日子。在那个值得纪念的夜晚之后，阴森恐怖的想象从我心头一扫而空。我的强直性昏厥症也随之消失了。或许，我之所以发病，正是由于对阴森恐怖的东西思虑过多，而不是因为发病，才心生阴森恐怖的想象。

有时，即便以理性清醒的眼光看，人类的悲惨世界也与地狱不无相似之处，但人类的想象力不是卡拉蒂斯，可以不受惩罚地探测每一个洞穴。唉！不能把诸多墓地般的恐怖都当作稀奇的想象，那些追随着阿弗拉斯布在奥克苏斯河的航程的魔鬼必须入睡，否则它们会把我们吞噬。它们必须陷入昏睡，否则我们就得毁灭。

---

① 指当时著名医生巴肯所著的《家庭医学》。
② 指英国诗人爱德华·扬格论死亡的长诗。

长方形箱子

多年前，我订了从南卡罗来纳州查尔斯顿到纽约的船票。船的名字叫"独立号"，是艘豪华邮轮。船长的名字叫哈代。如果天气可以，我们将于当月（六月）十五日出发。十四日，我上船整理了自己订的包间。

我发现乘客很多，女客更是多得超乎平常。乘客名单上有我的一些熟人，我欣喜地发现，其中有科尼利厄斯·怀亚特先生的名字。他是位年轻艺术家，我对他怀着温暖的友谊。他曾经是我在 C 大学的同学，我们总是形影不离。他身上具备天才所具备的一切禀赋，孤傲、敏感而狂热。除此之外，他的胸腔里跳动着一颗世上最温暖、最真诚的心。

我注意到有三个特别客舱门卡上写着他的名字。再对照旅客名单，我发现那是他为他本人、他妻子和他两个妹妹订的。特等客舱相当宽敞，每间有上下两个铺位。铺位自然很窄，只能容下一个人，即便如此，我仍然想不通这四个人为何要订三个特等客舱。彼时，我的心灵恰好处于忧郁的状态，对琐细的事存有异乎寻常的好奇。尽管心怀羞愧，我还是得承认，我确实对那间多余客舱做了种种荒唐拙劣的推测。这当然不关我的事，但我沉迷其中，一门心思去解开这个谜团。最后我终于找到了答案——我对自己没能及早想到这一点感到奇怪。"当然是个仆人，"我说，"我真傻，答案如此显而易见，怎么早没想到！"然而，当我再次回去对照旅客名单的时候，我清楚地发现，这一家子没带仆人，尽管原本打算带上一个——"及仆人"起初写在名单上，之后又划掉了。"哦，一定是额外有行李，"我自言自语道，"想必是他不愿意放在货舱的东西，要摆在眼皮子底下看着，哈，我明白了，八成是油画之类的物品，对，就是他一直和那意大利犹太人尼可雷诺讨价还价的那幅画。"想到这里，我满意了，暂时打消了好奇心。

我对怀亚特先生家的两姐妹很熟悉，她们是非常亲切聪明的女孩。怀亚特先生新近迎娶的妻子，我还未有幸得见。他曾多次带着他惯常的狂热在我面前谈及她。他描述她非凡的美丽、她非同一般的聪慧和成就。我因此极为渴望能够与她结识。

在我上船的那天（十四号），怀亚特一家也要来，船长通知了我，但我指望着见到新娘，就在船上多逗留了个把小时，结果盼来的却是一份歉意。"怀亚特夫人有点儿不舒服，她明天起航时才会上船。"

次日，我从旅馆去码头，路上碰到了哈代船长。船长说，由于出现"一些情况"（一个愚蠢却方便的托词），他认为"独立号"一两天内不会起航，等一切准备就绪后，他会派人通知我。我觉得不可思议，因为当时正刮着强劲的南风。不过，他不肯透露"一些情况"具体是什么，尽管我固执地追问了一番，但无奈之中，我只得打道回府，百无聊赖地消磨等待的时光。

差不多一个星期过去了，船长还没有送信给我。最后总算等来了消息，我马上奔向"独立号"。船上挤满了乘客，到处是出发前的纷乱嘈杂。怀亚特一家比我晚到十来分钟。两姐妹、新娘和画家都到了。画家怀亚特先生还是一贯的愤世嫉俗的孤高模样。我对他这一特性再熟悉不过了，也就没有放在心上。他甚至没有把我介绍给他的妻子——这个礼节自然就落在了他妹妹玛利安身上。玛利安是个可爱聪明的女孩，只用三言两语，就让我和新娘相识了。

怀亚特夫人严严实实地裹着面纱，当她揭开面纱对我鞠躬还礼时，我承认我被深深地震撼了。要不是多年的经验提醒我，不能完全相信我的画家朋友对女性的热烈赞扬，我会更加震惊的。我很清楚，话题一旦牵涉"美"，他总会轻易进入纯粹完美的理想胜境。

事实上，我不得不说，怀亚特夫人绝对只是个相貌平平的女人。即便不能说丑得惨不忍睹，我也觉得差不多就是这样。但她身着盛装，品味高雅，于是我确信，她必定是凭着思想和灵魂的持久魅力俘获了我朋友的心。她几乎没怎么说话，很快就和怀亚特先生一起进了客舱。

我原有的好奇再次泛起。没有仆人——这一点确定无疑。我想看看有没有额外的行李。过不多久，码头上驶来一辆马车，载着一只长方形松木箱子。这箱子应该就是大家要等的东西。箱子一到，我们即刻起航，很快安全穿过沙洲，驶向大海。

如我所言，那只长方形箱子大约长六英尺、宽两英尺半。我打量着它，尽可能看个仔仔细细。箱子的形状很特别，一看见它，我就为自己的推测自得不已。您可能还记得吧，我说过我这画家朋友额外的行李是画，起码是一幅画。我知道他和尼可雷诺谈了几个星期啦。从箱子的外观看，里面装的只能是达·芬奇《最后的晚餐》的复制品。据我所知，这幅《最后的晚餐》由小鲁比尼于佛罗伦萨仿制而成，一度为尼可雷诺所有。关于箱子的疑问解决了。想到自己如此聪敏，我不由窃笑不已。怀亚特对我隐瞒他的艺术方面的秘密，这还是头一回。他显然是想瞒着我，出其不意地从我眼皮子底下偷运一幅好画去纽约，而且希望我对此一无所知。我决定早晚要挖苦他一番。

有件事让我很是心烦意乱：箱子没送到那间多余的客舱，而是放在怀亚特自己的房间里。它几乎占满了整个地面——这无疑让艺术家和他妻子很不舒服，上面用柏油或油漆涂着大写字母，散发出一股令我特别恶心的刺鼻气味。字母龙飞凤舞，内容是："阿德莱德·柯蒂斯夫人，阿尔巴尼，纽约。科尼利厄斯·怀亚特先生托运。此面向上，小心轻放。"

我知道，这位阿尔巴尼的阿德莱德·柯蒂斯夫人是画家的岳母——不过在我看来，这地址是画家故弄玄虚，目的无非是瞒天过海。我断定箱子和里面的东西抵达我那孤傲的朋友在纽约钱伯斯街的工作室后，绝不会再向北行。

起初的三四天，天气相当不错，但我们是在逆风而行，因为海岸刚从视线里消失，我们就转向正北方行驶了。天气好，旅客们兴致也很高，乐于彼此交往。不过，我得把怀亚特和他的妹妹排除在外。他们举止僵硬，让我觉得他们对同船乘客很粗鲁。对怀亚特的行为我不以为然，他甚至比往常还要阴郁——事实上更为孤僻——不过我对此早已习以为常。可他的两个妹妹也这副样子，实在让我琢磨不透，途中大部分时间里，她们都把自己关在客舱里，尽管我一再力劝，她们仍然坚决拒绝同任何人打交道。

怀亚特夫人则随和得多，我是说她挺爱闲聊的，在海上，爱闲聊可是值得力荐的美德。她同大多数女士都能打成一片。让我大跌眼镜的是，她还毫不含糊地向男士卖弄风情。她总能"逗乐"我们。我说"逗乐"——实在是不知该如何说清楚我的意思。我很快发现了实情：怀亚特夫人被讥笑的次数，远比大家一起欢笑的次数多。男士们对她几乎不置一词，女士们则很快断言，她是"好心肠的家伙，但相貌平庸，极其无知，粗鲁不堪"。最让人费解的是，怀亚特先生怎么会同她结婚了？简直是落入圈套。一般来说都是因为钱财——可我知道根本不是这么回事，怀亚特跟我说起过，她没有给他带来一个子儿，他也不可能从其他渠道得到任何好处。他说他"绝对是因爱成婚，新娘非常值得他爱"。我坦率承认，一想到朋友的这些表白，我就感到无法言喻的困惑。他是不是丧失了感觉？不这么想我还能怎么想？他如此优雅、聪明，如此挑剔，对缺陷异常敏感，对美丽无比狂热。固然，这女士看起来很喜欢他，尤其当他不在场的时候，她一再引用她那"心爱的丈夫怀亚特先生"的话。这使她显得特别可笑。"丈夫"这个词似乎永远——套用一下她本人的妙语——永远"停泊在她的舌尖上"。与此同时，全船的人都看得出，做丈夫的在以最明显的方式回避着她，多数时候把自己独自关在船舱里，可以说他整天都把自己关在里面，一任妻子自由自在，尽情尽兴在主舱的公共空间肆意取乐。

根据我的所见所闻，我得出如下结论：由于某种难以解释的无常命运，抑或是突发奇想，在狂热而古怪的激情支配下，艺术家被蛊惑了，娶了跟自己毫不般配的人。随之出现的后果，自然是迅速产生彻底的厌恶。我从心底深处同情他，却做不到因此彻底原谅他隐瞒《最后的晚餐》一事。我打定主意要进行报复。

一天，怀亚特来到甲板上，我像往常那样，挽着他的胳膊来回溜达。他的忧郁丝毫未消退（我觉得处在他的情况下，这很自然）。他说话很少，勉强挤出几句，也都是郁郁之言。我斗胆说了一两个笑话，他也试图挤出一丝微笑。可怜的家伙，一想到他的妻子，我就怀疑他哪来的心情强装笑颜。我决定针对那个长方形箱子，展开一连串的冷嘲热讽和旁敲侧击，我要让他慢慢明白，我可不上他那玄虚把戏的当。第一步就是撕开伪装，露出冰山一角。我说了些诸如"那箱子的特殊形状……"之类的话，脸上挂着心照不宣的微笑，眨着眼，用手指轻轻捅了捅他的肋骨。

我这无伤大雅的玩笑，激起怀亚特的强烈反应。我立刻断定他疯了。他先是瞪着我，好像听不懂我的俏皮话，然后，我话里的含义像是慢慢钻进了他的脑子，他的眼睛渐渐越睁越大，几乎凸出眼眶。他满面通红，随之苍白得吓人，然后，他好像被我的暗示逗乐了，放声狂笑起来，他越笑越厉害，一直持续了十多分钟，让我着实大为震惊。最后，他"咣"的一声直挺挺地摔倒在甲板上。我奔过去扶起他，发现他跟死了一样。

我赶紧大声呼救，大家好不容易把他弄醒了。苏醒之后，有一阵子他一直语无伦次地说着什么。后来我们给他放了血，把他放到床上。第二天他彻底恢复了——我是说他的身体，对他的精神我当然无话可说。我听从船长的建议，在余下的途中避免与他见面。同我一样，船长也认为他精神错乱了，不过他警告我，不能对船上的其他人说起这事。

这件事过去之后，紧接着又发生的几件事加深了我本来的好奇。其中一件是这样的：我神经紧张，喝了太多浓茶，晚上睡得很糟糕，事实上有两个晚上，我简直彻夜难眠。同船上其他单身男子的房间一样，我的房门也正对主舱，或者说餐厅。怀亚特的三个房间在后舱，与主舱隔一道小滑门，这门晚上也不上锁。由于我们一直在逆风，风还挺大，船向下风口倾斜得厉害。每当右舷倾向下风时，两个船舱间的滑门就会自动滑开，一直开着，谁都不会费力地爬起身去关门。巧合的是，当我的舱门和滑门同时敞开时（天热，我总是开着门），我能清楚地看到后舱，看到的恰恰是怀亚特先生的几个舱房。在我醒着的两个夜晚（不是一连两夜），我清楚地看到，怀亚特夫人每晚十一点都偷偷溜出怀亚特先生的房间，走进空着的舱房待到黎明，直到丈夫来叫才回去。显然，他们事实上是分居状态。他们拥有各自的房间 —— 无疑是在计划永久解除婚约。我一直对那间多余的舱房感到好奇，原来这就是秘密。

另一种状况也引起了我的注意。在那两个不眠之夜，怀亚特夫人一消失在那间特别包房里，她丈夫的房间就传出一阵异常小心、压得很低的声响。这引起了我的注意。仔细聆听之后，我终于悟出了那声音的含义：画家在用凿子或木槌之类的工具摸索着打开长方形箱子 —— 木槌的响声闷闷的，显然是用棉毛类的软东西蒙住了槌头。

这么倾听着，我觉得我能准确判断出他什么时候把盖子撬开，什么时候把盖子移开，什么时候把它放在下面的铺位上 —— 最后这个动作，是从箱盖碰到木头床沿发出的轻微"啪嗒"声得知。地板上没处可放，所以他放得非常小心。之后他的房间陷入一片死寂，直到黎明我都听不到任何动静。除非我说我听到了低低的啜泣或喃喃的细语，声音很压抑，几乎听不见 —— 当然，或许这是出于我的想象。那声音像啜泣、像叹息，当然也可能哪一样都不是。

我宁愿当成自己耳鸣。毫无疑问，怀亚特先生遵照老习惯，寄情自己的嗜好，沉溺于对艺术的热情中了。他打开长方形箱子，是为了饱览里面那幅珍贵的画作。然而箱子里不是惹他啜泣的东西呀。因而，我再说一次，我听来的声音必定是出于幻觉是好心的哈代船长的绿茶让我不对劲了。在那两个夜晚的破晓前，我清楚地听到怀亚特先生重新盖好箱盖，用蒙着布的木槌把钉子原样钉好。做完这些，他穿戴整齐地走出房间，去怀亚特夫人的房间把她叫出来。

我们在海上七天了。离开哈特拉斯角时，刮起了一场猛烈的西南风。坏天气威胁我们一阵子了，我们自然有所防备。船上每样东西都弄妥当了，不会受到寒风侵袭。后来，风越刮越猛，我们无法继续前行，把后桅纵帆和前桅帆都折叠起来。

我们就这样安全漂行了四十八小时，从很多方面看，这船都是一艘出色的船，始终没灌进海水。然而四十八小时后，微风演变成飓风，后帆被撕成一条一条的，船被抛进深深的波谷，连遭几个大浪袭击。在这场事故里，三个人以及小厨房被卷入大海，差不多整个左舷的舷墙都不见了。还没等我们回过神来，前桅帆又裂成了碎片。我们撑起支索帆抵挡风暴，船在海面上劈波斩浪，顺利航行了几个小时，比前面稳当一些。

但风一直刮着，看不出一丝减弱的迹象。我们发现索具难以承受了，它们被绷得太紧。起大风的第三天，大约下午五点钟，后桅迎风倾斜得很厉害，都越过船舷了。船身剧烈摇晃，我们想把后桅除掉，折腾了个把小时，只不过是白费劲。这边还没弄停当，船上的木匠奔到船尾，嚷嚷着船舱积水深达四英尺。雪上加霜的是，水泵阻塞了，几乎没法再用。

一片混乱，让人绝望。我们设法减轻船的载重，摸到什么就往海里扔，把剩余的两根桅杆也砍掉了。干完了这些，却修不好水泵，漏进来的水正以极快的速度逼向我们。

日落时分，肆虐的狂风明显减弱，海面平静下来。我们怀着用救生艇自救的微弱希望。到了晚上八点，云层随风散去，现出一轮满月，真是个好兆头，萎靡的人们为之一振。

费了九牛二虎之力，大救生艇顺利被放了下去，所有船员和大部分乘客都挤了进去。这批人立刻出发，经过许多磨难，在失事的第三天安全抵达了奥克拉科克港。

船长和十四名乘客留在大船上，决定把命运交给船尾的小救生艇。我们没花力气就把小艇降了下来，下水时它没有倾覆在海里堪称奇迹。船里坐的是船长夫妇、怀亚特先生一行人、墨西哥官员夫妇和他们的四个孩子、一个黑人男仆和我。

当然，放好绝对必需的装备、食物和身上的衣服，小船上再也没有多余的地方了。没有人想到去抢救什么。可是小艇划出几英寻后，最让人吃惊的事发生了：怀亚特先生从船尾的座位上站起来，冷冷地要求哈代船长把船划回去，他要取他的箱子！

"坐下，怀亚特先生，"船长带着几分严厉说，"你不老老实实坐着，船会翻的。现在船舷差不多在水里了。"

"那箱子！"怀亚特先生站在那儿大喊，"那箱子，哈代上尉，您不能，您不会拒绝我的。它没一点儿分量，根本没分量。看在您母亲的分儿上——为了上帝的爱——看在您灵魂得救的分儿上，我恳求您把小艇开回去，我要取那只箱子！"

有那么一会儿，船长似乎被画家恳切的祈求打动了，可他马上恢复了严厉和镇定，只是说："怀亚特先生，你疯了。我不能听你的。坐下，听见了吧，你会弄翻船的。别动，抱住他，抓住他！他要跳海！瞧，我就知道，他跳下去了！"

船长说话的时候，怀亚特先生已经跳进大海。我们当时还在失事船只的下风处，他以超人的力量抓住从前锚链上垂下的一根绳子。只消片刻，他就爬上甲板，发疯般地冲下了船舱。

那一刻，我们已被风刮到船尾，远远出了背风面，只能听凭波涛汹涌的大海摆布。我们拼命要划回去，无奈小船像暴风中的一片羽毛。我们看一眼就明白了，不幸的画家倒霉了。

我们很快就离失事船只越来越远了。那个疯子（我们只能这么想他）出现在升降梯上，徒手把长方形箱子拖了上来，力气简直大得惊人。震惊之余，我们死盯着他看。他飞快地用一根三英寸粗的绳子在箱子上绕了几圈，然后在自己身上绕了几圈。转瞬之间，他和箱子一下子沉入海中，再没有出现。

我们悲哀地停止划桨，久久注视着怀亚特先生和箱子沉没的地方。最后我们离开了。沉默了一个小时后，我忍不住开口了。

"船长，你看到他一下子就沉下去了吗？那不是很不同寻常吗？坦白讲，看到他把自己和箱子捆在一起跳进海里，我还以为他有一丝脱险的希望呢。"

"他当然会沉下去，"船长回答道，"而且会像铅球一样立刻沉下去。他们很快会再浮上来，不过要等到盐融化以后。"

"盐!"我喊了出来。

"安静!"船长说，一边指指死者的妻子和妹妹。"等时间合适，我们再谈这些事。"

我们历尽艰险，九死一生，老天庇佑了我们，像庇佑大救生艇上的同伴一样。经过四天的痛苦挣扎，我们死里逃生，在罗阿诺克岛对面的海滩登陆了。我们在那里待了一个星期。打捞沉船的人待我们不坏。我们后来搭船去了纽约。

"独立号"失事后大约一个月，我在百老汇邂逅了哈代船长。谈话很自然地转到了那场海难，我们特地谈了可怜的怀亚特的悲惨命运。我因此得知了详情。

艺术家为他本人、他妻子、两个妹妹和一个仆人订了舱位。他的妻子，正像前面所说的，是个非常可爱、多才多艺的女子。六月十四号早晨（我第一次上船的那天），那位女士突然得病去世了。年轻的丈夫伤心得几乎疯了——但情况紧急，他无法推迟去纽约的行程。他必须把爱妻的尸身带给她母亲，另一方面，世人的偏见又不允许他公开这么做。百分之九十的乘客宁可弃船而去，也不愿意和一具死尸同船而行。

进退两难之际，哈代船长安排给尸体涂上防腐油，和大量盐一起打包放在尺寸合适的箱子里，当作货物运上了船。女士的死无人提起。大家都知道怀亚特先生为妻子订了舱位，必须有人在旅程中假扮她。说服已故女士的女仆来做这事并不难。特别包房一开始是为这个女仆订的，那时女主人还活着。后来就让它空着了。每天晚上，这假冒的妻子自然是睡在那间包房里。白天，她尽她所能扮演女主人——事先已查明，乘客中没有人见过女主人。

我错在过于粗心、爱管闲事、脾气冲动。最近，夜里我极少能睡安稳。我翻来覆去，总有一张面容在眼前晃动，总有一串歇斯底里的笑声在我耳边回荡，经久不息。

一桶白葡萄酒

福图那托对我百般伤害，我尽量忍气吞声。可他竟敢侮辱我，我发誓要报复。您深知我的脾性，不会认为我只是说说而已。总有一天我要报仇雪恨，这个念头无可更改——既然主意已定，就不会去想危险不危险。我要让他吃尽苦头，而且不留后患。如果复仇的反而得到报应，那就不算报仇雪恨。复仇却不让仇家知道是谁干的，同样也不算报仇雪恨。

要知道，我的任何言行，福图那托都不怀疑是居心不良。我照旧对他笑脸相迎。他没发现如今我可是笑里藏刀，一心要宰了他。

福图那托这个人在别的方面令人尊重，甚至让人敬畏，可他有个弱点，总是因为自己是品酒高手而得意扬扬。意大利人几乎都不具备正儿八经的鉴赏家气质。他们的热情多半是用来寻找时机，用以诈骗英国和奥地利的大富豪。说起绘画和珠宝，福图那托和他的同胞一样只会夸夸其谈，但是说到陈年老酒，他绝不含糊。我在这方面跟他大致相同——我也是意大利葡萄酒行家，只要有可能，总会大批量买进。

一个热闹的狂欢节夜晚，暮色四合时分，我碰到了这位朋友。他酒喝多了，跟我搭起话来无比热情。这家伙扮成小丑的样子，身穿杂色条纹紧身衣，头戴系着铃铛的圆锥形帽子。我看到他非常高兴，握住他的手久久不放。

我对他说："亲爱的福图那托，幸会，幸会。你今天气色真是好极了。我弄到一大桶蒙蒂利亚白葡萄酒，是真是假我不放心啊。"

"怎么？"他说，"蒙蒂利亚白葡萄酒？一大桶？不可能！狂欢节期间哪里弄得到它？"

"所以我不放心啊，"我答道，"我真是蠢得该死，竟然不向你讨教就把钱付清了。我找不到你，又生怕错过一笔买卖。"

"蒙蒂利亚白葡萄酒！"

"我不放心。"

"蒙蒂利亚白葡萄酒！"

"我一定要搞清楚！"

"蒙蒂利亚白葡萄酒！"

"既然你有事，我去找卢克雷西。只有他才能分清真假。他会告诉我……"

"卢克雷西分不清蒙蒂利亚白葡萄酒和雪利酒。"

"有些傻瓜却说他的味觉跟你不相上下。"

"快，咱们走。"

"到哪儿去？"

"去你家地窖。"

"老兄，这可不行。看你心肠好就麻烦你怎么行，看得出你有事要办。卢克雷西……"

"我没事。走吧。"

"老兄，真的不行。有事没事不要紧，冷得要命啊，我觉得你受不了，地窖里潮湿难耐，四壁都是硝石。"

"还是走吧。冷不算什么，白葡萄酒要紧。你怕是上当了。至于卢克雷西，他根本分不清雪利酒和蒙蒂利亚白葡萄酒。"

福图那托说着，抓住了我的胳膊。我戴上黑丝绸面罩，裹紧短披风，由他催着打道回府了。

家里一个仆役也没有。他们都溜出去欢度佳节了。我告诉他们我次日早晨才会回来，并且明确无误地对他们下令：不得出门半步。我非常清楚，这项指令足以让他们在我一转身，马上一个接一个全部溜掉。

我从烛台取了两个火把，一个给了福图那托。我恭请他前行。穿过几个套房后，我们到了通往地窖的拱廊。我走下一座长长的回旋楼梯，叮嘱跟在身后的福图那托多加小心。终于走下了楼梯，我们并排站在蒙特里索府邸地下墓穴的湿地上。

我的朋友步态踉跄，每迈一步，帽子上的铃铛就叮当一声。

"酒呢？"他说。

"在前面，"我说，"当心点儿，墙洞里有闪光的白色蛛网。"

他转向我，醉意朦胧的眼睛亮晶晶地盯着我。

"硝石？"他终于问道。

"硝石，"我回答说，"你咳嗽多久啦？"

"呃呵！呃呵！呃呵！——呃呵！呃呵！呃呵！——呃呵！呃呵！呃呵！——呃呵！呃呵！呃呵！——呃呵！呃呵！呃呵！"

我那可怜的朋友半天都无法回答。

"没事儿。"最后，他这么说。

"嗨！"我断然说道，"我们还是回去吧，你身子骨要紧。你有钱，人人尊敬，人人赞赏，人人爱慕，你和从前的我一样幸福。你要有个三长两短，大家会怀念你的。我反正是无所谓。我们还是回去吧，你病了我可担待不起。再说，还有卢克雷西……"

"别说了，"他说，"咳嗽算什么，咳不死人。我不会咳死的。"

"对，对，"我答道，"说真的，我没必要故意吓唬你，不过你可千万小心啊。喝些梅多克红葡萄酒暖暖身子，下面这么潮湿。"

话音刚落，我就从成排的酒瓶中取出一瓶，砸掉了瓶颈。

"喝吧。"我把酒递给了他。

福图那托瞟了我一眼，把酒瓶举到唇边。他停下来，亲切地冲我点点头，帽子上的铃铛随之叮叮当当。

"为身边那些长眠地下的，干杯。"他说。

"为你长命百岁，干杯。"我说。

他又抓住了我的胳膊。我们继续前行。

"地窖真大啊。"他说。

"蒙特里索是大家族，人口众多。"我答。

"我忘了你们的族徽什么样了。"

"是只金色大脚，背景是蔚蓝色。那脚把一条翻腾的大毒蛇踩烂了。蛇的毒牙都插进了脚后跟。"

"贵府的箴言是?"

"凡伤我者，必遭重罚。"

"妙!"他说。

喝了酒之后，福图那托眼睛亮闪闪的，帽子上的铃铛也开始叮当响。喝了梅多克，我越发胡思乱想起来。我们走过成堆尸骨和大小酒桶混杂的长长夹弄，进入地下墓穴最隐秘的地方。我停下了脚步。这次，我放胆抓住了福图那托的上臂。

"硝石!"我说，"瞧，硝石越来越多，像青苔挂在拱顶上。我们站在比河床还低的地方，水珠都滴到尸骨里了。快，我们趁早回去吧，你咳嗽……"

"没事儿，"他说，"接着朝前走。先让我再喝两口梅多克。"

我打开大肚酒瓶的格拉夫白葡萄酒，递到他面前。他一口气喝干，眼里顿时精光四射。他哈哈大笑着把酒瓶往上一扔，还打了个手势。我没搞懂那个手势的含义。

我吃惊地望着他。他又打了那个手势——一个稀奇古怪的手势。

"你不懂?"他说。

"不懂。"我回答。

"那你不是同道中人。"

"此话怎讲?"

"你不是共济会会员。"

"我是,我是,"我说,"我是,我是。"

"你?不可能!你是共济会会员?"

"是的。"我答道。

"暗号,"他说,"暗号。"

"就是这个,"我一边回答,一边从短披风的褶皱下面掏出一把泥瓦工的抹子[①]。

"开玩笑,"他惊叫着退后几步,"咱们还是朝前走吧,去看看蒙蒂利亚白葡萄酒。"

"好吧。"我说。我把抹子重新放在披风下面,又伸出胳膊给他扶着。他沉重地靠在我的胳膊上。我们就这样继续往前走,去找白葡萄酒。穿过一排低低的拱廊,往下走,直走,再往下走,我们到了一个幽深的地穴。里面空气极为污浊,几乎把火把给熄灭了,只余一丝幽光。

地穴最遥远的尽头,有个更狭小的地穴,墙壁上尸骨成排,一直堆到拱顶,跟巴黎的大墓穴如出一辙。三面墙壁全都尸骨林

① 泥瓦匠和共济会是同一个单词"mason"。共济会,又译石工同盟社,是一个国际性的有神秘色彩的民间组织,政治上主张建立一个自由民主的世界共和国。最早出现于十八世纪初,由英国泥瓦工创立,后相继传入北欧、德、法、中美、南美、南非等国,并各有发展。

立，另一面墙尸骨已倒，横七竖八堆在地上，成了庞大的尸骨堆。尸骨倒下的那堵墙裸在眼前。我们发现里面还有个地穴，或者说凹洞。它大约深四英尺、高六七英尺、宽三英尺。看上去当初建造它并无特别用处，不过是用来支撑地下墓穴顶部的两根支柱间的空隙罢了，它靠着一道坚固的花岗岩石壁。

福图那托举起火把，竭尽全力想要细看一番凹洞深处，却白费一番力气，火光微弱，根本照不到洞穴深处。

"再往前走，"我说，"蒙蒂利亚白葡萄酒就在这里面。至于卢克雷西嘛……"

"他是个笨蛋。"我的朋友一面摇晃着往前走，一边打断我的话。我紧跟在他屁股后面。眨眼之间，福图那托就走到凹洞最里面了。前路被岩石阻断，他不知所措地傻站在那里。片刻工夫，我就把他拷到花岗岩上了。花岗岩壁上装有两个铁环，间隔两英尺左右，一个环上挂着短铁链，另一个环上是挂锁。只消几秒钟，我就用铁链把他拦腰拴好。福图那托大为惊骇，甚至忘记了反抗。我拔下钥匙，退出凹洞。

"伸手摸摸墙壁，"我说，"一摸就能摸到硝石，确实湿得厉害。我再求你一次，回去好不好？不回？那我肯定要离开你了。走之前，我就力所能及地关照你一下吧。"

我的朋友惊魂未定，失声喊道："蒙蒂利亚白葡萄酒！"

"没错，"我回答，"蒙蒂利亚白葡萄酒。"

说着，我就在那堆我刚才提到的尸骨堆里忙开了。我把尸骨抛在一边，很快扒出好多砌墙用的石头和灰泥。借着这些材料和那把抹子，我精神抖擞，在凹洞的入口砌起墙来。

第一层还没砌好，我就发现福图那托的醉意差不多消失了。之所以这么说，是因为凹洞深处传出低声的悲号。这是他清醒的迹象。这声音不像发自一个醉鬼之口。然后是长久的死寂。我砌了第二层、第三层、第四层，随后我听到疯狂摇晃铁链的声音，一直持续了好几分钟。为了听得更加称心如意，我索性停下手中的活，一屁股坐到尸骨上。待到叮当声最终平息下来，我才重新拿起抹子，一口气砌好第五层、第六层、第七层。墙面这时差不多齐胸高了。我再次停下，将火把举过石墙，微弱的光线照在里面的人身上。

突然，那上了锁链的人爆发出尖厉的长啸，仿佛猛地把我朝后推了一下。有一瞬间，我踌躇起来，浑身簌簌发抖，马上拔出佩剑，朝凹洞里试探。稍一转念，我又放下心来。墓穴构造坚固，我把手放在上面，完全消除了内心的恐惧。我再次走近墙边，锁着的人大声喊叫，我也大声喊叫。他呼喊一声，我应和一声，叫得比他还要响，叫得比他底气还要足。我一叫，被锁的人反而哑了。

已到午夜。我快要完工了。第八层、第九层、第十层都砌好了。最后一层，即第十一层也差不多了，只消填进最后一块石头、涂上最后一抹灰泥即可。我拼命搬起最后一块石头，把它的一角放到该放的位置。不料，凹洞里传出一阵低沉的笑声，吓得我毛发倒竖。笑声过后是悲伤的声音，我好不容易才听出那声音来自贵族老爷福图那托。

"哈！哈！哈！嘿！嘿！嘿！这笑话高级、绝妙。等会儿我们到了家，可有得好笑了。嘿！嘿！嘿！边喝边笑。嘿！嘿！嘿！"

"蒙蒂利亚白葡萄酒！"我说。

"嘿！嘿！嘿！嘿！嘿！嘿！对，蒙蒂利亚白葡萄酒。天是不是太晚了？福图那托夫人还有别的人，不还在家等我们吗？咱们走吧。"

"好，"我说，"我们走。"

"看在上帝的分儿上，蒙特里索！"

"对，"我说，"看在上帝的分儿上！"

说完这话，再也听不到回答了。我渐渐不耐烦起来，大声喊道："福图那托！"

没人回答。我又喊了一遍："福图那托！"

还是没人回答。我将火把塞进尚未砌严的墙洞。火把掉到里面去了。一阵铃铛的叮当声随即传了出来。我心里泛起恶心，是墓穴的潮湿所致。我匆忙干完剩下的活：把最后一块石头塞好，抹上灰泥，紧靠着新砌的墙，我重新竖起原来那道由尸骨组成的墙。半个世纪过去了，一直没人动过这些尸骨。愿死者安息！